6

반에서 두 번째로 귀여운 여자애와 친구가 되었다

타카타

[일러스트] 휴가 아즈리

✦세키 노조무
야구부에서는 투수를 맡고 있는, 마키의 친구.
✦아사나기 우미
성적도 좋고 친근한 성격에, 남학생들 사이에서는 '반에서 두 번째로 귀여운 여자애'로 불린다.
「노조무, 가라!」
✦마에하라 마키
전학이 잦아 친구 사귀는 법을 모른 채 고등학생이 됐지만, 취미가 같은 우미와 의기투합했다. 드디어 우미와 연인 사이가 됐다.

「세키, 힘내~!」
「세키, 유우찡 앞에서
부끄러운 모습
보이지 말라고~」
✦아마미 유우
누구나가 인정하는 반 최고의 미소녀.
우미랑은 초등학교 때부터 절친.
✦닛타 니나
친구를 생각하는 마음도 각별한,
솔직한 성격의 소유자.
남자친구 모집 중.

✦ 다 같이 해수욕!

나카무라

이렇게 될 줄 전혀 몰랐는지
의표를 찔린 나카무라의 볼이 살짝 붉게 물들었다.
무난하게 나랑 우미로 결정될 거라
생각했던 직후의 '잠깐' 이란 말에
주위의 시선이 순식간에 우리에게 모였다.

「선배, 저랑 같이 나가죠.」
「뭐, 뭐어~……?!」
✦ 나카무라 미오
새롭게 2학년이 된 우미와 같은 반이 된 학생.
전교 1등 성적의 수재지만 괴짜다.
✦ 타키자와 소우지
중학교 때부터 미오의 후배로,
새롭게 학생회 부회장이 된 1학년생.
JYOTO

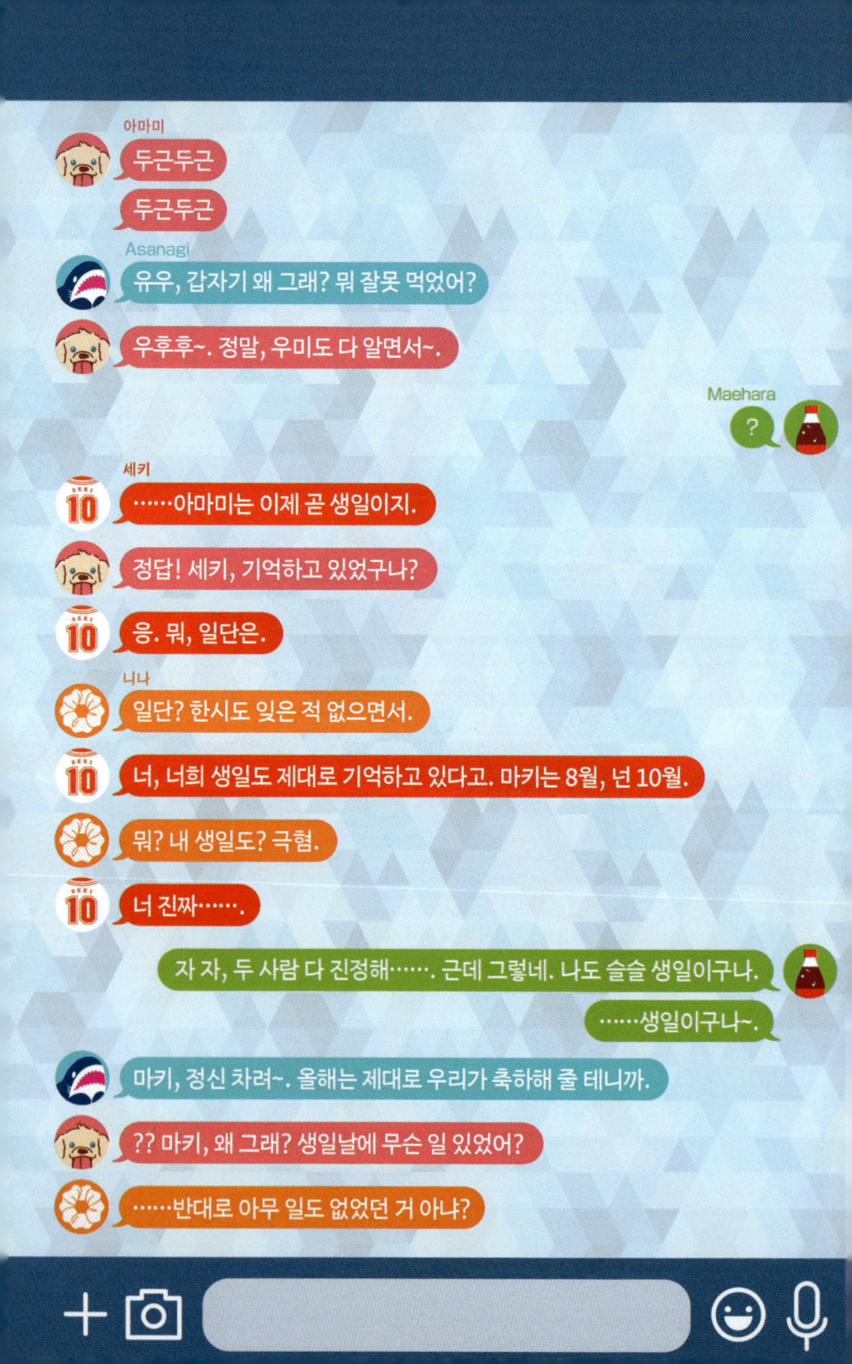
아마미
두근두근
두근두근
Asanagi
유우, 갑자기 왜 그래? 뭐 잘못 먹었어?
우후후~. 정말, 우미도 다 알면서~.
Maehara
?
세키
……아마미는 이제 곧 생일이지.
정답! 세키, 기억하고 있었구나?
응. 뭐, 일단은.
니나
일단? 한시도 잊은 적 없으면서.
너, 너희 생일도 제대로 기억하고 있다고. 마키는 8월, 넌 10월.
뭐? 내 생일도? 극혐.
너 진짜…….
자 자, 두 사람 다 진정해……. 근데 그렇네. 나도 슬슬 생일이구나.
……생일이구나~.
마키, 정신 차려~. 올해는 제대로 우리가 축하해 줄 테니까.
?? 마키, 왜 그래? 생일날에 무슨 일 있었어?
……반대로 아무 일도 없었던 거 아냐?

반에서 두 번째로 귀여운 여자애와 친구가 되었다

6

타카타

I became friends
with the second cutest girl
in the class.

목차

design work ✦ AFTERGLOW

illustration ✦ 휴가 아즈리

※ ※ ※

왜 그 애의 주변은 그렇게나 많은 사람으로 둘러싸여 있는지 요즘은 그 생각만 한다.

나와 그 애 사이에 무슨 큰 차이가 있다고.

키, 체격 그리고 외모. 차이점이라고 한다면 안경을 썼느냐 아니냐 그 정도.

……학교 성적에서 격차가 좀 벌어지긴 했지만 크게 차이가 나는 것도 아니다. 공부는 나도 노력하고 있으니까.

그 애가 문화제 실행 위원 일을 열심히 했던 1학년 가을 이후부터 자기 나름대로 변하려 노력했다는 건 안다.

……알긴 아는데.

작년까지 그 애는 늘 외톨이였고 반에서 별로 눈에 띄지 않는 존재였던 나보다 더 불쌍하게 보였다. 고독에는 익숙하지만 밝고 떠들썩한 곳을 동경하는 마음이 없지 않다는 건 그 옆얼굴만 봐도 알 수 있다.

그 심정은 나도 마찬가지였으니까.

그게 바로 내가 먼저 말을 걸게 된 이유였다.

――안녕, 마에하라.

――아, 으, 응. 좋은 아침이야, ○○○.

나한테 어색하게 웃으며 그렇게 인사에 답하는 그 애를 보고 친근감이 생겼다.

그때만 해도 그 애와 나는 닮았다고 생각했다. 체격과 외모 같은 외면적인 게 아니라 성격과 인간성 같은 내면적인 부분에서.

그때부터 조금씩 그 애와 대화할 기회가 늘어났다.

미리 말해두지만, 나와 그 애는 '친구' 가 아니다. 그저 반이 같을 뿐이고, 서로 얼굴을 알며, 때때로 한두 마디 섞는 정도의 관계다. 그 애는 나와 좀 더 이야기를 나누고 싶어 하는 것처럼 보였지만, 나한테도 인간관계가 있다.

나한테는 있고, 그 애한테는 없는 것.

친구.

서로 비슷한 우리 둘 사이에서 딱 하나 있는 크나큰 차이점.

솔직히 그 애와 대화를 나눌 때 나는 약간의 우월감을 느꼈다. 내 덕분에 그 애는 간신히 우리 반의 일원으로 남아 있을 수 있다고.

종종 머릿속에 그런 생각이 스치는 나 자신이 한심하기도 했지만, 그렇게 여기면 마음이 편안하다는 것을 깨달았다.

나는 그나마 낫다. 괜찮다. 나보다 더 밑에 그 애가 있으니까.

……그런 자그마한 자존심마저 그저 환상에 불과하다는 것도 모른 채.

2학년 여름이 된 어느 날, 늘 어울리던 친구들과 통학로를 걸으면서 나는 저 앞에서 유난히 눈에 띄는 남녀 다섯 명의 무리를 바라보고 있었다.

"에헤헤~. 오늘부터 7월, 드디어 기다리던 7월~♪"

"아직도 날씨가 펄펄 끓는데 유우찡은 기운이 넘치는구나~.

심정은 이해가 가지만."

"그치~? 우미도 무슨 느낌인지 알겠지?"

"응, 기말고사에 여름 보충 수업까지 일정이 빡빡할 테니까."

"흐앙~! 어떻게든 잊으려 하는데 현실을 들이대면 어떡해~!"

"여름방학도 좋지만 현실을 직시해야지. 특히 너희 낙제 단골 손님들."

"으~. 얼마 전 중간고사는 간신히 낙제 면했단 말이야!"

"……맞아, 우리 정말로 아슬아슬하긴 했지."

"세, 세키……. 아, 아무튼 낙제는 아니었어!"

남자 둘에 여자 셋이라는 부러운 조합이었지만, 그중에서도 유난히 눈길을 끄는 건 여름 햇살을 반사하여 반짝반짝 빛나는 금발 소녀를 포함한 세 명의 여자아이들이었다.

아마미, 아사나기, 닛타. 셋과는 1학년 때 같은 반이었지만 다른 아이들과는 명백히 분위기가 달랐다. 좋게 말하자면 떠들썩하고, 나쁘게 말하자면 시끄럽기만 한 무리 중에서 저 애들 셋만 '밝았다'. 1년 동안 같은 반이면서도 대화할 기회조차 없었던 나였지만 멀리서 저 애들을 보기만 해도 '오늘도 힘내자' 라는 생각이 들었다.

……저 애들 셋 '뿐' 이라면 말이다.

——아아, 부럽게 자기들끼리만 청춘 만끽하고 있네.

——그러게. 보기만 해도 눈이 부셔서 난 하얀 재만 남겠어.

바로 앞에서 속닥거리며 질투하는 내 친구들 목소리가 들린다. 자기들도 입 밖으로 그런 말을 꺼냈다가는 더 비참함만 느끼게 될 것을 잘 알고 있지만, 뒤에서 험담이라도 하면 속이 좀 풀려서 뒷담화를 그만두지 못한다.

그리고 나도 이 애들과 똑같은 수준의 인간이지만, 지금은 대화 상대가 없어서 그냥 입을 다물고 있다. 우리는 남자 셋으로 이뤄진 무리이지만, 대체로 나를 뺀 두 사람만 대화하기 때문에 나는 이야기에 좀처럼 끼어들 수 없을 때가 많다.

"야, 오야마."

"…………."

"오야마, 내 말 듣고 있어?"

"! 아, 미안. 잠깐 멍하게 있었어."

"넌 왜 그렇게 한심하게 사냐?"

한심한 건 너도 마찬가지잖아, 라고 받아치고 싶었지만 그걸 지적했다가는 상대방의 성질만 돋우는 꼴이라서 그냥 입을 다물기로 했다.

틈만 나면 뒷담화나 해대는 녀석들만 있어 분위기는 우중충하지만, 난 여기밖에 있을 곳이 없다.

이런 곳에서까지 쫓겨나면 난 정말 외톨이가 된다.

그건 정말로 안 된다.

두 친구에게 아양이라도 떨듯 실실 웃고 나서 나는 다시금 시선을 앞쪽으로 돌렸다.

다섯 명의 무리 속, 그 안에서도 제일 중심에서 온화하게 웃는

'그 애' 를 향해서.
그리고 내 머릿속에는 지금까지와 똑같은 의문이 맴돌았다.

……왜 저 애일까.

프롤로그

까아앙! 하는 시원한 소리가 푸르고 맑은 하늘에 울려 퍼진다.

7월의 첫 일요일, 우리는 어느 지방의 야구장에 있었다.

그 목적은 물론 현재 시합에 출전 중인 친구 노조무를 응원하기 위해서다. 여름 전국대회 출전권을 건 지방 예선 제1차전. 관중석에서 응원하는 우리 네 사람 앞에 등 번호 10번을 단 노조무가 마운드 위에 올라섰다. 등 번호가 에이스 넘버인 1번은 아니었지만, 이 팀의 실질적인 에이스는 2학년인 노조무다.

"세키, 힘내~! 확 날려버려~!"

"유우, 우리 고등학교는 이제 수비할 차례야. 날려버리는 건 이번 회차를 막고 나서 하는 거라고. 아까 공격은 좀 아쉽긴 했지만."

"앗! 그랬지. 아무튼 다들 힘내~!"

"세키, 유우찡 앞에서 부끄러운 모습 보이지 말라고~."

관중석에서 높은 외침이 날아갔지만 노조무는 눈앞에 있는 타자에 집중하는지, 우리의 응원에는 아무런 반응도 보이지 않고 진지한 표정으로 투구 폼을 잡았다.

"노조무, 가라!"

내가 응원하는 것과 동시에 노조무는 초구를 던졌다.

포수용 미트에서 기분 좋은 소리가 울리며 우선 스트라이크.

야구 초심자인 나도 알 만큼 공의 기세가 명백히 다른 직구였다. 배팅 센터에서 내가 가끔 쳤던 공이 얼마나 비실거리는 것이었는지 느껴졌다.

상당히 빠른 공이었는지 상대 팀 응원석에서도 "오오~." 하는 소리가 새어 나왔다.

"노조무는 역시 대단하구나. ……우리랑 있을 때는 늘 까이느라 바빴는데."

실제로 시합에 나간 노조무를 보는 건 처음이었지만 마운드 위에 선 그 모습은 정말 멋있었다. 키도 크고 근육도 다부진 체격에, 공을 던지는 폼도 훌륭하다.

야구만 하고 살았던 데다 연애에는 적극적이지 못한 성격 때문에 지금까지 이성 교제는 제대로 해본 적이 없었다지만, 찾아보면 노조무를 좋아하는 사람도 우리 학교에 있을 것이다.

……아마미가 '그렇지 않은' 것뿐이지.

"마키, 왜 그래? 무슨 생각 중이야?"

"우미……. 응. 연애라는 게 참 쉽지 않다는 생각에. 노조무가 저렇게 대단한 녀석인데도."

"그건 어쩔 수 없지. 세키가 노력하는 건 알지만, 우리 공주님은 그 이상의 강적이잖아."

"……하긴."

우리 근처에서 노조무에게 해맑게 응원을 보내는 아마미였지만, 지금 아마미는 노조무를 '그냥 친구'로밖에 보지 않는다. 아니, 지금까지의 경위를 생각해 보자면 노조무도 상당히 노력한 편이다. 하지만 그나마 나와 우미, 닛타가 있었으니까 이 정도지 노조무 혼자였다면 이렇게 되지는 않았을 것 같다.

지금 아마미가 이성으로 의식하는 누군가는 아직 없(는 듯하)다. 멋지고 잘생긴 사람이 없는 건 아니지만, 그건 어디까지나 존경과 동경심일 뿐 연애 감정과는 전혀 다르다나.

절친인 우미마저 모르는 아마미의 첫사랑은 대체 언제쯤 찾아올 것인가.

물론 아마미나 다른 사람 걱정보다 우선 내가 할 일은 바로 눈앞에 있는 소녀를 어떻게 행복하게 해줄까이지만.

"이, 있잖아, 우미."

"응? 왜?"

"그…… 아니, 됐어."

"뭐니? 갑자기 그렇게 물러서면 자꾸만 신경 쓰이는데."

"그렇긴 하지만 여기서 할 말은 아니라서. 그냥 집에 돌아가서 우리 둘만 있을 때 하는 게 좋을 듯하달까……."

"마, 키?"

"……네."

이렇게 계절이 겨울이든 여름이든 우리 둘은 여전히…… 아니, 전보다 더 친밀해졌다. 남녀의 선을 넘는 건 아직 먼 미래의 일이겠지만, 서로를 생각하는 마음은 지금까지 중 제일이라고 확신하고 있다.

"우미, 그럼 말하겠는데 그 전에."

"……으응?"

"……네 옆에서 속닥거리는 저 둘이 신경 쓰여서."

내 지적에 우미 옆에 앉아 있던 닛타와 아마미가 뜨끔해서 몸을 굳혔다.

"아, 우리는 신경 쓰지 마시고 편하게 하던 것 마저 하세요. 그렇죠, 아마미 씨?"

"무, 물론이죠, 닛타 씨."

"너희 말투가 좀 이상하다? ……자, 오늘은 세키를 응원하러 왔으니까 얼른 자기 자리로 돌아가기나 해."

"……우미한테 그런 말 듣고 싶지는 않은데. 아무튼 너희 둘도 어서 할 거 끝내고 응원이나 해. 오늘 목적은 데이트가 아니라 친구 경기 응원이니까."

"닛타는 여전히 독설가구나……."

노조무가 열심히 아웃 카운트를 올리는 중, 응원은 내팽개치고 사랑하는 여자친구와 꽁냥거리는 나……. 객관적으로 봐도 좋지 않으니까 집에 돌아갈 때까지는 좀 자중해야겠다.

어쨌든 오늘도 여자친구를 향한 내 솔직한 마음을 털어놓는다.

"우미."

"응."

"오늘도, 정말 귀여워."

"더 말해줘."

"추가 요청입니까? 아, 그럼, 그럼……."

"아하하, 농담이야. 그치만 고마워, 마키. ……에헤헤."

본격적인 여름의 도래는 이제부터지만, 우리는 어떤 의미에서 보자면 한발 먼저 한껏 달아오른 상태였다.

1. 여름을 향해서

여름방학이 다가온다는 실감에 절로 기분이 들뜨는 학생들도 많겠지만, 고등학생이 되면 초등학생처럼 신나서 날뛸 수만도 없다.

고2 여름이라고 하면 사람에 따라서는 '대학 입시' 라는 네 글자를 의식하게 되는 시기다. 실제로 우리 반에서도 몇몇 아이들이 "여름 강습 어떻게 할래?" 하는 대화가 종종 들린다.

그래서 나도 조금씩 앞날을 생각해야만 한다.

대학에는 진학하기로 마음먹긴 했지만…… 그것 외에 유일하게 결정한 사항이라고 한다면, 연인인 우미와 하게 될 앞으로의 생활 정도일까. 내후년 봄에는 같은 대학에 입학하고, 가능하다면 동거를 시작한 다음에 그 후에는……. 우미와 하고 싶은 일은 머릿속에 한가득 떠오르지만, 그것 말고 다른 건 감도 안 잡힌다.

우미와 함께 생활할 수 있다면 장래의 직업을 따지지 않겠다는 뜻은 여전하지만, 그래도 좀 더 나 자신의 관심사에도 눈길을 주는 게 낫지 않을까.

……아무튼 지금은 먼 미래보다 바로 코앞까지 닥친 기말고

사가 문제다.

“뿌우~. ……있잖아, 우미. 오늘이 무슨 날인지 절친인 너라면 당연히 알겠지?”

“응, 물론이지. 휴일 끝나면 시작되는 기말고사 대비 스터디 모임 날이잖아? 좋은 성적 받도록 열심히 공부해야지.”

“그러게. ……아니, 오늘은 내 생일이잖아! 7월 7일 칠석날, 1년에 한 번 견우와 직녀가 함께 시간을 보내는 로맨틱한 날이라고. ……그런데 왜 나는 수학 교과서를 펼쳐놓고 잠이랑 싸워야 하는 건데~…….”

“싸워야 하는 건 잠이 아니라 눈앞에 있는 문제겠지. 자, 이거 끝나면 생일 축하해 줄 테니까 그때까지 힘 좀 내. 자, 앞으로 네 페이지 남았어.”

“히잉……. 마, 마키…….”

“……날 그렇게 봐도.”

그렁그렁한 눈으로 도움을 구하는 아마미를 나는 슬그머니 외면했다.

아마미 본인이 어필한 대로 오늘 7월 7일은 아마미의 생일이다. 평소에는 스터디 모임을 우리 집에서 했는데, 오늘은 아마미 집 거실로 장소를 옮겨서 현재 다섯 명이 같이 큰 테이블을 둘러싼 채로 시험 대책을 짜는 중이다.

아마미한테는 미안한 일이지만 꾹 참고 더 노력해 줬으면 좋겠다.

“마키, 미안한데 여기 영어 문장 뭐라고 해석해야 해? 너무 길어서 뜻을 모르겠어."

"음? 아아, 여기는 이 that이 뒤로 연결되어 있으니까……. 봐, 이런 순서로 해석하면 이해하기 쉬울 거야."

"오오, 그렇구나. 고마워."

스터디 모임을 겸한 오늘 생일 파티에는 노조무도 참석했다.

여름 대회 기간은 야구부에게 아주 중요한 시기라서, 만약 순조롭게 경기에서 이겼다면 지금쯤 노조무는 아마미네 집 거실이 아니라 야구장 마운드에서 예선전을 치르고 있었을 테지만…….

"세키, 오늘은 유난히 열심히 하네? 1회전 패배 때문에 의욕이 남아도는 건가?"

"……닛타. 너 안 그래도 터지는 울분을 삭이려 애를 쓰는데 쓸데없는 소리를……. 어휴."

"노, 노조무, 힘내. 지긴 했지만 얼마 전에 시합이 좀 아까웠잖아. 그 누구보다도 노력했는데 말이야……. 그치, 얘들아?"

"응, 마키 말이 맞아. 얼마 전에 맞붙었던 그 팀은 현에서도 엄청 야구 잘하는 데였잖아? 져버렸지만 마지막까지 누가 이길지 알 수 없었고. 그치, 우미?"

"응, 상대방 벤치 쪽을 슬쩍 봤는데 세키의 실력이 의외로 좋아서 당황한 것 같았어. 그러니까 하는 데까지 최선을 다한 게 아닐까?"

"얘들아, 고마워……. 하지만 그래도 진 건 진 거니까 분하긴 해."

"뭘 그렇게 신경 쓰냐, 세키."

"닛타 넌 왜 그렇게 가볍게 넘어가냐……? 하긴, 넌 항상 그런 식이지만."

얼마 전에 응원하러 갔던 시합 결과는 아쉽게도 0:1로 패배하고 말았다.

결과적으로는 1회전 탈락이 되고 말았지만, 초짜인 내가 봐도 노조무는 정말 애쓴 것 같다. 야구 강호 학교를 상대로 중간까지 점수를 '0'으로 유지했고, 노조무가 타자로 나가 공을 쳐서 팀을 잘 이끌었다.

그러나 뜨거운 날씨 속의 시합 막바지에 가서 우리 팀 실수로 1점을 빼앗기고 나서, 그 후는 그대로 제압당한 채 경기가 끝났다.

이길 기회도 있었겠지만 그걸 자기 것으로 삼느냐의 여부가 강한 팀과의 역량 차이인 거겠지.

일찍 패배해 버린 탓에 여름방학에 노조무와도 함께 놀 시간이 늘어나게 되어 난 솔직히 기쁘지만……. 전국대회 출전을 목표로 했던 노조무의 심정도 이해가 가서 내 마음은 복잡하기만 했다.

"——어머나, 다들 왜 그렇게 우울한 표정이니? 우리 딸 생일에 그렇게 울적해하는 걸 보니 이 아줌마는 걱정되는구나."

"아, 엄마. 케이크는 샀어?"

"그래, 네가 원하는 대로 멋진 것으로 샀으니까 기대해."

다섯 명 중 유일하게 동아리에 가입한 노조무를 위로하고 있는데, 마침 장을 보고 돌아온 에리 아주머니가 거실로 들어왔다. 이렇게 아마미네 집 거실에서 모인 것도 우미의 생일 이후 처음이라 에리 아주머니도 유달리 들뜬 것처럼 보였다.

케이크 말고도 큰 고깃덩어리에 과일까지……. 이번에도 죄송할 정도로 맛있는 음식을 먹게 될 것 같다.

“이 아줌마는 세키를 처음 보는구나. 나는 이 아이들과 네 시합을 보러 가서 어쩐지 네가 초면으로 느껴지지 않네.”

“아, 안녕하세요. 세키 노조무라고 합니다. 저어…… 유, 아니, 아마미가 늘 잘 대해줘서.”

“어머나, 그냥 유우라고 하지 그러니. 나한테도 에리 아줌마라고 불러도 되니까. 우리 딸은 뭐…… 그냥 아무렇게나 불러도 돼.”

“으, 엄마! 나 공부 중이니까 방해하지 마!”

“그래, 그래. 과자는 여기 두고 갈 테니까 배고프면 알아서 먹으렴. 요리도 곧 준비하마.”

그렇게 말한 에리 아주머니는 주방으로 얼른 모습을 감췄다.

“세키, 미안해. 엄마가 얼마 전 시합을 보고 널 굉장히 마음에 들어 하셔서. 집에 데리고 오라고 어찌나 말이 많던지.”

“아, 그랬구나. 폐가 되지 않아서 뭐, 다행이네.”

“으, 응.”

“““………….”””

“뭐, 뭐야, 너희. 무슨 불만이라도 있냐?”

“아니, 난 별로.”

“마키 말에 이하동문.”

"이의 없습니다~."

아마미와 노조무를 보고 있으면, 둘 사이에서 노골적으로 서먹서먹한 느낌이 감도는 듯하다.

고백을 차고 차인 관계 때문에 이렇게 된 건 알겠지만…… 좀 더 '친구' 분위기를 내도 될 텐데.

"아무튼 아주머니도 돌아오셨으니까 이제 얼른 공부나 마저 끝내자. 마키, 유우는 내가 일대일로 봐줄 테니까 나머지 둘을 부탁해."

"알겠어. 그럼 한 시간 안에 끝내자. 닛타, 노조무, 조금만 더 힘내."

"그래."

"알았어~."

늘 그랬던 것처럼 우미와 둘이 분담해서 세 명의 공부를 봐주기로 했다.

내 공부도 하면서 봐줘야 하니까 솔직히 힘들긴 하지만, 내가 가르쳐준 걸 세 사람이 제대로 익혀가는 과정을 곁에서 지켜보는 일이 싫지 않았다.

사실 우리 다섯이서 같이 있으면 뭘 해도 재미있긴 하지만.

"……마키, 다 했어."

"위원장, 나도."

"아, 응. ……그래, 괜찮네. 우미, 너는?"

"간신히 합격점 나왔어."

"우으으으……."

아마미도 엄격한 선생님인 우미로부터 간신히 합격점을 받자, 단번에 몸에서 기력이 쭉 빠진 것처럼 책상 위로 풀썩 엎드렸다.

나 같으면 금방 봐주고 말지만, 우미는 이럴 때도 독하게 행동하는 걸 보면 교직 쪽에 자질이 있지 않을까 한다.

……매일처럼 쏟아내는 야기사와 선생님의 푸념을 들어보면 공무원이라 한들 교사도 결코 쉬운 직업은 아닌 것 같지만.

일단 오늘 스터디 모임에서 해야 할 일은 다 끝났으니 남은 건 기다리고 기다리던 생일 파티다.

거실에 펼쳐놓았던 교과서와 필기도구 등을 정리하고 테이블과 주변도 깔끔히 청소하고 나니, 에리 아주머니가 케이크를 가지고 왔다.

아마미의 캐릭터를 상징하는 듯한 해바라기 모양 설탕 과자와 각양각색의 과일이 가득 얹힌 홀 케이크.

가운데 있는 초콜릿에는 화이트 초콜릿으로 '유우, 열일곱 살 생일을 축하해' 라고 적혀 있었다.

"우와아, 정말 예쁜 케이크다……. 엄마, 고마워요."

"천만의 말씀. 선물도 준비했는데 그 전에 일단 촛불부터 끄렴."

"응. ……헤헤, 얘들아, 우선 그것부터 부탁해도 될까?"

""""알겠어.""""

생일 파티의 정석이라 할 수 있는 생일 축하 노래가 거실에 울려 퍼졌다. 우미 때도 당연히 했던 거라 두 번째이긴 하지만, 이렇게 노래하는 게 어쩐지 낯간지럽다.

……그래도 즐겁긴 하지만.

"후~………………. 됐다, 한 번에 다 껐어."

"한 번을 엄청 길게 하던데. 아무튼 축하해, 유우."

"응, 고마워, 우미, 그리고 얘들아!"

친구들의 축하를 받은 아마미가 활짝 웃는다. 아마미의 눈가에 살짝 빛나는 무언가가 보였지만, 그저 기쁘기만 해서 보이는 눈물은 아닐 것이다.

주변 사람들이 몰라서 그렇지, 아마미도 우리처럼 여러 가지 일로 고민하곤 한다. 공부에 관해서도, 인간관계에 관해서도.

남들보다 눈에 띄는 만큼 앞으로도 쓸데없는 질투나 호기심 어린 시선을 받는 일이 많겠지만, 그럴 때일수록 주변에 있는 우리가 더 도와주어야 한다.

나와 마찬가지로 아마미를 흐뭇하게 바라보는 우미와 노조무, 닛타도 마음은 똑같을 거다.

"그래, 다음은 기다리던 선물 증정 시간……으로 가면 좋겠지만, 너희 다들 배고플 테니까 먼저 차려둔 요리부터 먹으렴."

"찬성! 아까까지 우미 앞에서 열심히 공부한 바람에 나 너무 너무 배고파."

"그거 좀 듣기 거북하네……? 물론 나도 배가 고프지만. 하도 말을 안 듣는 어느 공주님 때문에."

"으으! 우미 말이 더 듣기 거북하잖아!"

거실의 평온한 분위기 속, 우리는 늘 그랬듯 대화를 주고받으며 테이블 위에 차려진 에리 아주머니의 요리를 먹어치우기 시작했다. 우미 생일 때 나왔던 것과 또 다른 음식들이 가득했지만, 하나같이 다 맛있었다. 비교하는 것도 이상하지만 에리 아주머니의 요리 솜씨는 우미네 엄마인 소라 아주머니에 엇비슷할 만했다.

그때 문득 요즘 난 엄마가 해준 요리를 통 먹지 않았다는 생각이 들었다. 엄마는 늘 일이 바빠서 우리 집 살림은 거의 내가 맡지만, 가끔 만들어주는 엄마의 음식 맛도 난 싫지 않다.

……그러고 보니 얼마 전까지만 해도 내 생일이면 엄마도 이만큼 생일상을 차려주려는 시기도 있었지?

남모르게 그런 상념에 잠겨 있는데, 무엇인가가 내 뺨을 콕콕 찌르는 느낌이 났다.

"마키, 왜 그래? 딱 보니까 무슨 생각하는 얼굴인데."

"어, 그래? 난 늘 똑같은 위원장 얼굴로 보였는데."

"위원장 얼굴이라니……. 아니, 그냥 옛날 생각이 나서. 이 자리에서 말하면 꼭 재촉으로 들리는데, 나도 다음 달에 열일곱이 되니까."

"아! 맞다, 그랬지! 그러고 보니 마키의 생일은 8월 6일이지? 우미의 생일 날짜에 각각 2를 곱하면 되니까 쉽게 기억이 되더라고~."

"남의 남자친구 생일을 무슨 역사 연도처럼 기억하다니. ……어쨌든 마키도 이제 얼마 안 남았구나."

"우미 너, 설마 사실은 위원장 생일을 손가락 꼽아가며 학수고대했던 거 아니야~? 실은 올해 초부터 생일 계획을 꼼꼼하게 짜놨다거나?"

"설마. ……밸런타인데이 끝나고부터는 어떻게 할지 가끔 생각이야 했지만."

"……야, 아사나기, 그런 걸 보고 '꼼꼼하다' 라고 하는 거야."

밸런타인데이부터라면 거의 반년 전인데, 그런 면까지 우미다워서 귀엽다며 나는 속으로 닭살 커플의 면모를 슬쩍 보였다.

기말고사와 여름방학이 앞서서 나도 모르게 잊고 있었지만 우미에게 내 생일은 나와 친구가 되고부터 처음 맞는, 그리고 연인이 되고 나서도 처음 맞는 날이다.

나도 우미만큼은 아니었지만 화이트데이가 끝나고 봄 방학을 맞이할 때부터 안절부절못하며 일상을 보냈던 기억이 난다. 선물은 무엇을 고를까, 우미한테 어떤 축하의 말을 건넬까. 지금 뺨을 붉히며 자기 목덜미를 만지작거리는 걸 보고, 우미 역시 그때 나와 똑같은 길을 걷는 중이구나 하는 생각이 들었다.

"기왕 이렇게 된 거 마키의 생일도 함께 축하하자. 마침 그날은 등교 날이니까 학교 끝나면 같이 놀고 오늘처럼 우리 집에서 케이크를 먹는 거야. 엄마, 그래도 되지?"

"또 갑자기 새로운 요구를……. 그래. 8월 휴가철에는 아빠 친가에도 가야 하지만, 8월은 그것 빼고는 거의 한가하니까."

"와아아! 너희도 다들 시간 있지?"

"나는 시간 많아. 위원장을 축하해야 한다는 게 미묘하지만, 집에 있는 것보다는 낫지."

"나도 아마 동아리 가야 하겠지만 저녁부터라면 나도 괜찮아."

아마미, 닛타, 노조무는 모두 OK. 그리고 장소도 에리 아주머니의 허락 덕분에 다 해결됐다.

나한테는 굳이 물어볼 것도 없고. 그럼 이제——.

"우미, 다들 이렇게 하자는데 어떻게 할래?"

"괜찮지 않을까? 내 생일 때도 그랬고, 평소처럼 다 함께 신나게 놀면 되지. 그리고 이런 호의는 순수하게 받아들이는 게 좋아. ……아니면 마키는 나랑 둘이서 날이 샐 때까지 같이 있고 싶었어?"

"으앗, 위원장, 너 은근 밝힌다? 너희가 닭살 커플인 건 새삼스러운 일도 아니지만, 여긴 여자도 많으니까 그런 발언은 자중하는 게 좋을 것 같아."

"왜 내가 한 발언으로 슬쩍 날조하는 건데……."

지난달의 여행(귀성?) 이후 우미의 여러 부분에 관심이 많은 건 새삼 부정하지 않겠지만 그건 지금 따질 것이 아니고, 어쨌든 우미의 말대로 모두가 축하해 준다는데 그 마음을 괜히 사양해서 무시하고 싶지 않다.

아마미와 에리 아주머니의 성격을 고려해 보면 오늘처럼 또 성대하게 축하해 줄 듯한데……. 그럼 그건 그것대로 또 죄송하다.

"다들 별문제 없다고 하니까…… 좀 이르긴 해도 그 말에 따르도록 할게."

"그럼 결정이네! 에헤헤, 다음 달은 아무 일도 없어서 선물 받은 소면이나 먹고 지낼 줄 알았는데, 마키 생일이 있어서 기대할 수 있겠다."

"어머나, 소면도 얼마나 맛있는데. 그럼 당일은 유우만 소면 먹어야겠구나."

"으윽……. 어, 엄마, 으, 으음……. 에헤헤, 어머니는 오늘도 참 아름다우시네요."

"유우찡, 환심 사는 방법이 엉터리야~."

닛타의 타박에 그 자리의 모두가 웃음을 터트렸다.

작년의 나라면 이런 상황을 절대로 상상하지 못했을 것이다. 지금까지 늘 혼자였던 내 주변에 이렇게나 많은 사람이 있을 줄이야.

1년 전과 지금. 어느 쪽이 더 좋은지는 사람에 따라 다르겠지만, 외로움을 잘 타는 나한테는 역시 곁에 누가 있는 편이 훨씬 낫다.

부끄러워서 입 밖으로 꺼내지는 못하지만 나는 지금 여기에 있는 모두가 너무나 좋다.

물론 그중에서도 우미가 최고인 건 변함없지만——.

……또 자연스럽게 바보 같은 생각을 하고 말았다.

떠들썩한 분위기 속에서 행복한 기분으로 마음과 배를 채운 우리는 드디어 생일 파티의 메인인, 주인공을 위한 선물 증정식 시간을 갖기로 했다.

제일 먼저 에리 아주머니는 아마미가 전부터 갖고 싶어 했다는 브랜드 모자를 선물해 주셨다. 나는 여성 의류에 관해 잘 알지 못하지만, '꽤' 가격이 나가는 브랜드라는 우미의 말에 더는 생각하길 그만뒀다.

선물은 금액이 아니라 마음이 중요하다. 그리고 아마미는 어디까지나 '친구' 이기에 너무 큰 지출을 해봤자 마음씨 고운 아마미를 미안하게만 만들 뿐이다.

"……노조무 너, 혹시 긴장했어?"

"…………………."

"노조무."

"!! 으, 응?"

"……노조무, 일단 심호흡부터 해."

노조무도 은근히 서툰 면이 있어서 무슨 일이 있으면 이렇게 도와주는 게 좋다.

설마 나한테 동성 친구를 돕는 날이 오다니. 약간의 사건으로도 크게 변화하는 게 인생일지도 모른다.

"유우찡, 생일 축하해. 자, 이거."

"고마워, 니나치. 니나치는 항상 센스가 있어서 존경스럽다니까~."

"그래? 유우찡은 뭐든 잘 어울리니까 솔직히 고르는 데 고민을 안 해도 되어서 좋아."

사실 아무렇게나 고른 것도 아니지만 이렇게 응대하는 닛타의 태도는 본받을 만하다. 특히 노조무가.

"저, 저어 아마미, 나도 선물이 있긴 한데. ……사실은 다른 걸 주고 싶었지만 시합에 이기지 못해서."

"얘, 승리를 선물하겠다, 뭐 그런 거였어? 세키, 그건 좀 징그러운데.”

“뭐 어때서 그래? 선물은 다른 애들이 줄 테니까 나 같은 야구광은 그런 쪽이 차라리 낫지 뭐.”

“그, 그랬구나. 근데 얼마 전에 세키 너 정말 멋있었어. 그러니까 너무 실망하지는 마, 응?”

“아, 그래? 닛타, 너도 아마미의 이런 면 좀 본받아라.”

“뭐라고오~?”

이럴 때 노조무와 닛타는 꼭 티격태격하는데, 견원지간 같아도 그렇게까지 험악한 분위기가 느껴지지 않는 게 옆에서 보면 은근히 잘 어울리는 듯하다.

……그저 둘 다 서로가 전혀 이상형이 아닌 게 문제지만.

“둘 다 진정해. ……아, 맞다, 아마미. 우리 선물은 이거야.”

“원래는 따로따로 고르려 했는데 우리 둘이서 돈을 모아 선물을 마련하는 게 선택지도 더 많을 것 같아서. ……생일 축하해, 유우.”

“와아, 고마워, 우미. 그리고 마키도. 근데 포장이 엄청 크다. 뜯어봐도 돼?”

““응.””

아마미가 선물이 담긴 포장을 기쁘게 뜯어 꺼낸 내용물은 뚱한 표정의 곰 인형이었다.

“이, 이건…….”

“응, 이거 얼마 전 네가 내 생일에 준 그거잖아. 그거랑 똑같은 종류야.”

“우미의 방에 있는 것과는 달리 여기엔 리본도 달려 있지만.”

“정말이네. 멋진 리본이 달려서 더 귀여워. 오늘 바로 방에 놔둬야지. ……에헤헤, 우미랑 같은 거라 더 좋아.”

우미와 둘이서 미리 선물 찾기(겸 데이트)를 하던 중 우연히 이걸 발견하고 ‘이거 괜찮겠다’ 라며 들뜬 마음에 덜컥 사버린 건데, 아마미가 이렇게 기뻐해서 참 다행이다.

그리고 이 곰 인형은 아마미가 산 이후로 일부 고객층에서 인기가 있었는지, 지난번에 아마미가 샀던 가격보다 1.5배 정도 더 비싸졌다는 건 우미와 나만 아는 비밀이다.

유행이란 참 이해하기 어렵다.

“근데 우미, 이 인형 이름은 어떻게 할까? 내가 선물했던 그건 이름을 뭐로 붙였어?”

“어? 아니, 그 인형 받은 지 제법 시간이 지나긴 했지만 이름까지는 생각 안 해봤어. 그, 뭐지, 그것 말고 상어 인형도 있지만 개도 이름이 없는걸.”

“유우찡, 우미한테 그런 심술궂은 질문은 하지 마. 우미한테도 남에게 말할 수 없는 부끄러운 일 한두 개 정도는 있을 테니까.”

“으음? 나는 그런 뜻으로 물은 게…… 앗! 아하, 그래, 그렇구나. 에헤헤, 미안해, 우미. 내가 이상한 질문을 해버렸네. 지금 얘기는 없었던 거로 해도 돼.”

“……야, 너희 무슨 이상한 착각을 하는 것 같은데. 그치, 마키?”

"으, 응. 그러네요, 네네."

사실 닛타와 아마미의 짐작이 아주 틀린 건 아니지만……. 더 이상은 본인의 명예를 위해 비밀에 부치는 게 낫다.

……우미가 혼자 방에 있을 때 내 얼굴과 닮은(닮았다고 하는데) 곰 인형을 내 이름으로 부르며 예뻐했다는 소라 아주머니의 극비 정보 따위, 난 모르고 들어본 적도 없다. 아무튼 그렇다.

"우미의 사생활은 일단 놔두고, 이 애의 이름부터 지어야겠다. 얘들아, 어떤 이름이 좋겠어?"

"위원장."

"……마, 마키코."

아니, 왜 그런 대답이 나오냐고.

"닛타는 원래 그렇다 치고, 노조무까지 그러기야?"

"근데 솔직히 보면 볼수록 이 인형 얼굴이 위원장 같단 말이지."

"하긴, 듣고 보니 정말 그러네."

"그, 그런가요……?"

아마미까지 그렇게 동의하는 바람에 곰 인형과 내가 닮았다는 것으로 정착되고 말았지만, 솔직히 난 내 인상에 대해 잘 모르겠다.

물론 내가 남들보다 뚱한 얼굴을 하고 있긴 하지만……. 하나같이 똑같은 평을 하니 나도 내 감각에 자신이 없어진다.

인형이 뚱해 보여도 어딘지 모르게 귀여운 맛이 느껴지는 건 내 눈으로 봐도 알 수 있으니까 그다지 기분 나쁘지는 않지만.

"그, 이름 짓기 경연대회 중에 미안하지만 가게 직원이 얘는 여자애라는 설정이라고 그랬어. 그리고 남의 남자친구 이름으로 가지고 놀지 말아줘."

"맞아, 얘들아. 여자애니까 남자애 같은 이름은 좀……. 아, 그래도 마키코는 여자애 이름 아닌가……?"

"아마미, 부탁이니까 분위기에 휩쓸리지 좀 마."

이대로 있다가는 돌이킬 수 없는 상황이 될 듯하여, 나는 그렇게 되지 않도록 필사적으로 애를 썼다.

그리고 친구들 앞에서는 절대로 말할 수 없지만 내 이름은 이미 우미가 쓰고 있으니 안 된다. 아니, 그건 그것대로 얘기가 이상하지만.

"일단 이름은 잠시 보류하는 게 어떠니? 우리 집 로키도 이름 정할 때 일주일이나 걸렸단다. 유우는 낳자마자 1초 만에 이름이 바로 생각났지만."

"엄마, 그거 나 칭찬하는 거야? 아니면 놀리는 거야?"

"그만큼 알기 쉬운 날에 태어났다는 거 아닐까? 내 이름도 쉽게 결정된 편이라던데? 우리 아빠가 다이치(大地), 엄마가 소라(空), 오빠가 리쿠(陸), 그래서 내가 우미(海)가 된 거래."

"오오, 우미네는 그런 식이구나. 난 그런 데 관심 없어서 니나라는 이름이 어떻게 유래한 건지 묻지도 않았는데. 그럼 위원장은?"

"난 아빠가 이츠키, 엄마가 마사키라는 이름인데, 부모님 이름 한자에서 한 자씩 따서 마키로 지은 거래. ……이렇게 보니까 이름에도 제각각 유래가 있어서 참 재밌다."

에리 아주머니가 적절하게 도움의 손길을 내밀어 준 덕분에 곰 인형 이름 문제는 넘어가서 일단은 안심이다.

나중에 아마미가 어떻게 할지는 모르겠지만, 나와 우미가 고른 선물이니 최대한 주인인 아마미가 아낄 수 있을 만한 이름을 지어주면 좋겠다.

……적어도 위원장과 마키코만 아니라면, 나는 다 괜찮다.

그렇게 즐거운 시간을 보냈던 아마미의 생일 파티도 끝나고, 이제부터는 기다리고 기다리던(?) 기말고사 기간이 됐다.

다른 사람은 어떨지 모르지만 나는 내년에 진학반으로 올라갈 생각이라 이번 학기의 기말고사는 그 어떤 때보다 훨씬 더 중요하다.

첫째 날, 둘째 날, 셋째 날, 각 교과목에서 우미가 해준 조언을 충실히 지키며 신중하게 문제를 풀어나갔다.

"——좋아, 아마 이러면 괜찮을 거야……."

기말고사 마지막 날, 마지막 문제까지 꼼꼼히 확인하자마자 시험 종료를 알리는 종소리가 교내에 울려 퍼졌다.

결과는 내일 이후까지 기다려야 하지만, 우선 지금은 끝냈으니 다행이라는 기분이다.

긴장감에서 해방된 나는 힘이 쭉 빠져 책상 위에 엎드렸다.

기말고사가 끝나면 이제 방학식까지 할 일이 별로 없다. 대망의 여름방학은 이제 코앞이다.

"──자, 모두 수고했어. 오늘은 수업도 없으니 얼른 돌아가서 공부로 지친 몸을 푹 쉬도록 하라고…… 말하고 싶지만, 잠시 전달 사항이 있으니까 좀 더 버텨줘."

"네! 야기사와 선생님, 혹시 체육제 때문인가요?"

"오오, 역시 아마미, 예리하구나. 그래, 여름방학이 끝나는 9월 초, 여전히 더위가 남은 날씨 속에서 열리는 즐겁고도 즐거운 대형 이벤트란다. ……는 무슨, 웃기시네."

마지막에 선생님이 낮게 중얼거린 말은 못 들은 것으로 하고, 아무튼 또 하나의 잊으면 안 되는 이벤트가 다가오고 있다.

우리 고등학교 체육제는 작년에 열린 문화제와 교대로 이뤄지는데, 가을의 큰 학교 행사 중 하나다. 왜 문화제와 같은 시기가 아니라 굳이 더위가 가시지 않은 9월에 하느냐고 따지고 싶지만, 그렇게 정해진 이상 학생들은 학교의 지시를 따르는 수밖에 없다.

체육제는 문화제만큼이나 준비 기간이 필요하다. 홍팀, 청팀, 백팀, 황팀으로 나누어 서로 경기를 치러야 하니까 우선 그 팀 나누기가 먼저고, 그다음은 팀별로 대표자와 부대표자, 응원단장과 기타 등등 수많은 팀원을 이끌어야 할 사람을 선발해야 한다.

격년으로 개최되는 행사라 학교 측에서는 문화제와 똑같이 기합을 넣어 대대적으로 진행한다는 걸 알고 있었지만, 그래서 더욱 준비 기간이나 종목별 연습에 상당한 시간을 투자해야 한다.

……즉, 원래 여름방학이었을 기간도 희생된다는 말이다.

"팀 나누기는 선생님들이 할 거지만……. 누구 2학년 그룹 대표 하고 싶은 사람 없니? 물론 도움을 준다면 그만큼 보상이 주어질 텐데——."

잠잠한 교실을 둘러본 야기사와 선생님은 작게 탄식했다.

"——그래, 없겠구나. 하긴 나도 학창 시절에 그랬지만."

선생님도 하기 싫은데, 학생들은 하고 싶을까.

체육제에서 대표로 나서면 눈에 띄고 모두의 신뢰를 받는 몸이 되니 활동하는 데 보람이야 있겠지만 그 대가로 여름방학 대부분을 체육제에 바쳐야 하니 우리 학생들에게는 감히 하기 어려운 선택이다.

응원단 등에 선출된 경우를 제외하면 대표자가 아닌 일반 학생이 본격적으로 체육제 연습을 시작하는 건 8월 연휴가 끝나고부터고, 그게 우리 고등학교 통례라고 한다.

그때가 되면 각 종목 일정과 전체 응원 연습 등 언제 무엇을 할지가 다 정해져 있어야 하니, 당연히 그 전에 일정 논의를 할 필요가 생긴다.

요즘에는 팀별로 적극적으로 소도구를 사용하는 등 소위 말해 '화려함' 을 노린 응원 등도 많이 투입하는 편이다. 그래서 거기에 맞춰 희생되는 시간도 늘어날 수밖에 없다.

설령 대표 활동이 내신 성적에 유리하게 작용한다고 해도 되도록이면 하고 싶지 않은 게 반 아이들의 본심일 것이다.

나도 마찬가지다.

"하지만 누구 한 명은 꼭 해야만 하는데~……. 학년 대표도 그렇고, 학급 대표도 필요해서."

젊은 나이여서 학생들과 감성도 비슷한 야기사와 선생님도 이게 어려운 부탁임은 잘 아는 듯하다. 그건 선생님의 미안해하는 표정만 봐도 쉬이 알 수 있다.

그러다 선생님의 시선이 문득 아마미 쪽으로 향한 것이 보였다.

선생님도 아마미가 나서길 바라는 건 아닐 테지만, 자연히 아마미에게 기대하게 되는 심정은 이해가 된다.

우선 능력적인 면만 봐도 아마미만 한 적임자는 없다. 반 대항전에서 보여주었던 경험자 뺨칠 정도의 퍼포먼스만 봐도 알 수 있듯, 아마미의 운동 신경은 가히 천부적이라 할 만하다.

그리고 무엇보다 발랄한 성격도. 대체로 금발벽안이라는 눈에 띄는 외모에만 주목하게 되지만, 아마미의 제일 큰 매력은 그 내면에 있다.

나와 우미 등 곁에 있는 사람밖에 실감하지 못하겠지만, 아마미의 넘치는 에너지와 순진함에 도움받은 때가 한두 번이 아니다.

아마미가 공부를 싫어하고 때로는 감정에 휩쓸려 내달리는 등 결코 완벽한 사람은 아니지만, 그 덕분에 '나도 정신 차리고 힘내야지' 라는 생각이 들게 된다. 그래서 아마미가 대표가 된다면 반의 사기도 치솟을 게 분명하다.

……하지만 그렇다고 해도 나는 아마미를 추천하고 싶지 않았다.

아마미의 마음을 고려하지 않는 것 같았기 때문이다.

나는 자리 바꾸기가 끝나서 이제 좀 멀리 떨어진 창가 책상 앞에 앉은 아마미의 모습을 지켜봤다.

"……뭔데, 아마미. 귀찮으니까 건드리지 마."

"나기사……. 하지만 그냥 그러고 싶어서."

마침 아마미와 그 앞에 앉은 아라에의 대화가 희미하게 들렸다.

역시 아마미도 '늘 그랬던' 분위기를 느낀 모양이다.

아직 아무도 '아마미를 반 대표로 하자' 는 말을 꺼내지는 않았다.

그러나 다들 내심 기대하고 있었다.

아마미가 태양처럼 밝은 미소와 에너지로,

'네! 저요! 제가 할게요!'

라고 말하기를.

나는 또 공기처럼 가만히 있기만 할 것인가 하는 생각에 어처구니가 없었다.

만약 아마미가 한다면 분명 최선을 다할 것이다. 기왕 하는 거 온 힘을 다해 노력하는 사람이 바로 아마미 유우라는 소녀니까.

그러나 그건 아마미의 진짜 의지가 아니다.

아마미도 다른 사람과 똑같다. 여름방학에 다 같이 놀고 싶을 텐데.

……아아, 바로 이런 거였구나.

무슨 일이 있을 때마다 아마미와 우미는 이런 것과 항상 싸웠다.

나는 그런 두 사람에게 속으로 존경심을 표했다.

"……저, 저어, 선생님!"

"? 마에하라, 왜 그러니? 혹시 대표로 나서려고……."

"아뇨, 제 능력으로는 부족한 점이 많아서 폐만 될 것 같아요……. 그게 아니라 일단 임시라도 좋으니 제비를 뽑아 결정하는 게 어떨까요? 이대로 있다가는 끝이 안 나겠어요."

아마 반 아이들 대부분이 '왜 네가 그런 소리를 하는 건데?' 하는 생각을 하겠지만, 그래도 반론은 나오지 않았다.

아마미가 이 시점에서 후보로 나서지 않는 사실이 존재하는 한, 반 아이들도 무책임하게 추천할 수 없다는 건 안다. 그러니 지금은 언제나처럼 운에 거는 수밖에 없다.

내 제안에 이의가 없음을 확인하자 선생님이 작게 고개를 끄덕였다.

"좋아, 그럼 시간도 없으니 마에하라 말대로 늘 하던 방식으로 정하자. 미안한데, 누가 남는 용지 하나 줄래? 그걸로 얼른——."

"——제가 해도 되는데요."

그러나 선생님 말씀이 끝나기도 전에 아마미와 같은 창가 자리에서 그런 목소리가 들렸다.

"뭐?"

"선생님, 못 들으셨어요? 제가 해도 된다고 했는데요. 대표요."

"! 아, 아니, 들렸어. 의외로 네 목소리가 또랑또랑해서. 그런데 설마 네가 자청할 줄은 몰랐구나."

선생님을 포함한 반 아이들의 시선 끝에 있던 이는 아마미가 아니라, 아마미 앞자리에서 늘 언짢은 표정을 짓던 아라에였다.

"나기사 너, 무슨 일 있었어? 뭐 잘못 먹기라도 한 거야?"

"오늘은 아침부터 물밖에 못 마셨어. ……뭐야, 아마미? 난 상관없으니까 불만이 있으면 네가 하면 되잖아."

"그런 건 아니지만……."

하지만 아마미와 마찬가지로 나도, 그리고 이 자리에 있던 모두가 깜짝 놀랐을 것이다.

그 아라에가.

2학년 첫 수업 날부터 무단결석에 이틀째부터는 미안한 기색 하나 없이 지각이나 하고, 그 후의 반 대항전 때는 아마미와 다른 팀원들에게 폐만 끼친 데다 그때부터도 학급 활동에 전혀 협조적이지 않았던 그 아라에가.

아침부터 물만 먹었다고 했는데, 혹시 그 물에 문제가 있었던 게 아니냐고 의심하게 될 만큼 적극적이었다.

"뭔데, 선생님에 애들까지 사람 짜증 나게 하고. 난 시험 끝나고 빨리 집으로 돌아가고 싶은데 소심하게 제비나 뽑아야겠어……? 대표 정해진 거니까 이제 그냥 가도 되죠? 그럼 전 이만."

"아, 잠깐만……! 대표 말고 남녀 한 명씩 백보드(응원용 광고 배너) 담당과 응원 소품 담당도 정해야 해서……."

"그래요? 그럼 백보드는 아마미, 그리고 소품은…… 야마시타가 하면 되겠네요. 너희가 해. 남자는 누가 하든 상관없으니까 그 좋아하는 제비나 뽑아서 결정하라고. 그리고 불만은 접수 안 한다. 내가 안 나서면 아무것도 못 정하는 겁쟁이들이니까."

여전히 입은 걸었지만 그 말이 틀린 건 아니라서 아무도 반박하지 못했다.

아라에는 반 아이들 쪽을 흘끗 보며 이의가 없음을 확인하더니 늘 그랬듯 귀찮다는 식으로 교실을 홱 나가버렸다.

"하여간 저 애는 왜 저렇게……. 어쨌든 아라에가 독단으로 정하긴 했지만 아마미와 야마시타, 그렇게 해보겠니?"

"아, 네. 그 정도는 저도……. 야마는?"

"나도 괜찮아. 아라에한테만 맡기는 것도 마음에 걸리고."

아라에의 바로 앞자리(야마시타)와 뒷자리(아마미)에 있는 두 여학생이 지명된 것을 보니, 아라에도 그저 아무렇게나 사람을 고른 건 아닌 모양이다.

작년 문화제에서 모자이크 아트 원안을 담당했던 것만 봐도 알 수 있듯 아마미는 그림 솜씨가 좋고, 수예부에 소속된 야마시타도 소품 만들기는 잘할 것이다.

……물론 아라에가 요즘 이 두 사람과 자주 대화를 나누는 것도 이유 중 하나이겠지만 말이다. 그리고 야마시타는 전에 했던 반 대항전에서 아마미와 같은 팀으로 뛰었던 멤버 중 한 명이다.

아마미를 귀찮게 여기는 듯하지만 사실 아라에는 외로움을 잘 타는 성격일지도 모른다. 다만 본인 앞에서 그걸 대놓고 말할 수는 없고, 혹시라도 입을 잘못 놀렸다가는 무서운 일이 벌어지겠지만.

"아무튼 여학생 쪽은 이제 결정됐고, 남학생도 얼른 정해볼까? ……아, 마에하라, 네가 먼저 제안한 거니 진행 좀 부탁해도 되겠니?"

"……그러네요. 알겠습니다."

이 분위기라면 내가 이대로 아마미나 야마시타 중 한 명과 짝이 될 것 같지만, 그렇게 되지 않으려고 제비뽑기를 하는 거다.

선생님이 준비한 작은 종잇조각에 '백보드' '소품' 이라고 각각 적고 빈 상자 안에 넣어 가볍게 섞었다.

난 여전히 사람들 앞에 나서는 건 별로 좋아하지 않지만, 그래도 조금은 배짱이 생겼다.

"으음……. 그, 그럼 입구 쪽 줄에 있는 사람부터 순서대로 뽑아주세요."

내 지시에 따라 남자애들이 저마다 하겠다는 기세로 제비를 뽑으러 나왔다.

남자애들은 여름방학을 희생양으로 삼아야 하지만 백보드 담당을 아마미와 같이해 볼 수 있다는 점은 매력적이라고 여기는 모양이다.

닛타의 말에 따르면 체육제 준비는 문화제와는 비교할 수 없을 만큼 담당 업무 파트너와 함께 보내는 시간도 길어서, 행사가 끝나면 어느새 둘이 커플이 되어 있을 때가 많단다.

그 이야기의 진위는 알 수 없지만 아마미와 가까워질 기회를 얻은 사람은——.

"나는…… 둘 다 꽝이네."

작년에 있었던 일 때문에 어쩌면 이번에도 나인가…… 했지만, 이번 당첨자는 나 다음에 제비를 뽑은 남자애였다.

"……마에하라, 이거."

"아! 그거야. 그럼 이번 체육제의 백보드 담당은 오야마구나. 아마미와 같이."

자기 차례를 기대하며 기다렸던 남학생들 사이에서 한숨이 쏟아졌지만, 어쨌든 백보드 당첨 제비는 오야마가 가지게 됐다.

몇몇 사람들한테는 간절했을 '당첨' 이었지만, 아무래도 오야마한테는 그렇지 않은 듯했다.

"……하아, 귀찮은 일을 맡게 됐네."

"미안해, 오야마. 그래도 받아들이기로 했잖아."

"나도 알아. 작년에는 마에하라 네가 그랬지만, 이번에는 내 차례인 거겠지."

오야마는 검은 뿔테 안경 위치를 고치면서 어깨를 툭 떨군 채 말했다.

그 정도로 우리가 대화를 주고받는 사이는 아니었지만 나와 오야마는 서로 공통점도 있어서, 오야마도 나처럼 여름방학을 더 우선하고 싶었을 것 같다.

물론 닛타 말처럼 체육제에 적극적으로 참가하면서 얻는 장점도 있다. 그렇지만 모두가 여름방학 중에 신나게 노는데 나만 평소처럼 교복을 입고 등교해서 더운 날씨에서 작업만 하는 건 괴로울 수밖에 없다.

그것도 좋은 경험이라고는 하지만, 과연 그게 정말로 모두에게 '좋은 경험' 일까.

나는 운이 좀 좋았지만, 다른 모두가 나처럼 되지는 않을 텐데.

순간 '내가 대신할까?' 라고 나서려 했지만 내가 먼저 받아들이라고까지 말한 데다 괜히 동정하는 것처럼 보일 거고, 오야마의 자존심에 상처를 줄지도 모른다는 생각에 그만두고 말았다.

"오야마, 힘들겠지만 우리 같이 힘내자. 만약 그림을 좀 못 그려도 다른 애들도 있으니까 함께 커버하면 괜찮아."

"아~……. 응, 그러네. ……아하하."

나와 오야마 사이에 흐르는 미묘한 분위기를 알아차렸는지 아마미가 평소와 같은 태도로 말을 걸었지만, 그에 비해 오야마는 그런 아마미한테서 슬쩍 시선을 피하며 뒷걸음질 쳤다.

이렇게 가깝게 얼굴을 마주하고 대화하는 게 오랜만이지만, 오야마는 1학년 때보다 지금이 더 작게 보였다.

체격으로는 나와 별 차이가 없을 텐데……. 아마미 앞에서 움츠러든 건지 늘 고개를 숙이고 등을 굽힌 자세가 더 심해졌다.

"마에하라, 아마미의 파트너는 이만 됐고 이제 내 파트너도 확정해 주면 좋겠는데. 나도 그냥 아무나 하면 되니까."

"아, 미안. ……그럼 남은 사람은 빨리 제비 뽑으러 나와주세요."

야마시타의 한마디로 다시금 뽑기가 시작되어 반 대표 한 명과 백보드 담당, 응원 소품 담당 남녀 짝꿍이 결정됐다.

그 외로 응원단 등의 멤버는 팀 결정 후에 희망자를 받기로 해서 일단 오늘 할 일은 다 끝났다.

이미 학교 안에는 없을 아라에보다 훨씬 더 늦게, 우리도 마침내 하교할 수 있게 됐다.

내 자리로 돌아가 하교 준비를 하는데, 아마미가 나한테 말을 걸었다.

"마키."

"아마미……. 뭐라고 말하면 좋을지 모르겠지만 그, 힘들겠다."

"괜찮아. 여름방학이 좀 줄어들겠지만 그만큼 남은 시간에는 실컷 놀 거니까. ……마키, 미안하지만 우미랑 각오해 줘야겠어."

"어쩐지 얼굴이 무섭다……."

당연히 우미와 함께 아마미와 어울리긴 할 거지만, 힘이 넘치는 아마미를 생각해 보면 내 체력이 과연 마지막까지 버틸 수는 있을까 걱정된다.

……정말로 충실한 여름방학이 될 성싶다.

"오늘도 우미와 같이 집에 갈 거지? 나도 끼어도 돼?"

"나는 괜찮지만……. 우미네 반은 벌써 끝난 것 같으니까 데리러 갈까?"

"에헤헤, 알겠어~."

나는 아마미와 함께 교실을 나가기 전에 안에 남아 있는 사람을 슬쩍 확인해 봤는데, 아까까지 자리에 있었을 터인 오야마는 어느 틈에 사라지고 없었다.

오야마가 너무나도 하기 싫다는 태도여서 안됐다 싶긴 하지만, 그래도 결과는 결과이니까 받아들이는 수밖에 없다.

"……마키, 혹시 오야마가 걱정돼서 그래?"

"아, 응. 성격상 땡땡이치고 그러지는 않겠지만……."

"괜찮아. 그 부분은 내가 잘 챙겨서 오야마가 고립되지 않도록 신경 쓸게."

"아마미 넌 의욕이 넘치나 봐."

"응, 아까도 야마랑…… 아, 야마시타랑 얘기했는데 우리 2학년은 이번 체육제가 고등학교 생활 처음이자 마지막이잖아? 그러면 즐겁게 하는 게 좋을 것 같더라고."

"아하, 하긴 그렇게 생각해 볼 수도 있겠네."

나는 이번에 일반 참가지만 기왕 하는 거 성실하게 해서 최대한 우승을 목표로 연습할 수 있으면 좋겠다.

그리고 내 옆에 우미가 있다면 더욱 인상 깊은 추억이 될 것이다.

이제 곧 논의를 통해 팀을 나눈다는데, 우미네 11반과 꼭 한 팀이 되길 바라는 마음이다.

"그런데 우미는 아직 교실에 있겠지? 요즘 우미가 먼저 끝나면 늘 교실 문 바로 앞에서 마키를 기다리곤 했는데."

"그렇지. 근데 우미한테도 개인적인 관계가 있으니까."

2학년이 된 지 대략 3개월 반 정도의 시간이 지났는데, 우미는 순조롭게 반 아이들 사이에 녹아들었고 나카무라를 비롯한 반 대항전 때 멤버들과 여전히 잘 지내는 듯했다.

우미한테서도 그 네 사람의 이야기를 자주 듣는데, 그때 보이는 우미의 즐거운 미소가 또 귀여워서……. 어쨌든 우미가 다툼이나 복잡한 일 없이 학교생활을 하고 있어서 남자친구로서 마음이 편하다.

반쯤 열린 문을 통해 11반 교실 안을 들여다보며 안에 들어가도 괜찮은지 확인했다. 나카무라가 툭하면 나를 교실로 잡아끄는 바람에 이미 11반 아이들 몇몇도 내 얼굴에 익숙하지만, 그래도 내가 먼저 발을 들이는 건 아직도 좀 긴장된다.

교실로 들어가자 우리를 알아차린 키 작은 소녀, 시치노가 폴짝거리는 발걸음으로 다가왔다.

"오오? 마에하라 씨, 무슨 일로 오셨어? 뒤에 아마미까지 데리고."

"안녕. 우미 데리러 왔는데……."

"아아, 그렇구나. 야~. 우미. 마에하라 씨가 빨리 집으로 가서 꽁냥거리자는데~!"

"그렇게까지는 말 안 했는데……."

시치노의 말대로 우미와 그러고 싶은 마음이 없는 건 아니지만, 다들 내 생각을 다소 과장해서 대변하는 느낌이다.

경음악부에서 베이스 담당인(아마도) 시치노의 보컬 빰칠 정도로 카랑카랑한 목소리가 우미의 귀에 닿자, 내 귀여운 여자친구의 뺨이 살그머니 붉게 물들었다.

"으으, 미쿠, 괜한 소리를……. 미, 미안, 나카무라. 마키를 기다리게 할 수는 없어서, 이 얘기는 내일 또 하자."

"응, 알겠어. 나도 의욕 있고 열심히 할 것 같은 사람을 찾아보지 뭐. 료코라든가, 료코라든가, 료코라든가."

"아하하, 그건 좀 기대하기 힘들 듯?"

우미가 나카무라의 곁을 떠나 이쪽으로 다가왔지만, 어쩐지 표정이 굳은 것처럼 보였다.

"우미, 나도 같이 집에 가도 돼?"

"유우……. 응, 물론이지. 마침 오늘 친 교과목 시험에 관해 좀 물어볼 것도 있고."

"맞다, 나 그러고 보니 엄마 심부름이 있었——."

"친구야, 도망갈 수 있을 것 같니?"

"흐앙~! 제발 살살 좀 부탁해~!"

두 사람의 대화만 보면, 평소와 별반 다를 게 없는 '언제나의' 아사나기 우미였지만.

"……우미, 나카무라랑 무슨 얘기 했어?"

"그냥 뭐. ……여기보다는 마키네 집에서 과자 먹으며 천천히 얘기하자. 유우도 같이 들어주면 좋겠는데."

"물론이지. ……괜찮아, 무슨 중요한 얘기인 것쯤은 나도 눈치챘어."

"오, 그럼 다행이고."

친구와 연인을 향해 늘 그랬던 것처럼 미소로 화답하는 우미의 손을 잡고, 나는 우리 집으로 자리를 옮기기 위해 얼른 학교를 빠져나왔다.

연인과 친구들과 떠들썩하고 신나는 여름방학을 보낼 줄 알았지만, 아무래도 올해 여름은 조금 뜻밖의 방향으로 나아갈 듯한 기분이 든다.

※※※

상황은 마키와 유우가 나를 데리러 오기 좀 전으로 거슬러 올라간다.

기말고사 모든 일정이 끝난 직후, 나는 나카무라를 포함한 네 명과 시험 결과에 대해 이런저런 이야기를 나누고 있었다. 이번 기말고사는 제법 풀기 어려운 문제가 많이 나와서, 저마다 '이번 성적은 위험하겠다' 라며 떠들었다.

다만 나카무라만 "음? 난 만점인데?" 라며 여전히 여유로운 표정을 숨기지 않아서 웃음을 터트리고 말았다. 나도 노력은 했지만 이번에도 1등은 나카무라일 듯하다.

그때, 우리에게 방문자 한 명이 찾아왔다.

"——아사나기, 오랜만이야. 내 동생이 늘 신세를 지고 있네."

"! 앗, 회장님."

"토모오 선배라고 불러. 아직 학생회장이긴 하지만 1학기 끝나면 바로 회장 퇴임이니까."

예전에 같은 반이었던(그리고 일단 친구인) 세키와 비슷한 분위기를 풍기는 그 사람은 우리 고등학교의 학생회장 세키 토모오 선배였다. 이렇게 회장과 얼굴을 마주하고 대화하는 건 작년 크리스마스 이후 처음이니까 거의 반년이 넘었다.

선배는 고3이 되면서 더욱 위엄 넘치게 변했지만, 그래도 인상에 예전과 그다지 차이는 없다. 즉, 내가 잘 아는 평소의 토모오 선배였다.

"조금 이르긴 하지만 지금까지 회장 일 하느라 고생 많으셨어요. ……그런데 선배는 왜 우리 반에 왔어요? 놀러 온 건……아닌 듯한데. 당연하지만."

"후후, 물론이지. 솔직히 말하자면 오늘은 스카우트 좀 하러 왔어."

"네? 스카우트……라면 학생회 임원 권유라도 하려고요?"

"그래, 하지만 조금 달라. 오늘은 너와 저기 가방에서 과자를 꺼내는 나카무라……. 너희 둘에게 볼일이 있어서 왔어."

"네?"

"우우움?"

토모오 선배가 나와 나카무라한테 볼일이 있다니……. 이야기의 흐름상 학생회 관련으로 무슨 부탁이 있어서 온 거겠지만, 그렇다면 학생회 고문 교사로 있는 우리 반 담임 선생님을 통해 전달하면 될 일이다.

굳이 학생회장이 직접 부탁하러 온다는 건.

"아사나기, 나카무라, 학생회 일에 관심 없니? 너희 둘 중 한 명이 우리 학생회 회장직을 이어받으면 좋겠는데."

역시나 이런 중요한 이야기가 나왔다.

"부끄럽지만 2학기에는 발족해야 하는 새로운 학생회 회장이 아직 결정되지 않아서. 부회장 이하의 임원은 다 정해졌지만 다소 예상치 못한 일이 생겼거든……. 그 부분에 대해 잠시 얘기해도 될까?"

"……나카무라, 어떻게 할래?"

"난 괜찮아. 스카우트 제안을 받아들일지 어떨지는 아직 몰라도 난 살짝 배가 고파서 과자를 먹을 정도로 한가하니까. 너도 남자친구의 HR 시간이 끝날 때까지 할 일도 없잖아?"

"으……. 그렇긴 하지만."

스마트폰을 보니 마키한테서 '미안, 체육제 일로 조금 늦을지도' 라는 메시지가 와 있다.

결국 토모오 선배의 이야기를 듣게 될 것 같다. 갑작스러운 일이라 내심 동요를 감추지 못하고 있지만 말이다.

이야기를 요약해 보자면, 지난달에 새로운 학생회 멤버는 이미 내정되어 있었고 2학기부터 시작될 본격적인 발족을 위해 예전 회장(이 될 예정)인 토모오 선배를 비롯한 구 학생회 멤버들이 인수인계 작업을 하던 중이었다고 한다.

그러나 갓 입학한 1학년 멤버들도 포함하여 우선은 새로운 학생회 첫 임무가 될 가을 체육제에 맞춰 토모오 선배의 도움을 받으며 물밑 활동을 개시하던 중…… 새로운 학생회장이 될 2학년 학생(우리 반은 아니고)이 가정 사정으로 인해 9월에 해외로 이사하게 됐단다.

이미 결정된 사항을 뒤엎기는 어렵다고 판단하여, 일단 지금 소속된 학생회 멤버로 어떻게 해볼 수 없는지 고려해 봤지만 현재 멤버로부터는 별로 좋은 대답을 받지 못했다.

"——그래서 저와 나카무라 둘 중 하나를 영입하러 왔다는 거네요."

"응, 담당 고문 선생님과도 상의했더니 마침 성적도 좋고 특별한 동아리 활동도 안 하는 학생이 있다지 뭐야."

"흐음, 그렇군요. 정말 민폐가 따로 없네요."

"앗……. 나카무라는 여전히 대놓고 말하는구나."

"그거야 그렇지. 학생회장 앞이니까 조심해야겠지만, 그래도 귀찮은 건 귀찮아. 아무리 갑작스러운 일이라고 해도 미리 약속도 안 잡고 갑자기 오는 건 실례 아니야?"

"미안해. 선생님께는 오늘 찾아갈 거라고 전해달라는 부탁을 드렸는데……."

토모오 선배의 말에 우리 둘은 묵묵히 고개를 가로저었다.

하여간 그 너구리 선생……. 귀찮은 일을 잘도 떠넘겼다.

특히 학년에서 상위 5등 안에 드는 우리를 추천한다는 점이 그야말로 아무 생각이 없다는 뜻 아닌가.

내 개인적인 생각이지만 학생회 활동에 학업 성적은 그다지 필요치 않다. 다른 학생에게 모범을 보여야 한다는 이유에서 다소 성적이 요구될 때도 있지만, 제일 중요한 건 의욕이다.

초등학교 중학교 때만 해도 전혀 생각지 못했지만, 토모오 선배가 작년 문화제와 크리스마스 파티 기획으로 정신없이 바쁜 모습을 보면 역시 학생회 활동은 최대한 멀리하고 싶었고 나처럼 느끼는 사람도 분명 많을 것이다.

우리 고등학교에 학생회 선거 시스템이 없다는 게 바로 그 증거다. 모집해 봤자 선거를 벌일 정도로 입후보자가 모이지 않기 때문이다.

그리 비교하고 싶지는 않지만 선거 시즌만 되면 학교 전체가 시끌벅적해지는 타치바나 여학교와는 정말로 딴판이다.

"약속과 관련해서는 고문 선생님한테만 맡겨서 미안해. 당장 답을 할 필요는 없고, 정 하기 싫으면 거절해도 괜찮지만……. 그래도 조금이라도 마음이 바뀌거나 우리 학생회 활동 이야기를 듣고 싶으면 언제든 나한테 연락해 줘. 환영할 테니까."

그렇게 말한 토모오 선배는 공손하게 인사라도 하듯 깊게 머리를 숙였다.

아무리 부탁하는 입장이라도 그렇지, 하급생인 우리한테 이렇게까지 부끄러움을 무릅쓰다니.

"……선배는 정말 대단하네요. 곧 물러날 텐데 후배들을 위해 우리한테까지 머리를 숙이고."

"물론 나도 '왜 회장 자리에 입후보했을까' 하고 몇 번이나 생각한 적이 있어. 그렇지만 보람도 있고 나를 따르는 귀여운 후배들도 있어서. 1년 이상 하면 애착이 생기긴 하지."

"하긴…… 그렇겠네요."

원래 학생회 가입 권유는 새로운 멤버나 담당 고문 선생님한테 맡겨도 될 텐데 그러지 않고 본인이 직접 적극적으로 움직이다니 참 토모오 선배답다.

평소에 나와 토모오 선배는 그다지 접점이 없지만, 그런 선배한테 아무런 은혜를 느끼지 않는다고 하면 그건 거짓말이다.

나와 마키가 '친구' 사이였다가 '연인'으로 발전하는 계기가 된 크리스마스 파티. 그 일이 없었다면 마키와 나는 지금도 '친구' 였을지도 모르고, 2학년이 된 우리의 관계가 전혀 달라졌을 수도 있다는 생각을 하니 어떤 형태라도 선배한테 은혜를 갚는 것도 나쁘진 않을 것 같긴 하다.

"아무튼 오늘은 이만 실례할게. ……너희 모두 기말고사 치르느라 고생 많았어."

그렇게 말하며 선배는 우리를 포함한 반 아이들 모두에게 손을 흔들며 온화한 미소를 지은 채 교실을 나갔다.

분명 속으로는 제법 절박한 상황일 텐데 그런 티를 조금도 내지 않다니……. 토모오 선배의 동생인 세키와는 천지 차이다.

"우움……. 그러후나, 저 하라미 우리 하교 하해해자……."

"나카무라, 과자나 다 먹고 말하자, 응?"

"우웅, 아라써."

당혹스러움을 감추지 못했던 나와는 대조적으로 단단한 과자를 아작아작 먹기 시작한 나카무라는 여전히 마이페이스다.

나도 이만큼 뻔뻔하다면 좀 더 정신적으로 편안한 학교생활을 할 수 있을 것 같다……는 그런 마음이 순간 들었지만, 그건 그것대로 쓸데없는 적을 만들 듯해서 더는 생각하길 그만뒀다.

나는 나. 지금도 충분히 행복하니까 이대로도 괜찮다.

마키도 분명 그렇게 말할 테니까.

……그런 생각을 하고 있자니 마키의 목소리가 너무나도 듣고 싶어졌다. 오늘 있었던 일을 당장이라도 이야기해 주고 싶었다.

작년 가을까지와는 달리, 너무나도 좋아하는 사람이 생기고

부터 나는 더 이상 혼자 모든 걸 끌어안지 않게 됐다. 안 좋은 일이 있으면 바로 마키한테 털어놓고, 내 머리를 쓰다듬어 주는 마키한테 안긴 채 둘이서 문제를 상의한다.

내가 생각해도 난 참 어리광쟁이인 것 같아 쓴웃음이 나왔다.

"그런데 아사나기, 회장이 저렇게 부탁하는데 어떻게 할래? 저 선배를 봐서는 아마 어떻게든 대신할 사람을 찾아내겠지만."

"……어쩌면 졸업 직전까지 회장을 할지도."

"아, 그러게. 책임감 강해 보이는 눈빛이었으니까. ……근데 오히려 그렇게 하면 안 되겠지."

"응, 그건 좀."

3학년은 본격적인 입시 시즌까지 반년 남았으니, 토모오 선배를 거기에만 집중할 수 있게 해야 한다.

……응, 역시 이건 혼자 못 정하겠어.

마키만이 아니라 유우나 니나의 의견도 듣고 싶었다.

※ ※ ※

학교 행사에 사생활까지 올해 여름은 유난히 바쁠 거라고 예상했지만, 설마 토모오 선배가 그런 제안을 했을 줄이야.

토모오 선배라고 하면 내 머릿속에 제일 먼저 떠오르는 이는 노조무지만, 물어봐도 노조무는 자기 동아리 때문에 바빠서 그런지 학생회 관련 이야기는 아는 바가 없었다.

『(세키) 그런 일이 있었구나. ……누나는 남 일은 그렇게나 알아내려고 난리면서 자기 얘기는 통 안 하니까.』

『(니나) 그건 네가 못 미더워서가 아닐까?』

『(세키) 닛타 너 정말.』

『(마에하라) 얘들아, 진정하고……. 일단 들어줘서 고마워. 나머지는 우리끼리 얘기해 볼게.』

『(세키) 그래, 난 이만 동아리 가봐야겠다.』

『(니나) 나는 한가하지만 밤새우느라 피곤해서 이만 자련다.』

『(아마미) 둘 다 고마워!』

『(아사나기) 그럼 내일 보자.』

『(니나) 알겠음~.』

『(세키) 또 보자.』

나는 노조무까지 끼어서 떠들썩했던 우리 다섯 명의 전용 채팅방을 닫았다.

친구들은 그저 이번 문제에 관한 이야기만 들어줬을 뿐이지만, 그것만으로도 다소 기분이 편해져서 얼마나 고마운지 모르겠다.

이런 게 바로 '친구가 제일이다' 라는 것일까. 내가 그런 말을 쓰게 되는 날이 오다니, 예전에는 상상도 못 했다.

"일단 답은 보류하더라도 앞으로를 고려해서 방학식 전까지는 대답하는 편이 좋겠네……. 우미, 선배한테 다른 말은 들은 거 없어?"

"아직은 별로. 하지만 체육제 때문에 최대한 빨리 답해주는 게 좋지 않을까? 새로운 학생회의 첫 임무가 그건데."

우미 말로는 이미 물밑 준비가 한창이라니까 새로운 학생회도 최대한 빨리 정식 멤버를 갖추고 싶은 모양이다.

팀 나누기부터 시작해서 종목 결정이나 장소 마련, 체육제를 보러 오는 보호자 및 내빈 대응 등, 내가 생각해도 이 정도는 바로 나온다. 체육제 후의 뒷정리 등 자잘한 잡무까지 포함하면 문화제보다 더욱 힘들 것이다.

게다가 전교생을 대표한다는 압박감까지 따라붙는다.

……상상하기만 해도 나한테는 너무 부담스럽다.

"우미는 어떻게 할 거야? 얘기를 들어보니 다소 진지하게 고민하는 듯한데……."

"설마. 토모오 선배 말대로 활동하면 성취감도 들 거고 좋은 경험일 거라는 부분은 확실하지만, 귀중한 고2 여름방학을 날린다고…… 생각하면 별로 내키지 않아. ……작년 여름이라면 아마 마음이 흔들렸겠지만."

"그랬구나. 학생회장 우미라니……. 에헤헤, 어떨지 궁금하긴 하다. 그리고 나는 부회장이고 우미를 열심히 돕는 거야."

"그렇게 되면 우리 위치가 평소와 반대 아니야? 하긴, 낙제점 아슬아슬한 성적만 받는 학생회장이라면 일반 학생들이 걱정하겠지만."

"그건 그럴지도, 아하하."

"웃을 일이 아니야."

이 두 사람이라면 그런 미래도 있지 않았을까.

아마미가 학생 대표가 되고, 그 곁을 우미를 포함한 뛰어난 학생회 임원들이 챙기는…… 광경이 너무나도 쉽게 상상되어, 오히려 초등학교와 중학교 때 그런 기회가 없었다는 사실이 더 의외였다.

객관적으로는 토모오 선배가 새로운 학생회장 후보 중 한 명으로 우미를 점찍는 것도 타당해 보인다. 학업 성적은 말할 것도 없이 우수하고, 리더 자질도 충분하기 때문이다.

내가 우미의 연인이라서 팔이 안으로 굽는 것일지도 모르지만, 학업만 뛰어난 나카무라나 확고한 존재감을 가진 아마미에 비해서 우미 역시 종합적으로는 절대로 뒤지지 않는다.

만약 작년 여름이었다면 난 아마 무책임하게 우미를 추천했을 것이다.

……결국 그런 미래는 찾아오지 않았지만.

"있잖아, 마키."

"응."

"마키는 내가 어떻게 하길 바라?"

"……혹시 '우미의 결단을 존중하겠습니다' 라는 대답은……."

"…………."

"아, 네, 알겠습니다. 안 하겠습니다."

조용히 생글거리는 우미의 얼굴에 나는 대번에 물러났다.

안다. 이럴 때 나는 내가 원하는 바를 우미에게 있는 그대로 전해도 된다.

……어째서인지 옆에서 히죽거리는 아마미가 마음에 걸리지만, 친구의 시선을 의식해서는 닭살 커플 짓은 못 한다.

"이미 알고 있겠지만 솔직히 난 이 제안을 받아들이지 않으면 좋겠어……. 당연히 네 능력은 의심할 여지도 없고 만약 이 제안을 받아들인다면 우미가 토모오 선배보다 더 잘할 거라 믿어."

"그건 너무 과대평가 아니니? 마키가 그렇게 말해주니 나야 영광이고 기쁘지만. ……능력은 문제없지만 그래도 내가 안 하길 바란다는 거네?"

"응, 안 그래도 서로 다른 반이라 같이 있을 시간도 부족한데, 학생회 활동까지 하면 더 함께하지 못할 게 뻔해서 그런 건 생각도 하기 싫어."

아마미를 비롯한 친구들은 지금도 충분하지 않나? 하고 어처구니없어하겠지만, 내 개인적으로는 우미와의 시간이 더 필요하다.

아침이 되면 우미가 데리러 오고, 수업 중에는 서로를 생각하다가 몰래 스마트폰으로 채팅하고, 방과 후에는 함께 하교하고, 밤이 되면 어느 한쪽이 잠들 때까지 통화를 이어가고, 그러다가 주말이 되면 같은 공간에서 최대한 오래 둘만의 시간을 보낸다……. 지금도 그렇게 하지만 만약 우미가 학생회에 소속되면 방과 후 시간은 줄어들 것이고 휴일에 나 혼자 있게 될 가능성이 크다.

"남들한테는 '좋아하는 사람과 보내는 시간이 줄어서 싫다'라며 단순히 떼를 쓰는 것처럼 보일 거고, 그 정도를 가지고 바쁘다고 보긴 어렵다는 것도 이해하지만……. 그래도 나한테는 중대한 문제니까."

지금껏 외톨이 학교생활을 해온 나한테는 누군가와 함께하는 여름방학 자체가 처음이다.

그리고 제대로 놀 수 있는 것도 고등학교 생활 중에는 이번이 마지막이다.

토모오 선배가 난처하다는 것도 알고 도움을 주고 싶은 마음이 없는 것도 아니다.

그렇지만 어느 쪽을 골라야 한다면 내 선택은 단 하나.

"……그러니까 저어, 우미."

"응."

"여름방학에는 될 수 있으면 나랑 에어컨 바람 시원한 방에서 게임 하고 영화 보면서 같이 있어 줘. ……부탁할게."

"……으음~."

"어어? 내가 무슨 실수라도……. 아, 하긴 이런 말 하면 안 되는 건데, 미안해."

"그러게 말이야. 이렇게까지 당당하게 떼를 쓰다니 오히려 속이 다 시원하네. 그치, 유우?"

"아하하……. 그 심정은 이해하지만."

평소라면 내 편이 되어줄 두 사람까지 쓴웃음을 지었지만, 나를 바라보는 둘의 얼굴은 자애로움으로 넘쳐나고 있었다.

"후후……. 우미, 마키가 이렇게까지 말하는데 그걸 고려해서 토모오 선배한테 어떻게 대답할 거야? 괜찮으면 나도 같이 생각해 줄까? 토모오 선배도 들으면 받아들일 수 있는 대답으로."

"유우 너한테 맡기면 '받아들이기' 는커녕 '어이없거나' '환멸' 로 끝날 듯한데……. 그래, 네가 그렇게 해주면 나야 나쁠 게 없지만."

우리 앞에서는 우미가 학생회장 취임에 대해 부정적인 반응을 보였지만, 마음 어딘가에서는 망설이고 있는지도 모른다. 토모오 선배는 우리가 신세를 진 상급생 중 한 명이고, 나만큼이나 사람 좋은 우미의 성격상 은인의 부탁을 매몰차게 내치지는 못할 것이다.

그래서 이번 일은 내 고집으로 밀고 나가는 게 낫다.

나 좋자고 여자친구를 곁에 두게 됐다.

이런 고집은 앞으로 되도록 부리고 싶지 않지만, 이 여름만큼은 내 욕구에 솔직해지고자 한다.

……물론 이상한 뜻이 아니라.

"좋았어. 그렇게 정했으면 바로 내일 대답하러 가야겠다. 마키, 내일 방과 후에 나랑 학생회실에 가줄래? 나, 너랑 같이 있고 싶은데."

"그거야 당연하지. ……뒤에 서 있기만 하면 돼?"

"응, 부탁까지 받았는데 거절하는 건 마음에 걸리지만 내가 직접 말하는 게 낫지."

남자친구와 같이 학생회장의 요구에 답하러 가다니, 내가 봐도 어지간히 심한 닭살 커플 짓이 아닌가 싶었지만 토모오 선배한테도 '이게 평소 우리 모습입니다' 하고 알리기에는 좋은 기회일지도 모른다. 크리스마스 파티 때의 답례도 제대로 하지 않았고.

"고마워, 마키. 선배한테 뭐라고 대답해야 할지 고민했는데, 너랑 얘기하고 나니까 머릿속이 어느 정도 정리가 됐어."

"음~. 우미~. 나는~? 나도 얘기 들어줬잖아. 나는 고민을 듣는 게 아니라 분위기만 띄워주다 끝난 것 같지만 나도 노력했는걸?"

"응응, 그래, 유우도 참 잘했어요. 굿 보이, 굿 보이."

"난 보이가 아니……. 앗, 그거 로키한테 하는 칭찬인데!"

"어어? 난 항상 널 그렇게 대하지 않았나?"

"멍멍이 취급은 작년에 자기소개 이후 처음이란 말이야! 우으~. 우미는 심술쟁이야~."

"아하하, 미안, 미안. 유우 너도 이야기 들어줘서 고마워. 역시 너랑 얘기하면 마음이 편해져서 좋아. 고마워, 절친."

"에헤헤, 나야말로 이렇게 의지해 줘서 고마워. 우미, 사랑해!"

"아, 유우도 참……. 아까는 멍멍이 취급하지 말라면서. 하여간 어쩔 수가 없어요. ……후후."

이제 결론이 났으니, 남은 건 저녁까지 어떻게 시간을 보낼지가 문제다.

우리가 할 일은 봄이든 여름이든 계절 따위 별로 중요치 않다. 남의 시선은 개의치 않고 허심탄회하게 마음을 나눌 수 있는 친구들과 에어컨 바람 시원하게 드는 방에서 과자와 주스를 먹고 살짝 게으름을 피우며 느긋하게 논다.

우미가 웃고, 아마미가 웃고. 그리고 그걸 옆에서 지켜보는 나도 마음이 평온하다.

별 대단한 광경은 아니지만 지금 나한테는 그걸로 충분하다.

기말고사 전체 일정이 끝난 이튿날.

하루 수업이 끝난 방과 후, 나와 우미는 둘이서 학생회실로 향했다. 작년 12월 크리스마스 파티 참가 때문에 방문한 이후 처음이지만, 지난번과 달리 별다른 긴장감은 없다.

"토모오 선배는 지금 학생회실에 있대?"

"응, 언제든 오라고 했어. ……오늘은 활동하는 날이니까 다른 멤버들도 있을 테고."

"다 모여 있다니……. 그럼 얼른 거절하고 물러가야겠네."

구 학생회 멤버는 토모오 선배를 제외하고 이미 다 물러난 상태여서, 안에 있는 건 1학년을 포함한 새로운 면면들이다.

오늘 할 말의 내용을 생각해 보면 후배 앞에서 털어놓을 이야기는 아니겠지만, 우리 학교에는 이런 생각을 가진 일반 학생도 있다고 이해시키는 수밖에 없다.

우리의 교제를 학교 내에 공공연히 알리고 다닌 건 아니지만, 조금씩 우리 관계가 주변에 알려지고 있었다.

"마키, 마음의 준비는 됐어?"

"응, 난 그냥 뒤에 서 있기만 하니까 크게 긴장은……. 아, 실내에서 손은 놓고——."

"싫어."

"……알았어."

그리하여 손을 잡은 채 우리는 학생회실 문을 노크했다.

똑똑 두 번 두드리자, 안에서 토모오 선배의 목소리가 들렸다.

『네.』

"회장, 저 2학년 아사나기예요."

"마에하라입니다."

『안이 좀 너저분하지만 어서 들어와.』

""실례하겠습니다.""

문을 열고 학생회실로 들어가자 마침 일하는 중이라는 그 말대로 책상 위는 여러 서류와 파일, 노트북 등이 놓여 있고, 선배 이외의 멤버들은 작업하느라 바빴다.

얼굴을 흘끗 보고 확인해 보니, 넥타이와 리본 타이가 대부분 1학년 색이었다. 지금은 서기, 회계, 서무……. 그리고 부회장 자리만 비어 있지만 작업 중으로 보이는 흔적이 남은 것으로 보아 잠시 화장실이나 다른 용건으로 나가 있는 모양이다.

"마에하라, 오랜만이야. 항상 내 동생을 챙겨줘서 고마워."

"아, 아니에요. 저야말로 노조무의 도움을 많이 받아서……. 저어, 작년 크리스마스 때는 정말 감사했어요."

"후후, 별말씀을. 평소에 내 동생이 늘 멍하게 살아서 그렇지, 작년 그 애의 아이디어만큼은 칭찬해도 되겠어. ……그치, 아사나기?"

"그, 그러네요."

내 손을 꽉 잡은 우미가 얼굴을 붉히며 고개를 숙였다.

우미도 그때 일이 머릿속에 떠오른 거겠지만, 나 역시 작년 일을 돌이켜보면 여전히 몸이 간질간질하다.

서로 마음이 통한 게 기뻐서, 그리고 동시에 자신의 솔직한 마음이 상대방에게 전해진 게 부끄러워서, 그래도 연인이 되었다는 행복감으로 벅차서……. 벌써 한참 옛날 일처럼 느껴지지만, 우리한테는 평생 잊을 수 없는 소중한 추억이다.

"연락을 받은 시점에서 짐작은 했지만……. 역시 거절하려는가 보지?"

"죄송해요. 아마 해보면 좋은 경험이 될 거고 입시에도 유리할 것 같지만요."

"그래, 난 너라면 될지 모른다고 살짝 기대했는데 아쉽다. 다른 한 명은 전혀 관심이 없는 것처럼 보여서……. 이거, 회장 간택의 길이 험난해지겠어."

토모오 선배는 그렇게 웃으며 어깨를 으쓱했다. 아무 소득 없이 처음으로 되돌아가게 된 회장의 심정을 헤아리면 미안했으나 우리도 상의해서 결정한 일이니 너무 마음이 흔들리지 않게 해야겠다.

"그럼 저희는 이만……."

"! 아, 잠깐만, 기왕 여기까지 왔으니 그래도 대접은 해야지. 마침 고문 선생님이 주신 간식이 있는데 차라도 한잔하고 가지 않을래? 그냥 내가 좀 쉬고 싶어서 그렇지, 아사나기를 붙들고 싶다거나 하는 마음은 아주 조금만 있을 뿐이야."

"그래도 붙들고 싶은 마음이 있긴 하네요……."

이대로 얼른 집에 가도 되지만, 토모오 선배의 부탁을 감사히 받아들이기로 했다. 그렇지만 여기 너무 오래 있기도 뭐해서, 10분 정도 있다가 바로 물러가자고 마음먹었다.

회장이 직접 차와 과자를 준비한 후, 학생회 멤버들 소개를 가볍게 받았다.

토모오 선배 및 구 학생회의 3학년 멤버들이 모은 학생들이어서, 실무 능력은 말할 것도 없고 다들 성실한 성격에 대화를 나눠보니 의욕이 넘치는 듯했다.

"……그런데 이렇게 보니 우리 2학년이 비협조적인 티가 나네요. 2학년은 회장 후보 한 명뿐이었던가요?"

"아니, 실은 다른 2학년 여학생 한 명이 새 부회장 후보였는데, 그 애도 비슷한 시기에 그만두겠대……. 마침 타이밍 좋게 희망자가 나와서 부회장은 바로 이어갈 수 있게 됐지만."

"그랬군요. 혹시 그 여학생도 집안 문제 때문에……."

"아니, 걔는 그냥 개인 사정이야. ……이건 비밀인데, 걔가 1학년 때부터 몰래 사귄 애가 있었는데 '걔가 없으면 저도 안 할래요' 라고 하지 뭐야."

"……아하."

남의 일에 대해 뭐라고 할 입장이 아니어서 나도 적당히 맞장구만 쳤지만, 웬일로 한숨까지 다 쉬는 선배와 새로운 학생회 멤버들을 보니 그 당시에 상당한 소동이 있었을 거라는 짐작이 갔다.

지금 멤버들에게는 그야말로 민폐지만, 좋아하는 사람이 생기면 그만큼 주변이 보이지 않게 되는 그 느낌은 내가 제일 잘 안다.

내 상황으로 바꿔놓고 보자면 우미가 갑자기 머나먼 곳으로 가버려서 짧게는 몇 년, 자칫하면 그보다 더 오래 얼굴을 볼 수 없게 되는 것과 마찬가지다……. 우미가 주는 온기를 몸과 마음으로 기억해 버린 나한테 그보다 괴로운 일도 없다.

……난 더더욱 우미 없이는 살아갈 수 없는 몸이 된 것 같다.

"그러고 보니…… 그 새로운 부회장은 아직 안 돌아왔나 보네요. 아, 이름이 타키자와라고 했던가요?"

"응, 타키자와 소우지. 1학년들 사이에서 굉장히 소문이 자자한 애고, 유난히 의욕도 많은 데다가 능력도 뛰어나서 고맙긴 한데……. 아, 마침 딱 왔네."

멀리서 들려온 발소리를 알아차린 회장이 자리에서 일어서자, 곧바로 시원한 목소리와 함께 한 학생이 학생회실 안으로 들어왔다.

"――실례하겠습니다. 막 돌아왔습니다."

"어서 와, 부회장. ……화장실 다녀온 것치고는 좀 오래 걸렸네?"

"아하하……. 죄송합니다. 금방 돌아오려 했는데 어쩔 수 없는 사정이 좀 있어서요."

이 자리에 나타난 건 아주 단정한 얼굴의 키 큰 남학생이었다. 옅은 갈색 머리와 진한 밤색 눈동자가 인상적이고, (자칭) 얼빠인 닛타가 보면 바로 환호성을 지를 만큼 패션 잡지에 나와도 이상할 게 없는 미모였다.

그런 그 애의 시선이 우리 쪽으로 향했다.

"회장님, 이쪽은……."

"얼마 전에 얘기했지만 여기 여학생이 아사나기, 옆에 있는 남학생은 마에하라라고 해. 둘 다 내 귀한 손님이야. 물론 둘 다 네 선배니까 실례되지 않도록 해."

"아, 실례가 많았습니다……. 아사나기 선배, 마에하라 선배, 처음 뵙겠습니다. 9월부터 학생회 부회장을 맡게 된 타키자와 소우지라고 합니다. 앞으로 잘 부탁드려요."

"만나서 반가워. 난 2학년인 아사나기라고 해."

"나, 나는 마에하라야."

머리 색과 살짝 흐트러진 교복 때문에 첫인상이 약간 가벼워 보였지만, 어조나 행동을 포함해서 다른 학생회 멤버처럼 아주 성실한 인품이 엿보인다.

아까 회장이 이 애에 관해 소문이 자자하다고 했는데, 정말 그런 듯하다. 우리 학년에서 따지자면 아마미 같은 존재라고 표현하면 될까.

"그런데 부회장, 아까 '어쩔 수 없는 사정' 이라고 했는데 밖에서 무슨 일이라도 있었어? 무슨 문제가 있으면 내가 처리할게."

"아뇨, 불만 사항이나 문제는 아니지만…… 회장님한테 소개할 사람이 한 명 있어서요. 밖에서 기다리고 있어요."

"어, 그래? 그러면 빨리 말하지 그랬어……. 얘기는 나중에 들을 테니까 우선 안으로 들여."

"알겠습니다. ……그럼 잠시 실례할게요."

우리한테 정중하게 고개를 숙인 후 자리에서 일어난 타키자와는 밖에서 기다리게 하고 있다는 손님 한 명을 안으로 데리고 들어왔다.

『……선배, 많이 기다렸죠? 안으로 들어오세요.』

『아, 으, 응……. 난 이런 거 처음이라 긴장되는데.』

『괜찮아요. 무슨 일 있으면 제가 도울 테니까 편하게 있어요, 선배.』

『나, 나도 알아, 바보…….』

밖에서 들리는 대화와 내용을 들어보건대 그 손님은 2학년 여학생인가 보다.

게다가 그 목소리는 어디서 많이 들어본 듯하기까지.

"실례하겠습니다. 새로이 학생회에 들일 사람을 데리고 왔어요. ……선배, 자."

"아, 저, 저는, 이번에 새로운 학생회장에 지원하는 나카무라 미오라고 합니다. 처음에는 관심이 없었지만 얼마 전 학생회장님의 열성적인 권유에 마음이 움직였다고 해야 하나……."

""……어?""

"! ……아아아아사나기랑 마에하라 씨?! 너희가 왜 여기에!"

놀랍게도 타키자와가 데리고 온 여학생의 정체는 회장이 우미 말고 권유했던 '다른 한 명' 인 나카무라였는데……. 방금 들은 그 말을 그대로 나카무라에게 해주고 싶은 심정이었다.

2. 여름방학 시작

“뭐, 뭐야, 아사나기 너도 참 너무한다. 오늘 회장한테 답하러 가는 거였으면 나한테 언질이라도 주지 그랬어.”

“어? 그……. 난 나카무라 너한테 얘기했는데?”

“……으응?”

어리둥절한 얼굴로 고개를 갸웃거리는 우미를 보는 나카무라의 표정이 굳어졌다.

“……정말?”

“정말.”

“언제?”

“아침 HR 전이었어. ……그리고 료코와 미쿠도 근처에 있었으니까 걔들도 들었을걸? 한번 물어보지?”

“……으음.”

그러더니 나카무라는 학생회실 구석에서 스마트폰을 슬쩍 만지기 시작했는데, 그 모습이 평소와 어쩐지 좀 다른 게 이상했다.

원래 괴짜이긴 했지만 늘 표표하고 배짱이 있어서, 이런 긴장과는 전혀 인연이 없는 인상이었는데.

"——료코, 료코. 나 지금 학생회실에 있는데 여기서 아사나기랑 마주쳤거든……. 뭐? 아, 그래? 알았어, 전화해서 미안."

확인이 끝났는지 나카무라의 고개가 이쪽으로 향했다.

"……죄송합니다, 제가 착각했습니다."

"그래, 이제 됐어. ……하긴 돌이켜보면 오늘 나카무라 넌 아침부터 좀 이상했어. 하루 종일 멍하게 바깥만 보고 우리 얘기를 듣는 둥 마는 둥 그랬잖아."

"으윽……. 그, 그건, 병치레 한 번 안 한 건강한 나도 하루 정도는 그런 날이 있다고 해야 하나……. 그, 그래. 여자의——아, 아니, 농담이야."

어떻게든 평소의 '나카무라 미오'로 돌아오려고 애를 쓰는 듯했지만 그게 더 상황을 악화시키고 있다.

나카무라가 고개를 푹 숙여도 알 수 있을 정도로 낯을 붉히며 계속 옆에 있는 남학생, 타키자와를 신경 쓰고 있었다.

두 사람이 어떤 관계인지 아직 알 수는 없지만 적어도 나카무라의 태도가 이상해진 원인 중 하나는 일부 학생들 사이에 소문이 자자하다는 이 남자애 때문인 건 분명하다.

"학생회장에 지원하겠다는 건 스카우트 제안을 한 나로서는 기쁜 일이지만……. 일단 이게 어떻게 된 일인지 설명해 줄래, 부회장?"

우리 앞에서 토모오 선배는 겉으로 웃고 있었으나 원래 나카무라를 이곳으로 끌고 오는 임무는 선배의 역할이라 회장으로서 심경이 복잡한가 보다.

토모오 선배의 의도를 알아차렸는지 타키자와는 자세를 바로 세우더니 진지한 표정으로 머리를 숙였다.

"네. ……일단 회장한테 한마디 상의도 없이 미오 선…… 아니, 나카무라 선배를 만나서 죄송합니다. 새로운 학생회장 문제는 회장한테 맡기고 저는 제 일을 제대로 할 생각이었지만…… 그, 오랜만에 나카무라 선배를 만난 게 기뻐서 그만……."

"미오 선배라고 해도 돼, 소우지. 여기 있는 다들 눈치챘을 테니까 더는 숨길 필요 없어."

"그, 그러네요. 미안해요, 미오 선배."

"아하하, 여전히 툭하면 사과부터 하는구나. 못 본 동안에 이렇게 키도 훌쩍 커서 내가 깜짝 놀랄 정도로 남자답게 변하고. 근데 우리 고등학교에 입학한 줄은 몰랐어. 너라면 더 좋은 데 갈 수 있었을 텐데."

"여기가 집에서 제일 가까웠어요. 그리고 선배도 있고."

"나를 덤 취급하다니 너도 제법 변했구나? 입학했으면 말해주지 그랬어?"

"말 안 해서 미안해요. 하지만 선배를 깜짝 놀라게 하고 싶어서."

"어이구, 중1 때만 해도 콩알만 한 녀석이 이제는 이렇게나 멀끔해지다니 이거 슬프기도 하고 아쉽기도 하고 그러네."

"외모는 달라졌지만 속은 그대로예요."

대화를 들어보니 아마 둘은 전부터 아는 사이인 모양이다.

그러면 중학교 때부터 이어진 선후배 사이라는 건가.

……그런 것치고는 너무 친밀해 보이는데.

"옛 추억으로 이야기꽃을 피우는 중에 미안하지만 일단 본론으로 돌아가지. 나카무라 미오, 그럼 아까 했던 말대로 새로운 학생회장 제안을 받아주겠다는 뜻으로 보면 되나?"

"네, 솔직히 지금까지는 별로 내키지 않았는데…… 어차피 누군가에게 역할이 돌아가게 된다면 능력적으로 봐도 학년 1등에 얼마 전 기말고사도 당당히 전 교과목 만점(예정)인 저, 나카무라가 좋지 않을까 해서요. 아, 물론 또 다른 후보인 아사나기한테 맡겨도 괜찮겠지만, 걔는 여름방학 일정이 남자친구로만 다 채워져 있으니까요. 당연히 무슨 이상한 의미는 아니고요. 어디까지나 건전한 뜻에서."

"그럼 건전한 것 말고 대체 또 뭐가 있다고……."

나카무라의 쓸데없이 던진 음흉한 발언(아슬아슬하게 미수)은 못 들은 것으로 하고, 다시 제 모습을 되찾은 나카무라의 입은 평소보다 더 잘 움직여댔다. 우미 말에 따르면 나카무라는 특히 기분 좋을 때 자신을 '저, 나카무라' 라고 칭한단다.

"아하하, 역시 평소의 미오 선배 맞네. ……기쁘네요."

타키자와도 그런 나카무라의 모습을 보고 감회가 새롭다는 듯 미소를 지었다.

하지만 나카무라가 워낙 개성적인 캐릭터인 건 분명해서 타키자와 이외의 학생회 멤버들의 반응은 제각각 달랐지만, 아무튼 이제 최소한의 인원은 다 모인 듯하다.

그리고 토모오 선배도 이제 마음 놓고 입시에만 집중할 수 있을 것이다.

"……우미, 우리 용건은 이제 끝났으니 슬슬 갈까?"

"아, 응. 그럼 토모오 선배, 우리는 이만 갈게요. 도와드리지 못해 죄송하지만 조용히 응원이라도 할게요."

"고마워, 아사나기. 그리고 마에하라도 내 동생과 앞으로도 친하게 지내줘."

"네, 물론이죠."

토모오 선배를 비롯해 학생회 멤버들에게 인사한 후 우리는 자리에서 일어났다.

결국 토모오 선배한테 답례는 제대로 못 하고 끝났지만, 나중에 다른 기회에 보답해야겠다. 노조무의 도움을 받아서.

"아사나기, 다음 주부터 시작되는 여름방학은 마에하라 씨랑 마음껏 즐겨."

"응, 고마워, 나카무라. 어려운 일 있으면 언제든 말해. 다른 애들이랑 같이 최대한 도울 테니까."

"고맙다. 근데 나와 소우지가 있으면 별문제 없을 듯?"

"미오 선배는 여전하네요. ……우린 학생회 활동이 처음인데."

"아하하……. 무슨 일 생기면 그때 가서 생각해."

둘의 대화를 듣고 있자니 앞으로 있을 체육제에 약간 불안한 예감도 들긴 했지만……. 어쨌든 실무 능력만큼은 나쁘지 않을 테니 토모오 선배를 포함한 구 학생회 멤버들의 도움이 있다면 괜찮을 것이다.

그러니 나와 우미는 지금까지처럼 눈앞에 있는 문제를 하나씩 해결하면 된다.

……자, 그럼 이제 이번 기말고사에서 사고를 친 '친구 중 한 명' 부터 살펴볼까.

1학기의 통상 수업이 모두 끝나고, 3연휴 후의 방학식만 남은 주말 방과 후. 원래라면 우미랑 둘이 우리 집에서 느긋한 시간을 보내겠지만 오늘 우리는 고등학교 인근 역 근처에 있는 패밀리 레스토랑 테이블을 둘러싸고 있었다.

나와 우미, 아마미, 닛타 그리고 오늘은 오랜만에 세키까지 포함이다. 여름방학을 앞두고 다섯이서 뭘 할까 대화를 나눌…… 예정이었지만.

"으으……. 얘들아, 내가 바보라서 정말 미안해……."

이곳은 우리 학교 학생들로 북적이는 가게였지만, 무드메이커인 아마미가 어깨를 힘없이 늘어트리고 있어서 우리가 앉은 테이블 분위기는 다소 어두웠다.

그 원인은 바로 테이블 앞에 펼쳐진 국어(현대문학, 고전문학)과 영어 시험지.

그건 얼마 전에 작성한 기말고사 답안지였는데, '아마미 유우' 라는 이름 옆에는 각각 '38점' '39점' 이라는 빨간색 글자가 적혀 있었다.

우리 고등학교는 40점 미만이면 낙제인데……. 하필 아마미가 간발의 차이로 낙제점을 받고 말았다.

……그것도 두 과목이나.

"에이, 유우찡, 그렇게 풀 죽지 마. 이번 기말고사는 어려워서 평균이 작년보다 많이 내려갔다니까 운만 좋으면 보충 수업 면제가 될지도 몰라. 이 두 과목은 특히나."

"그래도 니나치와 세키는 낙제를 면했잖아……. 미안해, 마키. 공부까지 봐줬는데."

"아니, 나야말로 미안해."

이번에 아마미가 받은 성적은 전 과목 평균으로 보면 그다지 나쁜 편은 아니다. 우미가 가르쳐준 이과계 과목은 모두가 고전하는 와중에도 괜찮은 결과를 남겼고, 그것 말고 미술이나 음악, 체육 등은 쉽게 고득점을 기록했으니 말이다.

얼마 전의 스터디 모임에서도 아마미는 꽤 성실하게 노력했기에, 나는 내심 오히려 낙제점은 노조무나 닛타가 받을 가능성이 더 클 거라고 여겼다.

난 늘 그랬던 것처럼 가르쳤는데, 아마미의 성적을 보니 문과 계열 과목을 맡았던 나한테도 책임이 있는 기분이 들었다.

이번에는 내가 제대로 못 가르쳤을지도 모른다.

"누구 잘못인지는 그렇다 치고, 이제 유우의 여름방학은 좀 더 미뤄지게 됐네. ……그래서 국어랑 영어 보충 수업은 언제 한대?"

"국어 보충은 방학식 끝난 그날 오후와 이튿날에 1교시 수업 듣고 재시험이야……. 그리고 영어는 국어 바로 다음에 보충 수업이고 그날 오후에 재시험이래. 그 시험에서 60점 이상 받으면 집에 가도 된다……고 우리 담임인 미키 쌤이."

"야기사와 선생님이라고 해야지."

"네, 그렇습니다……."

처음부터 알고는 있었지만 우리 학교에서는 1학기 기말고사에서 낙제한 학생을 여름방학 첫날부터 7월 말 사이에 교과별로 보충 수업을 받게 한다. 작년의 경험자인 노조무의 말로는 보충 수업 후 실시하는 재시험에서 기준점(이번에는 60점)을 받으면 별문제 없지만, 그렇게 못 하면 '수업→시험→수업→시험'의 무한 반복이 이어져서 상황에 따라서는 8월 이후까지 계속될 때도 있단다.

학생은 물론이고 선생님의 입장을 고려해 봐도 될 수 있으면 한 번에 끝내고(끝내게끔 하고) 싶을 것이다.

"내가 작년에 해봐서 하는 말인데 선생님들도 '솔직히 귀찮다'라고 하셨으니까 수업만 잘 들으면 괜찮을 듯해."

"……수업을 잘."

"들어야 한다……라."

"흐앙~! 왜 우미와 마키 둘이서 그런 얼굴로 날 보는 건데~?!"

가장 가까이에서 아마미를 지켜봤던 우리니까 아는 것이지만, 아마미의 공부 기피증은 보통이 아니다. 전에 했던 스터디 모임에서도 우리의 철저한 감시가 조금이라도 느슨해지면 바로 꾸벅꾸벅 졸 정도인데, 아무리 보충 수업이라고 해도 '하루 종일' '집중해서' '선생님 말씀을 잘 듣는다'는 일이 얼마나 어려울까. 특히 올해는 보충 수업에 참석하는 학생들도 많다니까 선생님도 아마미한테만 주의를 기울이기 힘들 텐데.

체육제 연습과 그 준비가 본격적으로 시작되는 8월 이후를 생각해 보면, 7월은 유일하게 아무 일정도 없어서 자유롭게 계획을 짜도 되는 시기다.

혼자 느긋하게 휴식을 취하거나 마음이 맞는 친구들, 사랑하는 연인과 함께 바다와 수영장 등 평소 같으면 잘 가지 않는 곳까지 나가거나.

이번 보충 수업은 사실 나와 직접적으론 상관없는 일이다. 아마미가 보충 수업을 들어야 한다 해도 나와 우미의 일정은 무엇 하나 바뀌지 않고, 우리 둘이 미리 정했던 대로 여름을 만끽하면 된다.

그렇지만 아마미는 우리에게 아주 소중한 '친구' 중 하나고, 우미한테는 단 한 명의 '절친한 친구' 라 해도 되는 존재다.

아마미도 우미와 나를 비롯한 다른 애들과 함께 보내는 여름 방학을 기대했고, 그래서 시험공부도 열심히 했다. 순조롭게만 간다면 겨우 이틀 만에 끝날 보충 수업이겠지만, 아마미가 학교에서 칠판을 보며 애쓰는 와중에 우리가 정말로 '나하고는 상관없다' 라며 외면해도 되는 것일까.

서로 비슷할 정도로 사람 좋은 나와 우미가 그 상황에서 편하게 둘만의 시간을 즐길 수 있긴 할지.

대답은 아마도 '아니다' 다.

친구들과 함께 노는 동시에 자연스럽게 좋아하는 사람과 닭살 애정 놀이를 한다.

나한테도, 우미한테도 그게 제일 이상적이다.

그러니 무슨 좋은 방법이 있으면 좋겠는데…….

"결국은 유우찡이 열심히 하는 수밖에 없지 않겠어? 우리 넷이 유우찡 곁에 붙어 있으면 좋겠지만……. 아, 우리도 슬쩍 끼어서 유우찡이 졸지 않게 감시라도 할까?"

"보충 수업 안 들어도 되는데 뭐 하러? 닛타, 농담도 적당히 해라."

"그냥 말해본 것뿐이야. 세키, 넌 그래서 여자한테 인기가 없는 거야."

"아아—! 시끄러워."

여름방학 중에도 교문은 열려 있어서 아마미를 따라 학교에 가는 것 정도는 괜찮겠지만, 보충 수업까지 함께 받는 건 다른 학생들이나 선생님들께 폐만 되니까 현실적으로는——.

아니, 과연 그럴까?

"근데 노조무, 작년 기준으로 말해도 되니까 하나 알려줘."

"응, 뭔데?"

"보충 수업에는 대체로 몇 명 정도 참석해?"

"음~. 내가 들었던 건 수학이었는데 그것도 10~15명 정도는 됐어. 물론 그중에는 땡땡이나 동아리 때문에 나중으로 미루는 애들도 있긴 했지만."

"……그럼 자리 자체는 비어 있긴 하네?"

""""…….""""

나직이 중얼거린 내 말에 네 사람의 움직임이 우뚝 굳어버렸다.

또 마키(마에하라)가 이상한 말을 하려는가 보다…… 하고,

내 생각을 잘 아는 네 친구는 벌써 그 의도를 눈치챈 모양이다.

……그렇다.

"마키, 무슨 생각인지 얘기해 봐."

"응, 어차피 안 될 것 같긴 한데……. 우리도 보충 수업에 참석할 수 있지 않을까 해서. 참가 인원에 달려 있겠지만, 교실에 있는 책상 자리를 따져보면 가능할지도 몰라."

우리 고등학교는 학년별로 한 반에 30명 정도의 인원이 배정되어 있다. 매년 보충 수업을 받는 인원이 늘어나기 쉬운 수학을 10~15명 정도로 치면, 문과 계열 과목은 아주 많이 잡아도 20명은 채 안 되겠지.

자리 정도는 남아 있을 게 분명하다. 네 명 정도는 괜찮을 것이다.

나도 여름방학에 아르바이트 일정이 있지만 하루 이틀 정도 변경은 가능하다.

"역시 그렇게 나오는구나. 마키다운 생각이긴 하지만……. 국어는 그렇다 치고 야기사와 선생님이라면 우리 얘기만이라도 들어주실지도 몰라."

"뭐, 뭐야, 우미 너도 할 셈이야……? 미리 말해두지만 난 패스야. 여름방학 보충 수업을 안 들으려고 죽어라 공부했는데 결국 거기에 참석하면 무슨 의미가 있겠어? 세키는?"

"나는 동아리 때문에……. 하지만 마키가 하고 싶다면 나도 같이 설득까지는 도우려 해. 국어 선생님은 우리 야구부 고문을 맡고 있으니까."

"……아, 그 정도라면 나도 도울 수는 있는데."

세키는 동아리 때문에 부재, 닛타도 빠지면 보충 수업 참가 인원은 더욱 줄어서 나랑 우미만 남게 된다.

아마 이 이야기를 들으면 선생님들은 성적 우수자(게다가 우미는 지금 전교 3등의 성적)가 대체 뭐가 아쉬워서 저러나 의문을 품을 게 뻔하다.

그렇지만 이런 짓을 저지르는 게 바로 나, 마에하라 마키이고 그런 내 곁에 늘 함께해 주는 사람이 아사나기 우미라는 소녀다.

새삼 우미한테 감사한 마음이 들었다.

"유우, 우리끼리 마음대로 정해서 미안한데 괜찮지? 괜한 짓을 하는 거라면 우린 그냥 내일부터 여름방학을──."

"아앗, 싫어, 싫어. 제, 제발 우미. 나랑 같이 보충 수업 듣자, 응? 마키도, 우리 셋이 들으면 분명 재밌을 거야."

"아니, 보충 수업이 재미있을 리가……."

하지만 일단 학생의 본분은 공부이니까 복습 차원에서 보충 수업을 듣는 것도 나쁘진 않을 것 같다.

만약 아마미와 함께 재시험을 보게 된다고 해도 나와 우미라면 쉽게 만점에 가까운 점수를 받을 테고, 그렇다면 우리 둘이 협력해서 집중적으로 아마미를 지켜볼 수 있다. 당연히 방심은 금물이지만.

내가 봐도 이상한 짓을 하고 있다는 자각은 들었지만 가끔 이런 것도 나쁘지 않을 듯하다.

분명 이런 일도 추억이 될 테니까.

"에헤헤, 내 선생님 둘이 있으면 보충 수업도 어렵지 않을 거야. 그럼 바로 사나에랑 마나카한테도 연락해야지. 우미, 올해는 걔들하고도 같이 놀 수 있지?"

"사나에랑 마나카는 여름 대회가 있다니까 그 일정에 달렸지 뭐. 근데 놀 거면 오랜만에 걔들 별장에 갈 수 있으면 좋겠어. 거긴 프라이빗 비치니까 마음껏 놀고 헤엄도 칠 수 있잖아."

"불꽃놀이도 할 수 있고. ……후후, 그렇게 생각하니까 더 기대된다. 얘들아, 너희도 갈 거지? 니나치도, 마키랑 세키도."

"엇, 유우찡, 그래도 돼? 반 대항전 때 니토리랑 호죠와 연습했으니까 아는 사이이긴 하지만, 솔직히 난 좀 외부인이잖아."

"괜찮아! 얼마 전에 여름방학 계획 때문에 연락했는데, 사람 좀 늘어나는 것 정도는 괜찮대. 인솔도 걔네 쪽 도우미분들이 같이 따라가 준다고 하니까 걱정 안 해도 돼."

"와아, 정말? ……진짜 부잣집 애들이네."

도우미, 별장, 프라이빗 비치까지, 서민인 나로서는 상상도 못 할 단어가 오가고 있지만 인파에 치이지 않고 해수욕을 즐길 수 있다면 오히려 이게 더 좋다.

또한 우미의 수영복 차림을 많은 사람들한테 보여주지 않아도 된다는 점이 특히 마음에 든다.

나 이외의 남자로는 노조무도 있지만, 그 애의 시선은 분명 다른 곳에 못 박혀 있을 테고.

……마치 지금처럼.

"……야, 마키."

"노조무?"

"마키, 고마워, 진짜 고마워. 이 은혜는 꼭 갚을게."

"왜 그러는지는 모르겠지만, 그건 너 편한 대로 하면 돼……. 그렇게 손을 꽉 잡으면 아픈데."

편한 대로 행동해도 되지만 작년 겨울처럼 아마미에게 고백 공격을 하는 폭주는 하지 않도록 친구인 내가 제대로 제동을 걸어야겠다.

아무튼 다음 주부터는 학수고대하던 여름방학이 시작된다.

기다리고 기다렸던 여름……. 나한테 그런 여름은 처음이었다.

교장 선생님의 인사부터 시작하여, 여름 대회에서 좋은 성적을 거둔 동아리에게 주는 표창이나 앞으로 큰 대회에 참가하게 될 동아리의 결의 표명을 겸한 인사 등 여름방학식은 별다른 일 없이 진행되었다.

"——내일부터 여름방학에 들어가는데, 쉬는 중에도 우리 학교 학생임을 잊지 말고 절도를 지켜 행동하길 당부드립니다. 이제 얼마 후면 체육제 연습도 시작되니 다치거나 아프지 않도록 건강한 생활을 유지해 주세요."

오늘부로 학생회장직에서 물러나는 토모오 선배가 단상 위에서 우리 일반 학생들을 향해 방학 중의 주의사항을 겸한 인사를 하던 참이었다.

그리고 선배의 약간 뒤편에서 긴장한 채 순서를 기다리는 나카무라와 타키자와도 있었다.

9월부터 정식으로 시작되는 새로운 학생회를 대표하는 회장과 부회장만 오늘 종업식에서 일찍 선보이기로 한 모양이다.

"——이상으로 '전' 학생회장의 인사를 마무리하도록 하겠습니다. 다음으로 우리 구 학생회에서 새롭게 일을 이어받게 될 두 학생의 간단한 자기소개가 있겠습니다. ……회장, 부회장, 그럼 잘 부탁해."

두 사람은 거의 동시에 고개를 끄덕이더니, 우선 새로운 학생회장인 나카무라가 단상 위로 올랐다.

"우미, 나카무라는 괜찮을까……? 갑자기 이상한 음담패설이라도 쏟아내서 모두를 질겁하게 만들면 안 되는데……."

"저렇게 긴장하고 있으니까 괜찮지 않을까? 옆에 타키자와도 있고."

마침 운 좋게 서로 옆자리가 된 우미와 나카무라의 첫 임무 장면을 지켜보았다.

차라리 긴장한 모습으로 있는 게 보는 사람 마음이 편하다니 참 나카무라답다……. 그런 우리 앞에서 작게 헛기침을 한 나카무라가 마이크를 향해 입을 열었다.

"여러분, 만나서 반갑습니다. 이번에 세키 회장님으로부터 새롭게 회장직을 이어받게 된 2학년 11반 나카무라 미오라고 합니다. 학생회 활동은 처음이지만 겸손한 마음으로 임하고자 합니다. 우선 체육제 개최 시기를 미루는 것부터. ……선생님들이 계시는 와중에 이런 말을 하면 안 되겠지만, 더운 날씨에 귀한 여름방학까지 희생해서 행사 준비를 하는 건 지극히 짜증…… 아니, 잠시 말실수를 했습니다."

체육제에 대해 다들 느끼는 바여서 이야기를 듣던 학생들에게서도 공감하는 목소리가 나왔다.

나카무라는 긴장하면서도 자기 캐릭터를 모두에게 인상적으로 남겼다.

이런 걸 보면 역시 전교 1등의 성적은 괜한 게 아니다. 당연히 보이지 않는 곳에서 연습도 했을 것이고.

"——짧은 인사지만 여기까지 하겠습니다. 그럼 부회장, 다음 부탁해."

짝짝짝 하는 박수갈채가 울리는 중, 회장과 교대하듯 다음으로 부회장인 타키자와가 학생들 앞에 서자…… 그 순간 일부 여학생 무리가 술렁거리기 시작했다.

——어머, 재 1학년이지? 너무 멋있다.

——응, 장난 아니다. 설마 연예인?

——키도 크고 얼굴도 진짜 잘생겼어…….

나카무라 때는 고개를 숙인 채 이야기도 잘 듣지 않았던 상급생들의 시선이 타키자와에게 일제히 못 박혔다.

이미 1학년 여학생들 사이에서는 상당히 소문이 난 타키자와지만, 이걸로 마침내 전교생(※주로 여학생)에게 알려지게 됐다.

문득 궁금해진 내가 7반의 줄에 서 있는 닛타를 살펴봤다. 타키자와는 키도 크고 상큼한 분위기에 잘생긴 얼굴까지 갖추고 있어서, 그야말로 닛타의 취향이 모두 반영된 남자애다.

그렇다면 당연히 내가 예상했던 반응이 나올 터.

"——, ——."

"……니나는 지금 입만 뻐끔거리네."

"응, 본인이 아는지 모르겠지만, 저렇게 얼굴 빨간 건 또 처음 봐."

닛타가 타키자와를 향해 저렇게 황홀한 표정을 짓는 걸 보니 본인 마음속에서는 '드디어 찾았다!' 하며 기뻐서 주먹을 쥐고 환호하고 있을 것 같다.

다만 타키자와가 지금까지 보였던 언동을 고려해 보면…… 닛타의 마음에 봄이 찾아오는 건 아직도 먼 훗날의 이야기다.

단상에서는 타키자와의 인사가 계속되고 있지만, 과연 그 속뜻까지 제대로 듣고 있는 사람은 얼마나 될까. 타키자와 본인은 학생회 활동을 열심히 하는 중이고, 지금도 전교생에게 1학년이지만 야무지게 하겠다는 의욕을 보이고 있는데.

눈에 띌 만큼 단정한 타키자와의 외모가 주목받는 건 어쩔 수 없지만, 그 때문에 일부 사람들의 시샘을 사게 되는 일은 참 안타깝다.

우리만큼은 타키자와의 말을 진정성 있게 듣자고, 우미와 둘이서 성실하게 귀를 기울이고 있는데 문득 타키자와와 시선이 마주친 느낌이 들었다.

'타키자와, 잘했어.'

나는 타키자와를 향해 그렇게 입을 움직였다. 목소리가 직접 닿는 건 아니지만 표정이나 몸짓 등으로 조금이라도 내 마음을 전할 수 있으면 좋겠다. 물론 종업식이 끝나고 나서 직접 말해도 되지만.

이런 자리에서 눈에 띄는 것이 결코 나쁜 일은 아니지만……. 그로 인해 꼭 전하고 싶은 뜻이 제대로 전달되지 않는 건 개인적으로 아쉽다.

그리고 무엇보다 타키자와가 불쌍하다.

단상 근처에서 학생들의 모습을 보다 못한 선생님 한 분이 엄히 주의를 주자 마침내 체육관 안이 점차 조용해졌다.

"——아직 입학한 지 얼마 되지 않았지만 나카무라 회장님과 학생회의 다른 멤버들, 그리고 여러 위원회 여러분과 힘을 모아 열심히 활동할 테니 따듯한 눈으로 지켜봐 주시면 감사하겠습니다."

타키자와의 인사가 끝난 지금은 각 위원회로부터 연락 사항 등이 전달되고 있었지만, 일부 학생들은 여전히 타키자와에 대해 이야기꽃을 피우는 바람에 나와 우미는 서로 얼굴을 마주 보며 인상을 썼다.

이런 상황은 아마미로 인해 이미 경험한 바여서, 이렇게 될 줄 어느 정도 예상은 했지만 그래도 기분이 그리 좋지는 않았다.

걱정되는 마음에 나는 조금 앞쪽에서 연설을 듣고 있을 아마미 쪽으로 눈길을 돌렸다.

"후아암……. 배고파. 나기사, 밥……."

"어? 그런 거 없어. ……이봐, 야마시타, 네가 어떻게 좀 해봐."

"엇, 나~? 하, 하는 수 없지……. 자 아마미, 조금만 더 버텨~."

종업식 특유의 조용한 분위기가 싫었는지 불규칙하게 목이 휘청거리던 아마미는 바로 앞의 아라에와 뒤에 있는 야마시타의 부축을 받고 있었다.

아마미는 기분 좋게 꾸벅꾸벅 졸고 있었나 보다. 하여간 여전한 마이페이스였다.

체육관에 섰다가, 앉았다가, 마지막으로 교가를 부르길 어느덧 한 시간. 마침내 모든 프로그램이 종료되어 고행에서 풀려나간 우리는 각자 교실로 돌아갔다.

이제 남은 건 각 반의 HR뿐이어서 그게 끝나면 학생들에게 무적의 시간이라고 할 만한 여름방학이 시작된다.

"——자, 다들 자리에 앉으렴~. 당장에 여름방학 속으로 뛰어들고 싶겠지만 체육제 관련으로 연락 사항이 남아 있으니까 조금만 더 참아."

야기사와 선생님이 돌린 프린트물에는 8월부터 시작되는 체육제 준비에 관한 개요가 적혀 있었다. 연습 일정 등은 대략 예상했던 대로였지만, 내가 가장 신경 쓰고 있었던 건 팀이었다.

(팀 배정 2학년)

홍팀 …… 4반, 5반

백팀 …… 2반, 3반, 8반

황팀 …… 1반, 6반, 9반

청팀 …… 7반, 10반, 11반

"——와아아! 우미랑 같은 팀이다!"

내가 확인함과 동시에 아마미가 그렇게 외쳤다. 난 부끄러워서 아마미만큼 직설적인 감정 표현은 못 했지만, 책상 서랍 속에서 주먹을 꽉 쥘 정도로 아마미와 똑같은 심정이었다.

그리고 조금 후에 알았지만 닛타와도 한 팀이었다. 4반인 노조무만 따로 떨어지고 말아서 아쉽지만, 학년에서 같은 팀은 3개 반까지만이라는 제약이 있는 터라 이것만큼은 어떻게 할 도리가 없다.

"아, 맞다. 이제 팀이 나뉘었으니까 남은 건 응원 시합에 나갈 응원단 멤버도 정해야 해……. 남녀는 안 따지는데, 혹시 하고 싶은 사람 있니? 이건 희망자로 받을 거라 학년별로 꼭 나가야 할 필요는 없어……."

"네! 저요, 제가 할게요! 나기사랑 함께요."

"어? 야, 아마미, 왜 네 마음대로 정해? 난 '하겠다' 라는 말은 한마디도 안 했어."

"어? 하지만 '어차피 바쁜 건 똑같으니까 난 솔직히 뭐든 상관없어' 라고 그랬잖아."

"그, 그건 네가 하도 집요하게 굴어서 어쩔 수 없이……. 이봐,

야마시타."

"너희 둘이라면 응원단용 교복도 어울릴 테니까 괜찮지 않을까? 그리고 아라에 너라면 엄청 인기 폭발일 거고. 난 덩치도 작아서 패스할래."

체육제에서 우미와 같은 팀으로 뛸 수 있어 기뻤는지 이번에는 아마미가 제일 먼저 손을 들었다. 그리고 또 아라에가 반쯤 휘말리는 꼴이 됐지만 별다른 저항은 없는 것으로 보아, 남은 뒤치다꺼리는 야마시타한테 다 맡겨도 될 성싶다.

"너희 둘 다 괜찮겠니? 응원단도 경기 종목 중 하나로 보니까 겸임도 인정되지만……. 연습이 제법 힘들다던데."

"괜찮을 거예요. 전 공부는 싫지만 몸 움직이는 건 좋아하거든요. 나기사도 그 정도는 쉽지? 그치?"

"……왜 날 부추기는 거야?"

"내가 뭘~? 그치만 만약 나기사가 못하면 내가 열심히 가르쳐주려고 그러지. 아, 그게 불안하면 이번에는 사퇴할래? 나는 너랑 잘해보고 싶지만, 그렇다고 강요할 수는 없으니까."

"……그래, 어디 한번 붙어보자고."

아마미의 뻔한 도발에 그대로 넘어간 아라에가 칠판에 '아라에, 아마미' 라고 자기들의 이름을 적었다.

항상 만사 귀찮아하고 남녀 가릴 것 없이 누구에게나 싸늘한 대응(+째려보기)이 기본인 아라에가 아마미만 나섰다 하면 금세 이성을 잃은 듯 달려들곤 한다.

옆에서 보면 언제 또 싸움이 터질지 가슴이 조마조마하지만,

분명 저게 둘에게 가장 편한 관계성일 것이다.

종종 험악한 분위기가 감돌지만 그렇다고 견원지간도 아니고, 서로를 확실히 인정하는…… 이런 것도 하나의 형태가 아닐까 한다.

얼마 전과 달리 순조롭게 일이 진행될 것 같아서, 나는 늘 그랬듯 우미에게 메시지를 보냈다.

『(마에하라) 우미.』

『(아사나기) 응.』

『(아사나기) 우리 같은 팀이더라. 열심히 하자.』

『(마에하라) 그래, 남들만큼은.』

『(아사나기) 최종적인 프로그램은 이따가 학생회가 결정한다고 나카무라가 그랬는데, 넌 어느 종목에 나갈 거야? 역시 이인삼각? 거기엔 남녀가 짝으로 나가도 되니까.』

『(마에하라) 아마도. 그러고 보니 우미네 반은 응원단 어떻게 됐어? 우리 반은 아마미랑 아라에가 나간다고 벌써부터 난리야.』

『(아사나기) 그랬구나. 보나 마나 유우가 아라에를 부추겼겠지, 안 그래?』

『(마에하라) 네, 맞습니다.』

『(아사나기) 후후, 역시나.』

『(아사나기) 우리는 진학반이라서 의욕은 뭐 그냥저냥인데, 한 명도 안 나가면 안 된다며 료코가 나선다지 뭐야.』

『(마에하라) 하야카와가? 어쩐지 납득.』

『(마에하라) 줄다리기나 릴레이 같은 단골 경기는 이미 정해져 있을 테니까, 앞으로 어떻게 할지 이따가 정하자.』

『(아사나기) ……둘이서?』

『(마에하라) 아니, 다른 애들이랑 함께.』

『(아사나기) ……둘이서?』

『(마에하라) 그거 대답 안 하면 못 넘어가는 거지?』

『(마에하라) 당연히 너랑 둘만 있을 수 있다면 나야 그게 더 좋지만.』

『(아사나기) 에헤헤.』

『(마에하라) 하여간 우리 여자친구님은 장난기가 많으셔서.』

『(마에하라) 근데 우린 그 전에 보충 수업이잖아.』

『(아사나기) 맞다, 그렇지. 유우 곁에 있으려는 명목이지만 우리가 정한 일인 만큼 그것도 성실히 해야지.』

일반 학생 대부분은 이제부터 여름방학 시작이지만, 우리는 잠시 후 바로 국어 보충 수업을 들어야만 한다. 우리는 아침에 등교하자마자 국어 선생님과 영어 담당인 야기사와 선생님께 부탁드려 참가 허락을 받았지만, 우리의 요청에 두 분만이 아니라 교무실에 있던 다른 선생님들까지 우리를 해괴하다는 식의 눈으로 보고 말았다.

……하긴 내가 선생님이었어도 '애들이 왜 이러지……?' 하고 당황하겠지만.

우미와 메시지를 다 주고받고 나니 현 단계에서 해야 할 일은 일단 끝났다.

선생님의 '분별 있게 행동하라' 라는 당부를 끝으로 드디어 학교에서 해방된 반 아이들은 저마다 개운한 표정으로 교실을 나갔다.

"마키."

"아마미. ……아, 우리는 이제 7반으로 가야 하지?"

"응, 미안해. 나 때문에 너희 둘까지 수업을 들어서."

"괜찮아. 나는 우미랑 같이 있을 수 있다면 놀든 공부하든 별 차이 없으니까."

"후후, 그렇구나. 하여간 여전히 열렬한 사이라니까. ……너희를 보고 있으면 나도 그러고 싶어져. 둘이 사이좋은 게 부럽다고나 할까……. 이상하지?"

"아니, 그럴 리가. 다들 그럴 거야."

"고마워, 마키. 근데 나한테는 아예 그럴 상대도 없어서."

아마미도 다른 애들과 마찬가지로 고등학생이니까 그런 감정을 품을 때도 있을 것이다.

특히 아마미는 나와 우미가 어떤 과정을 거쳐 연인이 되고 이렇게 닭살 돋는 커플의 관계성을 이루게 됐는지 가장 가까이에서 지켜본 사람이다.

나라는 연인이 생기고부터 우미가 얼마나 기뻐하는지, 표정이 부드러워졌는지는 우미와 가장 오래 알고 지낸 아마미가 제일 잘 알 테니, '나도 저렇게……' 라는 동경심을 품는 건 결코 잘못된 일이 아니다.

물론 그 전에 좋아하는 사람을 발견하는 게 전제이긴 하지만.

잡담은 거기까지 하고 교실을 나선 우리는 우미와 합류하기 위해 11반으로 들어갔다. 이곳 역시 이미 HR이 끝났는지 우리 반처럼 교실이 거의 텅 비어 있었다.

"우미, 데리러 왔어."

"응, 수고했어. ……근데 미안해, 마키. 요즘 여기로 오게만 해서."

"괜찮아. 네가 바쁘다는 건 바로 뒤에 있는 나카무라를 보면 알 수 있어."

"아하하, 역시 들켰네. ……나카무라? 우린 이제 보충 수업 들으러 갈 테니까 내 교복 잡은 손 좀 놔주면 좋겠는데……."

"으~……. 들을 필요도 없는 보충 수업에 참석하다니 너희도 참 특이하다. ……수업 들으러 가는 건 괜찮은데 그럼 하다못해 아사나기의 오른팔 한 짝만 남기고 가면 안 될까?"

"그게 무슨 의미가 있다고……."

학생 대부분이 여름방학에 들뜬 와중에 단 한 사람, 나카무라는 자기 책상 앞에서 피곤한 표정을 짓는 중이었다.

그 이유는 들어볼 것도 없이 학생회 일이 원인이다. 바로 얼마 전에 토모오 선배로부터 학생회 회장직을 이어받은 나카무라는 처음의 그 위세는 어디로 갔는지 벌써 일에 바쁘게 치이는 듯했다.

"크윽, 이 내가 설마 이렇게나 '지푸라기라도 잡고 싶다' 라는 생각이 들다니……. 원래 최소한의 인원으로 일한다는 건 알았지만, 처리해야 할 업무가 너무 많아서 머리가 터질 지경이야."

일반 학생인 우리는 잘 알 수 없지만, 곧 개최될 체육제를 포함해서 물밑에서는 크고 작은 여러 행사가 준비되고 있다.

작년 예를 들자면 문화제→크리스마스 파티로 흘러갔는데, 다른 학교와의 출품물 논의, 행사 장소의 사용 예약 등등 토모오 선배를 비롯한 구 학생회 멤버들은 이걸 다 동시 진행했을 터이다.

학생회와 아무런 상관도 없는 학생들한테는 겨우 하루 만에 끝나는 행사라고 해도, 그 이면에서는 며칠 전부터 아니, 상황에 따라서는 몇 개월 전부터 준비한다.

우리 고등학교에서 한 해에 열리는 학교 행사는 거의 학생회 주도로 이뤄진다고 하니……. 지금쯤 학생회실은 산더미 같은 서류로 꽉 메워져 있을 게 분명하다.

그러니 나카무라 이외의 멤버들은 구 학생회의 업무 처리량에 깜짝 놀랐을 것이다.

"젠장, 이럴 줄 알았다면 가벼운 마음으로 '회장 할게요' 라는 소리 안 할 걸 그랬어……. 그럼 지금쯤 집에서 아이스크림이나 먹으며 멍하게 텔레비전 앞에서 뒹굴뒹굴……. 아니, 그건 그거대로 여고생이 할 짓이냐 싶긴 하지만."

"그럼 나처럼 솔직하게 거절하지 그랬어? ……학생회 일에는 사실 관심도 없잖아."

"……응. 아, 이 이야기는 우리 넷의 비밀로 해줘."

얼마 전만 해도 학생회실에서는 의욕이 넘쳤던(그렇게 보였던) 나카무라가 지금은 그렇게까지 보람과 즐거움은 못 느끼겠

나 보다.

모두의 앞에서 하겠다고 선언한 이상, 정말로 불가피한 사태가 아니면 그리 쉽게 내던질 수 없다는 건 알지만 왜 나카무라는 그래도 계속 학생회장을 하겠다고 결심하게 된 걸까.

"아, 나카무라, 나는 오늘 처음 봤는데 그 새로운 부회장이라는 타키자와? 걔 진짜 멋있게 생겼더라. 종업식 후에 니나치…… 아, 내 친구가 엄청 흥분해서 난리였어."

"아, 닛타는 나도 아니까 그냥 니나치라고 불러도 돼. ……그러고 보니 걔가 자기는 엄청난 얼빠라고 공언까지 했는데. 하긴 그런 애한테는 소우지가 딱 취향 저격이겠지."

나는 거의 반쯤 보기만 하고 넘어갔지만, 사실 종업식 후에 우리 다섯의 그룹 채팅방도 상당히 떠들썩했다(특히 닛타가). 요즘은 닛타도 예전만큼 연인 찾기에 열성을 보이지 않아 어느 정도 차분해진 인상을 보였지만, 드디어 자기 눈에 차는 인재의 등장에 한동안 잊고 있던 연애에 대한 열정이 다시 불탄 듯했다.

"혹시 괜찮으면 너랑 닛타한테도 소우지를 소개해 줄까? 걔는 어리광쟁이 같은 면이 있으니까 또래보다는 연상이 더 잘 맞을 거야."

"어? 그래도 돼? 후배에다가 남자인 친구는 없어서 친해지면 나야 좋지. 니나치도 엄청 좋아할 거야."

"알았어. 그럼 오늘 중에 소우지한테 말해둘 테니까, 서로 일정만 맞으면 휴일에 같이 놀러라도 가자. 마에하라 씨와 아사나기까지 포함해서 우르르 몰려가면 걔도 거절 못할 거야."

난 우미와 둘이서 이야기가 척척 진행되는 이 상황을 지켜보면서도, 나카무라는 정말 그래도 괜찮은 걸까 하는 의문이 들었다.

물론 이걸 계기로 타키자와와 알고 지내게 된다면 나야 대환영이다. 노조무 말고 새로운 동성 친구를 만드는 게 나의 은밀한 목표이기도 했고, 그 애라면 선후배 상관없이 나를 친밀하게 대해줄 테니까.

그리고 아마미와 닛타한테도.

하지만 나카무라도 소중한 후배인 타키자와와 함께 시간을 보내고 싶을 터.

"……아! 마키, 유우, 곧 보충 수업 시간이니까 우리도 이제 가봐야 해. 보충 수업 시작부터 지각이라니 그건 좀 아니잖아?"

"어? 정말이네. 나카무라, 미안해. 나도 될 수 있으면 도와주고 싶지만……."

"오오, 아마미, 그래도 돼? 지금 나한테 그런 립 서비스는 금물인데? 그렇게 빈틈을 보였다간 곧장 구멍 속으로 끌고 들어가는 여자가 바로 나야, 나."

"학생회장이나 되는 애가 뭐 그런 무서운 말을 하냐? ……아무튼 정말 힘들 때는 나와 마키가 얘기 들어줄 테니까 조금만 더 힘내."

"응, 그럼 난리 났을 때 부탁해. 그리고 자연히 머릿수에 끼게 된 마에하라 씨도."

"아하하……. 그거야 너한테 늘 신세를 지고 있으니까."

이 흐름이라면 조만간 잡무 담당으로 학생회 활동에 참전하게 될지도 모르겠다.

이러면 더욱 7월을 마음껏 즐겨둬야 할 것 같다.

우미와 단둘이 보내는 시간은 특히나.

종업식이 끝난 이튿날인 여름방학 첫날. 학생 대부분은 각자 기나긴 휴가를 만끽하고 있겠지만, 우리는 언제나처럼 아침 일찍 일어나 등교해서 평소와 다른 교실에서 보충 수업을 받았다.

보충 수업 이틀째인 오늘은 이따가 곧 시작될 국어 재시험, 그 후의 영어 보충 수업+재시험이 예정되어 있다.

재시험을 무사히 통과한다면 우리(아니, 정확히는 아마미)도 드디어 시원하게 여름방학 돌입이다. 현재 재시험은 한 번에 통과한다고 상정해서 계획을 짰기에, 오늘 어떻게든 아마미가 시험에 합격해야만 한다.

"음, 음~……."

"유우, 자지 마. 힘내. 재시험 합격해서 다 같이 바다에 가야지. 사나에랑 마나카도 기대하고 있다고."

"아마미, 파이팅."

"음, 음~……. 히, 힘낼게……."

아마미 앞에는 우미, 뒤에는 내가 앉아서 고전문학과 잠을 상대로 분투 중인 아마미를 도왔다. 아마미를 챙기느라 선생님 설명은 제대로 귀에 들어오지도 않았지만, 재시험 범위는 기말고사와 동일해서 그리 어려울 거라는 느낌은 없었다.

아침부터 시작된 보충 수업이 끝나고 드디어 재시험.

'……음, 이 정도라면 아마미도 괜찮겠어.'

배부된 시험지를 보니 딱 봐도 60점 이상 답을 맞힐 수 있게끔 된 문제들뿐이라 배운 대로만 풀면 큰 어려움은 없겠다.

사각거리며 샤프를 움직이는 아마미를 보니 우선 한 과목은 통과다.

"후엥~. 우미, 해냈어~."

"오, 그래, 장하다 우리 유우. 애썼어. 그럼 이대로 영어도 확 쓸어버리렴."

"으, 으응~……."

아마미가 고개를 끄덕인 순간, 침대에서 자다 눌려 흐트러진 곳이 남아 있었는지 머리칼 한 가닥이 쏙 하고 튀어나왔다.

"유우도 참. 아침에 머리 제대로 정리 안 했어?"

"에헤헤~. 보충 수업이지만 그래도 여름방학인 건 맞으니까 조금 늦게 잤거든."

"너도 참……. 마키, 유우랑 화장실 좀 다녀올 테니까 먼저 교실에 가 있어. 영어 보충 수업이 시작되기 전에는 갈 테니까."

"알았어. 야기사와 선생님께도 미리 말씀드릴게."

방심하지 말라고는 하지만 재시험 자체가 그리 어렵지는 않아서, 우리 이외의 다른 참가 학생들도 전체적으로 느슨한 분위기였다.

평소라면 오전의 이 시간은 많은 학생으로 북적이겠지만, 지금은 복도도 안뜰도 심지어 학생 식당 앞 광장도 조용했다.

학교의 어느 곳을 봐도 이곳에는 '휴일의 학교' 라는 광경밖에 없다. 어쩐지 신기한 기분이었다.

우미와 잠시 헤어져서 나는 먼저 영어 보충 수업이 있는 10반으로 향했다.

수업 시작까지는 아직 여유가 있어서 그런지 창문 너머로 교실 안을 들여다볼 것도 없이 나 말고 온 사람은 아무도 없었다.

그보다 아예 교실 문이 열리지를 않았다.

"……설마 선생님이 아직 문을 안 열어놓으신 건가."

이 시간이라면 야기사와 선생님이 미리 문을 열어두고 수업 준비를 하실 줄 알았는데, 그 준비가 늦어지는 건지 아니면 그저 내키지 않아서 그런 건지……. 아무튼 문이 열려 있지 않으니 확인도 할 겸 교무실로 열쇠를 가지고 오는 편이 빠르겠다. 푹푹 찌는 복도에 계속 서 있는 것도 힘드니까.

참고서용으로 쓰는 빨간색 책받침을 부채 대신 부치면서 나는 선생님이 계실 교무실로 이어진 복도를 걸었다.

환한 대낮인데도 나 혼자 걷는 복도는 어쩐지 마음을 불안하게 했다. 내 발소리가 울려 되돌아오는 메아리 때문에 마치 누군가가 뒤에서 쫓아오는 듯한 감각은 학교 같은 큰 건물만의 특징이 아닐까.

……만약 시간이 한밤중이었다면.

"만약 우미랑 둘이 있다고 해도 담력 시험은 사양이야……."

계획상 7월 말이나 8월 초에 니토리와 호죠의 집이 함께 소유한다는 별장에 가기로 되어 있는데, 우미 말에 따르면 별장이 자리한 산 정상에 신사가 있다나 뭐라나——. 아니, 더는 생각하지 말자.

이런 상념에 젖은 채 나는 교무실 앞에 섰다.

"……후우, 도착."

심호흡을 한 후 나는 교무실 문에 손을 댔다. 작년 문화제 이후 혼자 교무실을 찾을 기회는 몇 번 정도 있었지만, 문 저편에 많은 어른이 있을 생각을 하니 들어가는 것만으로도 상당한 용기가 필요했다.

"――실례하겠습니다. 저어, 야기사와 선생님."

"! 어머, 마에하라구나? 미안해, 교실 열쇠 때문에 왔지? 나도 빨리 가려 했는데 지금 급한 전화가 와서."

입구 근처에 앉은 야기사와 선생님의 책상을 보니 그곳은 수업에 쓸 교과서와 파일, 그 외의 서류로 절반 이상 파묻혀 있었다. 전화 옆에는 빨간색 펜으로 끄적인 메모지가 어지럽게 흩어져 있어서 보충 수업 전에 선생님이 얼마나 바빴는지 짐작됐다.

"자, 이거 교실 열쇠. 시간에 맞춰서 늦지 않게 가마."

"알겠습니다. ……여름방학인데 바쁘시네요."

"그거야 우리는 학생들과 달리 어른이니까. ……그럼 만약 내가 지각하면 뒷일은 부탁한다, 모범생."

"아니, 그건 좀……. 급한 일로 늦으신다는 것만큼은 전해놓을게요."

어딘가에 전화를 걸려고 수화기를 집어 든 야기사와 선생님께 가볍게 인사한 후 나는 교실 열쇠를 쥐고 빠르게 교무실 출입구로 향했다.

영어 보충 수업 시작까지 10분 정도 남았으니 이제 우미, 아마미, 다른 학생들도 기다리고 있을 것이다.

당연히 우미한테는 내가 열쇠를 가지러 갔다고 연락을 마친 상태다.

“실례하겠습니——.”

“! 앗…….”

빨리 우미가 있는 곳으로 돌아가려고 얼른 교무실 밖으로 나서려는 그 순간, 내 시야에 한 남학생이 뛰어들었다.

그 애도 지금 막 교무실로 들어가려던 참이었는지, 나와 가볍게 부딪치고 말았다.

“앗, 죄송합니다.”

“저야말로…… 어? 마에하라?”

“어어? ……누군가 했더니 오야마였구나.”

바로 앞에 있던 건 우리 반 아이, 오야마였다.

요즘 통 대화할 기회가 없었지만 가만히 생각해 보니 이 시간, 이곳에서 우리가 서로 마주치는 게 좀 이상하다.

나는 보충 수업을 들으려고 등교했지만 우리 반에서도 성적 상위권에 들어가 있는 오야마는 여름방학을 즐기고 있어야 했다.

그리고 오야마가 동아리 활동을 한다는 소리도 들어본 적이 없다.

“오야마, 넌 왜 여기 있어?”

“나는 좀 볼일이 있어서……. 근데 넌 왜?”

“난 보충 수업 들으러. 시험 점수로는 안 들어도 되는 수업이지만, 친구 따라서 좀."

"친구……라면 혹시 아마미?"

"응."

사정을 모르는 오야마에게 지금까지의 경위를 간단히 설명했다.

……역시 의아한 표정을 보이긴 했지만, 그래도 이해는 해준 듯했다.

"그랬구나. 그럼 내가 한발 늦었네."

"? 한발 늦다니……? 그럼 너도 선생님한테 열쇠 받으러 온 거야?"

"그렇지. ……아, 근데 난 보충 듣는 건 아니고."

"……보충 수업도 아닌데 열쇠를?"

"응. 여긴 교무실 앞이니까 일단 돌아가면서 얘기하자."

오야마의 제안에 따라 나는 우미와 아마미가 기다리는 10반 교실로 돌아갔다.

그러고 보니 이렇게 교실 밖을 걸으면서 오야마와 대화하는 건 처음일지도 모른다. 교실 안에서 가끔 말을 나누긴 하지만, 거기서 밖으로 한 걸음만 나가면 오야마는 내 앞에서 금세 자취를 감출 때가 많았기 때문이다.

"나도 친구 따라서 학교에 온 거야. 전부터 오늘 꼭 같이 놀기로 했고, 보충 수업이 끝나면 곧장 오락실에 가자면서."

"그랬구나. ……그럼 열쇠는 왜?"

"아아, 그건 보충 수업 듣는 친구가 '넌 할 일 없으니까 가져와' 라고 해서. 함께 어울리다 보니 그런 일이 좀 있네."

"엇……. 그렇구나."

내 '친구' 중에 명령조로 뭘 요구하는 사람은 없지만, 노는 무리에 따라서는 그럴 수도 있는 걸까.

……닛타조차도('조차'라고 하면 실례겠지만) 그런 요구를 한 적은 단 한 번도 없다. 노조무도 마찬가지고.

오야마는 익숙한 듯 쓴웃음을 짓고 있었지만, 과연 그게 진정한 의미에서 '친구'라고 할 수 있을까.

그렇구나 하고 적당히 맞장구를 치며 대화를 마친 우리는 그 후 묵묵히 영어 보충 수업이 있을 10반 교실로 향했다.

계단을 올라가 복도로 가니 우리를 발견한 우미와 아마미가 다가왔다.

아마미의 흐트러진 머리는 우미가 매만져준 덕분에 언제나처럼 예쁘게 정돈되어 있었다.

"마키, 수고했어. 선생님은?"

"급한 일이 있어서 지금 교무실에서 전화하고 계셔. 최대한 빨리 돌아온다고 하셨어."

"아, 그렇구나. ……에헤헤, 선생님께 급한 일이 생긴 거라면 조금은 느긋하게 있어도 되겠…… 아야야."

"유우, 그런 생각 하는 거 아니야."

"후엥~. 에헤헤."

다소 힘 조절이 된 딱밤을 맞고 아마미는 헤실헤실 웃었다.

보충 수업은 당연히 안 받는 게 좋지만, 그래도 우미와 같은 시간을 보낼 수 있어 아마미는 마냥 기쁜 눈치였다.

여름방학이니 우미와 아마미도 둘이서만 놀 때가 있겠지만, 그래도 작년과 재작년에 비하면 확실히 그럴 기회가 더 줄어들었다.

마음씨 고운 아마미는 우리의 고집을 웃으며 다 받아주긴 하지만, 사실은 우미나 다른 애들과 놀거나 여러 추억을 공유하고 싶을 것이다.

다들 우리를 괴짜 취급하는 보충 수업 참가이긴 했지만, 지금 나는 이러길 잘했다고 믿는다.

"……마에하라, 난 방해만 되는 듯하니까 이만 가볼게."

"어? 아, 응. 그럼…… 다음은 방학 끝나고 보는 거네."

"그렇겠지. 하긴 마에하라는 인기 많으니까 나 같은 녀석과 대화할 틈도 없겠지만."

"……뭐?"

"……그럼 간다."

오야마는 그렇게 말하면서 갑자기 피하듯 우리 앞을 떠났다.

갑작스러운 일에 내가 미처 반응하지 못했지만, 굉장히 빈정거리는 말을 들은 느낌이.

"우미, 오야마한테 무슨 일이라도 있나? 평소보다 어두워 보이던데."

"글쎄? 나는 오랜만에 봐서 차이를 잘 모르겠는데……. 마키는 어때?"

"나는 재랑 그렇게까지 친하지 않아서……. 근데 친구한테 아무 말 없이 그냥 가버려도 되나?"

문득 궁금해져서 나는 우리 말고 다른 보충 수업 참가자들을 확인해 보았지만 그중에 오야마에게 눈길을 준 학생은 한 명도 없었다. 있기야 하겠으나 누군지 알 수가 없다.

자기가 필요하다며 오야마한테 열쇠를 가져오라고 시키고, 그런데도 고맙다는 소리 하나 없는 오야마의 '친구'……. 과연 그게 진짜 '친구'가 맞긴 할까.

그 후, 시작 임박해서 교실로 뛰어 들어온 야기사와 선생님이 영어 보충 수업을 진행하셨다. 보충 수업 방법은 각 교과목 선생님께 맡겨진 것인지, 야기사와 선생님의 수업은 아까 전 들은 국어보다 훨씬 분위기가 느슨했다.

선생님도 어떻게든 모든 학생을 재시험에 합격시키고 싶은지,

"이 문장의 여기는 이따가 통째로 출제될 테니까 중점적으로 익혀. 당연히 단어는 바꿨지만 문장 구성은 거의 그대로니까."

판서 내용에 빨간 동그라미를 쳐 강조했을 정도다. 전부는 아니겠지만 아마 빨간 동그라미 부분만 제대로 봐도 합격 점수가 나오게 출제했을 것 같다.

"으~. 졸려, 배고파……."

"유우, 이따가 점심시간 있으니까 그때까지 힘내, 응?"

"아마미, 힘내."

"응, 힘낼게……."

나도 그렇게 우미와 함께 아마미를 격려했지만, 아침 일찍부터 시작된 수업+이미 이해한 내용을 다시 들을 필요가 없어 생기는 따분함 때문에 나 역시 슬슬 눈꺼풀이 무거워지던 참이었다.

하품을 참으며 어떻게든 보충 수업 한 교시를 마친 우리는 교실을 나서 늘 점심시간을 보내던 장소로 이동했다.

여름방학이라 사람이 적어서 중정과 학생 식당, 체육관 등 평소라면 잘 가지 않는 곳에서 시간을 보내도 좋겠지만, 역시 나는 매번 갔던 장소가 마음도 더 편하고 마침 적당히 그늘도 진 터라 시원한 에어컨 바람이 도는 실내가 아니더라도 충분히 쉴 만해 보였다.

“와, 마키, 오늘 도시락 엄청 크다. 설마 우미랑 같이 먹으려고?”

“응, 여름방학이기도 하고 이런 것도 좋아 보여서 어제 우미랑 상의했어. 근데 신이 나서 너무 잔뜩 만들었지 뭐야. 아마미도 많이 먹어.”

“우와, 고마워! 그럼 사양하지 않고 먹을게.”

우리 셋은 낡은 벤치에 앉아 커다란 반찬통에 든 음식을 조금씩 먹기 시작했다.

원통 모양으로 굴린 미니 주먹밥에 닭튀김, 조금 달콤한 달걀말이, 어제 저녁밥으로 먹고 남았던 반찬, 그리고 예쁜 색을 넣어보려 빈칸에는 방울토마토와 브로콜리를 넣은 도시락이다.

“음~. 오랜만에 먹지만 난 역시 마키가 만든 달걀말이가 좋더라. 이것만으로도 먹을 수 있을 정도야.”

“그러게. 마키, 어쩐지 요리 솜씨가 더 좋아진 것 같다?”

“그런가? 하긴 매일 하면 자연스럽게 그렇게 되지.”

평소 기상 시간보다 한 시간 더 일찍 일어났지만, 맛있게 먹는 둘을 보고 있자니 노력한 보람이 있어서 기쁘다.

"아, 마키, 기왕이면 내 도시락도 먹어. 우리 엄마가 싸준 건데 뭐 먹을래?"

"앗, 그럼 저기 시금치 오믈렛을."

"자, 여기."

그렇게 말하며 아마미가 부채꼴 모양으로 잘린 오믈렛 한 조각을 접시 대신 쓰는 반찬 통 뚜껑 위에…… 놔두지 않고 그대로 내 입 가까이에 가져다 댔다.

"……저어, 아마미?"

"? 왜 그래, 마키? 자, 어서 먹어."

"으, 응. 그건 그런데 저어, 내가 알아서 먹을게."

"어? ……앗."

그제야 아마미도 눈치챘지만, 내가 그대로 아마미가 내미는 오믈렛을 먹었다면 그 시점에서 '아앙~' 하는 행위가 성립되고 만다.

아마미는 우미와 식사할 때처럼 똑같이 행동할 셈이었겠지만, 아무리 친구라고 해도 역시 이성 사이에서는 신경 쓰이는 부분이 있는 법이다.

만약 상대가 우미였다면 별문제 없는 광경이었지만.

내 옆에서 그 모습을 가만히 지켜보는 우미의 얼굴이 살짝 무섭다.

"……유우, 그런 건 내가 할 일인데."

"미, 미안해! 그래, 마키한테는 우미가 있는데 나도 참, 아무 생각 없이………. 아, 아하하."

오믈렛을 일단 원래 위치로 돌려놓은 아마미는 허둥거리며 얼굴을 붉혔다.

교우 관계가 시작됐을 무렵에는 첫 이성 친구라고 나한테 적당한 거리를 유지하던 (것으로 보였던) 아마미가 2학년이 되어서도 같은 반이 되면서 나와 일대일로 접할 기회가 더 많아지자, 아마미 마음속의 심리적 벽도 서서히 흐려진 느낌이 든다.

그만큼 아마미가 나를 신뢰한다는 뜻이니까 영광이긴 한데 거리가 지나치게 가까운 것도 좋지 않다.

……우미가 질투하게 되니까.

"마키."

"아, 네."

"……아앙~."

그렇게 우미는 반찬 통에 담긴 닭튀김 하나를 집어 내 입에 넣어주었다.

굳이 먹여주지 않아도 나 혼자 괜찮지만, 지금은 우미의 바람대로 순순히 닭튀김을 한입에 받아먹었다.

"…………."

"뭐, 뭐야, 우미. 아무 말도 없이 내 얼굴을 빤히 보고."

"감상은?"

"감상이라면……. 맛?"

"글쎄?"

아마미가 '아앙~' 하는 시점에서 알고 있었지만, 우미의 심기가 좋지 않은 모양이다.

이쪽을 챙기면 저쪽이 문제고……. 남들은 아마미와 우미를 두고 양손에 꽃이라도 든 상황이라며 부러워할지 모르지만, 난 솔직히 마음이 복잡하다.

"내가 만든 음식이라 맛은 다 알지만, 우미가 먹여줘서 더 맛있어. 아마미가 옆에서 빤히 관찰하는 게 좀 부끄러워서 그렇지."

"흐음~. 자. 그럼 다음은 이쪽."

"아, 아직도 하려고?"

"당연하지. 내가 만족할 때까지. ……알겠지?"

"넵."

그리하여 그때부터 내 점심시간은 도시락통이 다 빌 때까지 연인의 '아앙~' 공격으로 점철됐다.

식사를 마치고 우미의 속이 풀리고 나서야 나는 아침부터 신이 나 음식을 잔뜩 만든 것을 조금 후회하고 말았다.

"응, 잘 먹었습니다……. 음, 점심시간이 30분 정도 남았는데 너희는 어떻게 할래? 일찍 교실로 돌아가서 수업 준비라도 할래?"

"나는 어느 쪽이든 괜찮아. 유우 너는?"

"…………."

"유우? 내 말 듣고 있어?"

"……쿠울."

"아마미, 자는데?"

"응, 하긴 오늘은 아침부터 공부하느라 애썼으니까."

시원한 차를 마시며 느긋하게 쉬다가 잠들었는지, 우미에게 바짝 기댄 아마미는 어느새 새근새근 숨소리까지 내고 있었다.

"하는 수 없지. 점심시간 끝날 때까지 낮잠 좀 자게 두지 뭐. 마키도 졸리면 내 옆에 기대도 돼. 시간 되면 깨워줄 테니까."

"아니, 난 괜찮아……. 근데 조금만 붙어 있어도 돼?"

"후후, 마키, 이 어리광쟁이. ……자, 이리 온."

"응."

허리를 밀착하듯 우미 옆으로 이동한 나는 손을 우미의 몸 위에 얹었다.

이 시기에 밀착하면 덥지만 그래도 나는 우미와 떨어져 있기보다 이렇게 바짝 붙어 있는 게 더 좋다.

어쩌면 변태처럼 느껴지기도 하는데, 나는 우미의 어떤 냄새라도 땀이든 뭐든 우미의 것이라면 다 좋다.

나도 땀이 잘 나는 편이라 지금도 목덜미에 살짝 땀방울이 맺혀 있지만, 우미는 그런 내 상태를 신경 쓰지 않고 오히려 얼굴을 갖다 붙여 킁킁 냄새까지 맡았다.

"마키, 땀 냄새나."

"미안, 우미. ……그럼 잠깐 손수건으로 닦을 테니까 몸 좀 떼어도 되지?"

"싫어. 이 상태가 좋아."

"네가 그렇다면야 뭐."

마치 빨려 들어가는 것처럼 우리는 서로의 냄새를 맡았다. 평소라면 학교에서 이런 짓은 절대로 안 하겠지만, 주변이 너무나도 조용하고 아마미도 일어날 기색이 없어서 조금은 이래도 되지 않을까 하는 생각이 들었다.

"우미, 미안해. 조금만 눈 붙여도 될까?"

"그래, 나도 졸음이 몰려오는데 아예 다 같이 잘까? 알람 맞춰 놓으면 괜찮을 거야."

"……그대로 셋이 잠들었다가 선생님한테 혼나는 거 아냐?"

"아하하, 그럴 수도? 그건 그때 가서 생각하지 뭐."

"그러게."

그렇게 나와 우미는 서로의 허리에 팔을 감고 더욱 밀착한 후 천천히 눈을 감았다.

점심밥으로 배도 부르겠다, 건물 사이로 부는 바람이 의외로 시원해서 금세 잠이 쏟아졌다.

"음……."

"후우……."

"우웅……."

서로 다른 숨소리를 내며 우리는 짧은 휴식을 취했다.

겨우 10분 정도의 짧은 낮잠이었지만 알람이 울려 일어났을 즈음에는 지금까지 쌓였던 피로는 싹 날아간 뒤였다.

아마미는 일어나지 않아서 우리 둘이 힘을 합쳐 아마미를 교실까지 옮기고 말았지만.

그리고 나와 우미의 노력(?) 덕분에 아마미는 무사히 추가 재시험까지 가지 않고 정식으로 여름방학에 돌입하게 됐다.

점수는 아슬아슬했지만 말이다.

3. 우미와 불꽃놀이의 밤

무사히 보충 수업을 마친 우리는 이튿날 바로 앞으로의 계획에 관해 이야기를 나누기로 했다.

나, 우미, 아마미, 닛타, 노조무. 나한테는 이제 익숙한 친구들이다.

이럴 때 평소 같으면 고등학교 근처 패밀리 레스토랑에서 모이는 게 정석이지만, 이번에 우리는 다른 곳에 모였다.

바로 옆에 있던 노조무가 압도당한 듯 내 옆구리를 가볍게 쿡쿡 찔렀다.

"야, 마키."

"왜 그래, 노조무?"

"여긴 어디야?"

"어디긴. 아까도 말했지만 니토리네 집이야."

"호텔이나 뭐 그런 데가 아니고?"

"응, 전에 우리가 연습했던 농구 코트도 있으니까 니토리네 집이 맞는데……. 그치, 우미?"

"당연하지. 하긴 나도 여기 처음 왔을 때 깜짝 놀라긴 했지만."

"나도, 나도. 상상했던 그대로의 부잣집 저택이니까."

전에 반 대항전 연습 때 잠시 빌려 썼던 농구 코트 때문에도 알 수 있듯, 오늘은 우리 다섯이서 니토리의 집에 초대를 받았다.

다음 주부터 있을 별장에서의 해수욕과 일정 논의 그리고 그 준비를 위해서다. 당연히 별장의 또 다른 공동소유자인 호죠도 참석했다.

니토리네 집에 초대받은 건 두 번째지만, 처음 갔을 때는 저택 구석의 농구 코트만 봐서 지금 이렇게 저택 건물 앞에 서니 그 웅장함에 그저 압도당하는 기분이 들었다.

니토리(그리고 호죠도 그렇지만)의 집은 예전부터 이 지역에서 자산가로 유명하다고 한다. 대저택이라 해도 지장이 없을 정도인 이 건물도 현재는 일부가 이미 재건축으로 새 단장을 했지만, 지붕이나 별채 건물 등 오랜 역사가 깃든 곳도 많이 남아 있다.

한마디로 니토리와 호죠 모두 유서 깊은 명문가 아가씨랄까.

"얘들아, 안녕. 많이 기다렸지? 마나카는 벌써 와 있으니까 과자라도 먹으면서 천천히 얘기 나누자."

"잘 왔어, 얘들아~."

두 소녀의 안내를 받아 안쪽에 있는 거실로 향했다. 아마미네 집 거실도 넓었지만, 여기는 그 두세 배는 되어 보였다.

"에헤헤. 고마워, 사나에, 마나카. 근데 정말 괜찮아? 너희는 농구 대회 때문에 참가도 못 하는데 우리만 별장을 써서."

"괜찮아. 별장을 지어놓고 1년에 한 번도 안 쓰면 아깝잖아. 그리고 유우랑 우미가 좋아한다면 우리도 기쁘고."

"그래, 맞아~. 그 대신 별장 청소를 부탁하는 꼴이 됐지만……."

"그 정도는 괜찮아. ……사나에, 마나카……. 여러 가지로 도움 줘서 정말 고마워."

"우미……. 천만에. 이 정도 부탁은 얼마든지 해도 돼. 나도, 마나카도 언제든 고민 있으면 들어줄 테니까."

"다음에는 우리 넷이서도 놀자."

"응, 그래, 약속이야."

반 대항전을 계기로 이 초등학교 시절의 네 친구도 본격적으로 다시금 교류가 부활했는데, 지금 태도를 보니 앞으로도 잘 지낼 것 같다.

살짝 촉촉해진 눈으로 미소 짓는 우미를 보고 나는 안도감에 가슴을 쓸어내렸다.

"자, 잡담은 이 정도로 하고 바로 본론으로 들어갈까? 마에하라, 확인하겠는데 별장 사용 기간은 다음 주 월요일과 화요일 저녁까지 이틀이면 되니?"

"응, 그렇긴 한데……. 니토리, 근데 몇 번이나 물어서 미안한데 우리 쪽에서 인솔할 사람을 구할 필요는 없지?"

"맞아, 나랑 마나카네 집에서 일하시는 분을 한 명씩 붙일 테니까 걱정하지 마. 별장까지는 차를 타고 가야 하는데 그것도 우리가 준비할게."

니토리의 말에 다이닝 룸에서 과자를 준비하던 여자 도우미 한 분이 우리에게 가볍게 고개를 숙였다.

아무래도 니토리 쪽에서의 준비는 다 된 듯하다.

"……근데 유우찡, 이렇게 다 챙겨주는 걸 받고 있어도 괜찮을까? 이러다 정신 차리고 봤더니 우리가 게나 참치잡이 어선에 가 있는 거 아니야?"

"아하하, 니나치도 참. ……나랑 우미도 처음에는 깜짝 놀라서 사양하고 그랬는데, 사나에와 마나카는 이게 보통이더라고."

"그래, 맞아. 귀한 손님은 최선을 다해 대접하는 게 자기들 방식이라면서……. 그치, 사나에, 마나카?"

"응."

"맞아~."

부디 손님 대접을 하고 싶다는 식의 분위기를 풍기는 두 소녀에게 우미와 아마미는 쓴웃음을 지었다.

우미와 아마미도 사양은 하지만, 그래도 두 소녀가 멈출 기미를 보이지 않으니 결국 포기했나 보다.

둘은 니토리와 호쵸와 오래 알고 지냈으니까, 우리도 마음 놓고 제안을 받아들이는 게 낫겠다.

대신 별장 청소는 해달라는데, 오히려 그것만으로 괜찮은 건지 의문이 들 정도다.

그 후, 처음으로 별장을 방문하게 될 세 명(나, 닛타, 노조무)을 위해 니토리의 짤막한 설명이 시작됐다.

니토리와 호쵸의 집이 공동으로 소유한다는 그곳은 우리가 사는 지역에서 차를 타고 2시간 정도 걸리는 해안가 마을에 있단다. 별장은 자연 속에 둘러싸여 있고, 프라이빗 비치는 후미에 자리해서 외부인 출입이 불가능하기에 다소 마음 놓고 놀아도 인근에 폐를 끼치지 않는다는 게 최대 이점이다. 최근에는 해변에서 금지될 때가 많은 불꽃놀이도 사유지라 얼마든지 해도 된다.

건물은 3층짜리로 각 층에 욕실과 화장실도 완비되어 있고 충분한 넓이의 게스트룸도 몇 개나 갖춰진 데다가 노래방과 당구 같은 실내 놀이 시설까지 준비되어 있다는데……. 그 설명만 들어도 배가 부른 기분이다.

그보다 하루 만에 모든 시설을 이용해서 노는 건 불가능할 듯 하다.

"후후, 어쩐지 나까지 즐거워지네. 낮에는 해변에서 실컷 놀고 밤에는 바비큐나 모래밭에서 양동이 한가득 채운 폭죽을 가지고 불꽃놀이를 즐기고……. 아아, 동아리 활동도 중요하긴 하지만 오랜만에 우미와 아마미와 놀고 싶은데……."

"그러게, 사나에~……. 가끔은 좀 쉬고 싶지만 주장한테 그런 말이라도 했다가는 그냥 혼나고 넘어가지는 않을 거야."

1학년이었던 작년이라면 모를까, 이제 2학년으로 올라가 내부에서도 주력 멤버가 된 호죠와 니토리는 다른 부원의 모범이 되기도 해야 해서 그리 쉽게 연습을 쉴 수 없나 보다.

동아리 활동으로 바쁜 고등학생에게 있어 아주 고민되는 문제일 수밖에 없다.

"방 배정은…… 음, 방은 넉넉하니까 마음대로 정해도 되지만, 참가자는 여기 다섯 명이면 되니? 숙박 중의 식사나 음료 준비도 해야 해서 지금 바로 참가자 수를 확정하면 좋을 것 같은데."

"아, 그래, 니토리. 이번에는 우리 다섯으로 확정을――."

"마키, 미안. ……잠깐만 기다려줄래?"

어느 정도 이야기가 진행되어서 이제 세부사항만 정하면 되는 단계에 이르렀을 때, 우미가 웬일로 손을 들었다.

"왜 그래, 우미?"

"사나에, 마나카, 갑자기 직전에 와서 이런 말 하기 미안하지만 참가자 수를 바꿀 수 있을까? 좀 늘어나는 방향으로."

"아, 응. 말만 해. 우리는 괜찮으니까……."

대접하는 입장의 니토리와 호쵸에게는 별문제 없는 듯했지만, 두 소녀가 신경 쓰는 건 제안한 우미 이외의 우리 넷이었다.

당연하지만 이 타이밍에서 우리 다섯 명 말고 다른 참가자가 있다는 말은 지금 우미에게서 처음 들었다.

내가 그런데, 아마미를 비롯한 다른 셋은 더 모를 게 뻔하다.

"미안해, 마키. 사실은 먼저 상의해야 했는데, 참가할지 어떨지 아직 정해지지 않아서……. 사실 이제 참가할 건지 물어봐야 하고."

"그, 그래? 인원이야 줄든 늘든 난 괜찮은데……. 누굴 부르려고?"

"……나카무라."

"나카무라라면…… 그 나카무라?"

"응, 맞아."

나카무라 미오. 우미네 반 여학생이면서 새로운 학생회장이 된 애인데, 우미가 이 타이밍에 그 애도 함께 가게 하면 좋겠다고 제안한 건 뜻밖이었다.

둘이 반에서 자주 대화를 나누긴 하지만 방과 후나 휴일에까지 같이 논다는 소리는 들어본 적이 없었기 때문이다. 설령 그렇다고 해도 반 대항전 연습 등 특별한 용건이 있을 때뿐이었다.

물론 나도 나카무라를 부르는 것에 딱히 이견은 없다. 나카무라는 우리한테도 이미 익숙한 사람이고, 이 기회에 서로 친목을 다지는 것도 나쁘지 않을 테니까. 상당히 개성적인 캐릭터이긴 하지만 대체로 좋은 애임은 분명하다.

"나카무라를 부르겠다는 거지? 갑자기 말해서 놀랐지만, 나카무라라면 괜찮겠지……. 난 오히려 환영이야. 걔가 좀 특이하긴 하지만 대화해 보니 재밌고 따분하지 않으니까."

"나도 괜찮아. 우리 다섯이 느긋하게 지내도 좋지만, 하루 이틀 정도는 모두 모여 떠드는 것도 재밌을 거야."

"아아, 걔가 새로운 학생회장이지? 난 얘기해 본 적 없지만 얼마 전 방학식 때 인사하는 거 보니까 애는 재미있어 보이더라. 나는 괜찮아."

다른 셋도 수긍한다면 나도 특별히 할 말은 없다.

……당연하지만 우미한테서 더 자세한 사정을 들어볼 필요는 있겠지만.

"알겠어. 그럼 추가 참가를 고려해서 한두 명분 더 넉넉히 준비하지 뭐. 만약 그 나카무라라는 애가 안 온다고 해도 남는 건 그냥 가지고 가면 되니까."

"고마워, 사나에. ……나중에 꼭 보답할게."

"그래? 그럼 나도 뭘 해달라고 할지 생각해 봐야겠네. 우미, 너 하나 빚진 거다?"

"……응."

빚을 졌다는 건 앞으로도 저 애들의 관계가 계속 이어진다는 뜻이다.

빚을 갚고, 너무 많이 되돌려주면 또 그만큼 다음으로 넘어가고……. 그렇게 완전히 털어내지 못한 채 인연은 꾸준히 이어진다.

그게 좋은 방식인지는 모르겠지만, 적어도 우리는 그렇게 잘 지내고 있다.

그러니까 괜찮다.

"아, 좋겠다~. 나도 우미한테 빚 좀 지우고 싶은데~. 사나에, 그 빚에 나도 얹혀 가면 안 될까~?"

"뭐~? 그래도 되긴 하지만 이건 나와 우미 사이의 일인데."

"어휴, 마나카도 참. 자꾸 얘기 복잡하게 만들지 마."

"으~. 너희 셋만 친하게 지내고 치사해~. 우미, 나는, 나는? 나도 우미한테 빚을 잔뜩~."

"……유우, 너는 그전에 이제까지 졌던 네 최대급 빚이나 갚아. 초등학생 때부터 지금까지 정말로 별별 일이 다 있었잖아……. 안 그래?"

"으……. 노, 노력하겠습니다……."

또 넷이 어느새 장난을 치고 있어서 고등학교부터 친구가 됐던 나머지 우리는 완전히 외부인 상태가 됐지만, 가끔은 이렇게 밖에서 저 모습을 바라보는 것도 좋다.

한껏 옛날 추억으로 이야기꽃을 피우던 네 사람의 흥분이 잠시 가라앉길 기다리고 있자니, 내 옆자리로 이동해 온 닛타가 나직이 말을 건넸다.

"위원장."

"응?"

"……저런 거 참 좋아 보인다."

"뭐, 그러게. 난 소꿉친구가 없어서 잘 모르겠지만, 그래도 닛타는 그런 사람 있잖아."

"없는데."

"그렇구…… 뭐?"

닛타가 하도 태연하게 받아치는 바람에 그대로 넘어갈 뻔했지만 지금 아주 뜻밖의 대답이.

"왜, 그렇게나 의외야? 세키, 너도 그렇지?"

"아니, 난 그래도 있어. 근데 학교는 따로따로여서 요즘은 통 만나지 못했지만. 닛타 넌 이 동네로 이사 왔던 거야?"

"아니, 난 태어나서부터 쭉 이 동네인데……. 그럼 나도 위원장보고 뭐라 할 처지는 못 되는구나. 이거 참."

아하하, 하고 닛타는 작게 쓴웃음을 지었지만 소꿉친구나 절친한 사람이 없는 게 그렇게나 이상한 일일까.

내 입장에서 보자면 우선 친구 만들기부터가 어려운데.

"미안, 미안. 여자들 사이에서 나만 동떨어져 있길래 나도 모르게 이상한 소리를……. 그렇다고 사내 녀석들 둘과 수다 떠는 건 싫으니까 난 저기에 끼어야지. 얘, 유우찡~. 나만 빼놓고 너무해~."

가볍게 고개를 가로젓더니 다시금 평소 태도로 돌아온 닛타는 아마미한테 폴짝 안기면서 자연스럽게 네 소녀의 틈바구니로 들어갔다. 닛타는 타치바나 여학교 출신 넷과 아직 친구 경력이 짧지만 타고난 사교성으로 금방 그 자리에 녹아들었다.

……역시 닛타가 아까 했던 이야기는 농담이 아니었던 걸까.

"……마키, 우린 무슨 얘기하지? 심심한데."

"……그러게."

여자애들한테 지지 않으려고 나와 노조무도 뭔가 잡담을 해보려 했지만 원래부터 화젯거리 범위가 일치하지도 않는 데다가, 있다고 해도 여자들 앞에서는 하기 거북한 것들뿐이어서 결국 대화는 중간에 뚝 끊긴 채 그 이후는 준비된 차와 과자만 묵묵히 먹었다.

우미 덕분에 나한테 '연인' 은 생겼지만, '친구' 쪽은 아직도 갈 길이 먼 것 같다.

그리고 주말이 끝난 다음 주 월요일, 드디어 기다리던 해수욕 당일이 왔다. 아침 일찍 니토리네 집에 모인 우리는 각자 짐을 차에 싣던 중이었다.

"마키, 우리는 이게 전부인데 뭐 잊은 거 없어? 손수건이나 귀중품은 빼먹지 않고 잘 챙겼고?"

"응, 괜찮아……. 앗, 아직 멀미약을 안 먹었는데."

"역시나. 그럴 줄 알고 내가 가지고 왔지. ……자, 여기."

"응, 고마워, 우미. 준비성이 좋구나."

"후후, 그렇게까지 걱정할 필요는 없겠지만 오늘은 사나에네 집 차를 탈 테니까 혹시 몰라서. 아, 물통에 물도 담아 놨으니까 이거 마셔."

"응."

출발 전부터 가볍게 잽 연습이라도 하는 것처럼 꽁냥거리는 우리였지만, 우리랑 어울리는 아이들 사이에서는 이미 익숙한 광경이어서 아마미를 비롯해 다들 특별히 우리 행동을 놀리거나 빤히 관찰하는 일은 없었다.

"음, 짐은 거의 다 실었네. 우미, 그 나카무라라는 애는 아직 안 온 것 같은데……?"

"응. 중간에 길을 헤매는 걸지도……. 아, 이제 왔다. 여기야, 나카무라!"

손을 흔드는 우미를 알아차린 나카무라가 이쪽으로 왔다.

오늘은 평소처럼 안경을 쓰지 않아서 순간 누구인지 알아볼 수 없었지만, 잘 보니 의외로 그 친근감 넘치는 미소는 나카무라의 것이 맞았다.

"이거 미안하게 됐네. 갑자기 이렇게 초대해 줬는데도 내가 늦었어."

"아, 나카무라 왔구나? 학생회 일은 다 잊고 오늘 내일은 우리랑 실컷 놀자!"

"물론 진이 빠지게 놀 셈이니까. 부잣집 별장에서 1박 2일이라니 서민인 나한테는 좀처럼 해볼 수 없는 경험이니까. …… 그렇지, 소우지?"

"미오 선배, 저도 그 점은 동감하지만 말 좀 좋게 하면 안 될까요……?"

우미의 부탁으로 갑자기 초대받은 나카무라는 학생회도 이번 주는 휴일이라면서 대번에 참가하겠다고 나섰다.

그뿐만 아니라 나카무라의 바로 뒤에는 놀랍게도 부회장인 타키자와까지 참가할 셈으로 따라온 상태였다.

"……자, 잠깐, 잠깐, 야, 위원장! 위원장!"

"아얏……. 니, 닛타, 그렇게 팔꿈치로 찌르지 않아도 알아. ……힘들겠지만 일단 진정해."

"아니, 못 하겠어. 뭐야? 왜 타키자와도 같이 온 건데? 으아아아, 늘 놀던 애들이랑 논다고 오늘은 쌩얼로 왔는데!"

당황해서 손거울을 꺼내 얼굴을 매만지는 닛타는 그렇다 치고, 타키자와가 따라온 건 특별히 신기한 일은 아니었다.

왜냐하면 우미는 나카무라만이 아니라 타키자와도 오라고 권했기 때문이다. 물론 모두에게도 전달했을 테지만……. 닛타는 자기랑 상관없다며 제대로 메시지를 확인하지 않은 듯했다.

"선배들, 오늘 저까지 초대해 주셔서 감사합니다. 지금까지 이렇게 여러 사람과 외출한 적이 없어서, 아사나기 선배가 제안해 주셨을 때부터 기대하고 있었어요."

"아아, 그랬구나. 그럼 선배로서 후배가 즐겁게 놀 수 있도록 노력 좀 해야겠네. 아, 나는 아마미 유우라고 해. 잘 부탁해, 타키자와."

"네, 아마미 선배. 저야말로 앞으로 잘 부탁드려요."

아주 자연스럽게 상큼한 인사를 나누는 아마미와 타키자와.

학교 제일의 미소녀라는 여자아이와 요즘 특히 소문이 자자한 꽃미남 신입생 두 사람의 만남은 마치 패션 잡지 표지가 아닐까 착각이 들 정도의 광경이었지만, 그걸 보고 심상치 않은 표정을 짓는 남자애가 한 명.

"…………."

"……엇, 노조무도? 아얏, 아얏. 괜찮아. 난 네 편이야."

노조무도 닛타와 마찬가지로 뭔가 잔뜩 호소하는 눈빛으로 내 옆구리를 쿡쿡 찔러댔는데, 하긴 저 둘을 보고 있어서 생기는 가슴속 술렁거림은 이해가 간다. 본인들은 어떻게 생각하는지 모르겠지만, 그 정도로 아마미와 타키자와는 참 잘 어울리는 커플처럼 보였다.

아마미에게 차인 이후도 남몰래(이미 다 들켰지만) 아마미를 계속 마음에 두고 있는 노조무에게는 너무나도 강력한 라이벌이 등장했다고 할 상황이었다.

그리고 그런 우리의 모습을 관찰하고 있었는지 나카무라가 히죽거리며 다가왔다.

"……후후후, 우리 소우지가 멋지긴 하지? 어때, 야구부 에이스 세키?"

"그러네. 아니, 회장, 넌 괜찮아? 저 귀여운 후배가 이러다가는 아마미를 좋아할지 몰라."

"걱정 고마운데 그런 염려는 접어둬. 저 애가 누구를 좋아하든 나하고는 상관없는 일이고 내가 끼어들 권리도 없으니까. 물

론 귀여운 후배인 건 맞으니까 나쁜 여자한테 걸리면 안 되겠지만, 아마미라면 괜찮을 거야. ……솔직히 좀 느긋하고 바보 같은 느낌이 옥에 티지만 소우지는 그것도 다 받아주겠지. 예전부터 쟤는 지나칠 정도로 다정했으니까."

"……후배를 너무 과대평가하는 것 같다?"

"그거야 당연하지. 쟤는 내 자랑스러운 후배니까. ……그것도 콩알만큼 작았을 때부터 쭉."

내가 보기에는 나카무라의 표정도 남 말 할 처지는 아닌 것 같았지만, 노조무와는 달리 나카무라는 타키자와를 어디까지나 후배로 보려는 노력이 느껴졌다.

중학생 때 타키자와가 어땠는지 알 수는 없으나, 그 시절과는 딴판일 만큼 변했다면 당연히 이성으로 의식해도 어쩔 수 없다는 생각은 들지만.

소꿉친구나 선후배 등, 예전의 관계성이 발목을 잡는 바람에 쉽사리 한걸음 내딛기 어렵다는 것일지도 모른다.

한차례 인사를 마치고 짐을 모두 싣고 난 후, 이제 별장으로 향할 차에 탈 준비를 했다.

나카무라와 타키자와의 참가로 총 7명에 더해 그만큼 짐이 생겨서 별장까지는 차 두 대로 나누어 가게 됐다. 운전은 지난주 부탁했듯 니토리와 호죠네 집에서 일하시는 도우미 분이 각각 맡아주셨다.

차는 각각 5인승이어서 대체로 3명+4명으로 나뉘어 타는 게 자연스럽지만…….

“얘들아, 어느 차에 탈래? 나는 우미랑 같이 타고 싶은데. 우미도 괜찮지?”

“응, 괜찮아. 그럼 나랑 마키, 유우 셋이서 타고 나머지는 다른 차에 타. 내가 옆에 없을 때 마키가 멀미할까 봐 걱정되니까.”

“으음? 아사나기도 참 과보호네. 나는 기왕 이렇게 된 거 여자 넷이서 걸즈 토크라도 하고 싶었는데. 남자들도 그게 더 마음이 편할 테고. 소우지, 넌 어때?”

“저는 어느 쪽이든 상관없는데……. 솔직히 세키 선배와 마에하라 선배와 차분히 대화를 나눠보고 싶긴 하지만요. 전 두 선배를 존경하고 있거든요.”

“그……그래? 그럼 난 괜찮은데. 그치, 마키?”

“노조무는 참 성격이 단순한 것 같아……. 하긴 나도 싫진 않지만.”

이럴 경우, 일반적으로 보면 남녀로 나누는 게 타당하겠지만 나와 우미처럼 특히 사이좋은 남녀나 친구 사이가 있으면 상황은 달라진다.

개인적으로는 나와 우미 커플+아마미 조합이 크게 마음이 쓰이지도 않고 멀미할 때도 안심할 수 있지만, 그렇게 덜컥 결정해 버리면 나머지 네 사람 사이의 차 안 분위기가 걱정된다.

나카무라와 타키자와는 중학교 시절부터 이어진 선후배 사이니까 괜찮아도, 타키자와의 참가로 눈에 불을 켜고 있는 닛타, 그리고 타키자와를 묘하게 라이벌로 보는 것과 동시에 개성적인 나카무라와 엇나가는 대화를 하던 노조무까지 있으면…….

그래도 타키자와가 뜻밖에도 선배인 우리의 체면을 세워줘서 만약 분위기가 안 좋아지더라도 그 애가 알아서 잘 수습하긴 하겠지만,

하지만 한 명 있는 후배에게 그런 일까지 신경 쓰게 하는 것은 선배로서 내키지 않았다.

늘 어울려 다니는 우리 다섯 명이라면 이런 걸 따질 필요도 없는데…… 그렇게 생각하는데, 어느새 내 뒤로 온 닛타가 등을 콕콕 찔렀다.

"저, 저기, 위원장, 잠깐만."

"? 닛타, 왜 그래?"

"나도 어느 차에 탈지…… 희망 사항이 있는데."

"아아, 그래, 그래. ……타키자와와 같이 타고 싶다고?"

"아니, 그…… 반대야."

"뭐?"

그 반대라면 타키자와와 다른 차에 타고 싶다는 뜻이다.

바로 직전까지 그렇게 좋아서 날뛴 걸 보면 내가 아는 닛타는 분명 무슨 수를 써서라도 타키자와와 동승하려 들 텐데.

"왜냐고…… 물어봐도 돼? 근데 같이 안 있어도 되겠어?"

"그거야 같이 타고 싶지. 지금까지 내가 본 남자 중에서 최고고, 만약 개인적으로 가까워질 수 있으면 너무 좋아서 해수욕 따위 안중에도 없을 테니까."

"그렇다면 더더욱 같이 있는 편이……. 아얏, 닛타, 왜 옆구리를 꼬집는 건데?"

우미도 그렇고 닛타도 그렇고, 왜 자꾸 내 옆구리를 공격하는지. 그렇게나 내 옆구리가 빈틈투성이인 걸까. 어쨌든 지금은 나를 불만스러운 표정으로 보는 닛타가 문제다.

"위원장, 넌 정말 여자 마음을 조금도 모르는구나. 그런데도 어떻게 여친이 있냐?"

"그거야 감사하게도 교제는 순조롭게 잘되고 있지만……."

연애에 있어서 우미는 나한테 솔직히 호감을 보이니까 내가 굳이 그 말 속에 숨은 뜻을 읽어내려 하지 않고 있는 그대로만 받아들이면, 우미도 항상 좋은 기분으로 나를 대해준다.

일반적인 여자 마음은 몰라도 우미의 마음은 어느 정도 이해하고 있고, 지금도 열심히 공부 중이니까 그것만으로도 충분하다.

"그래서 그 여자 마음 말인데, 나도 긴장 정도는 한다 이거야. 좋아하는 유명인이나 동경하는 사람이 곁에 있는 거야 좋지만 '무슨 얘기를 하면 좋을지' '실례되는 말이라도 했다가는 싫어하면 어쩌지' 같은 생각이 들어서 결국 아무 말도 못 하고 끝나는 경험은 너도 해봤을 거 아냐. ……아니, 위원장 너라면 그런 경험 없겠지만 어쨌든 상상이라도 해봐."

"으음……. 어느 정도 이해는 가는데."

즉, 닛타에게 타키자와는 그 정도로 중요한 카테고리에 들어가 있어서 친해지는 것도 더 신중히 하고 싶다는 뜻인가 보다. 차에 같이 타서 마구 들이대지 않고, 이후 해수욕이나 바비큐 파티 중에 슬며시 거리를 좁혀보려는 생각일지도 모른다.

지금까지 닛타의 이미지만 봐서는 이성에게 적극적으로 다가

가는 줄만 알았는데, 내 옆구리를 몰래 공격할 정도로 머뭇거리는 그 모습이 뜻밖이었다.

“일단 내 희망 사항은 그거야. 위원장, 우미, 유우, 나까지 넷이 차에 타고 나머지는 학생회 콤비와 야구부원까지 셋. 그러면 문제없겠지?”

“하다못해 야구부원이 아니라 세키라고 불러주면 안 될까.”

이리 하여 지금까지의 희망 사항을 정리해 보자면,

나 …… 우미와 같이 탈 수 있다면 나머지는 누구든 괜찮음(상황에 따라 유연히 대응)

우미 …… 나와 같이(반드시)

아마미 …… 우미와 같이(될 수 있으면)

닛타 …… 타키자와랑은 다른 차

기타 세 명 …… 지금까지 특별한 요구 사항 없음(혹은 불명)

이런 식일까.

본래 목적은 해수욕과 다른 여러 놀이지만, 이동 시간이 길어서 누구와 같은 차를 타고 시간을 보낼 것인지도 1박 2일의 스타트를 끊는 데 있어 중요하긴 하다.

희망 사항을 최대한 고려한다면 닛타의 말대로 하는 것이 좋지만, 그렇게 되면 다른 세 사람을 무시하는 게 되지 않을까.

……나도 포함해서지만 이렇게 보니 고집쟁이들만 모인 느낌이다. 그리고 노조무가 제일 어른스럽다.

"마에하라 씨, 준비도 다 된 것 같으니 이제 출발하자. 멤버 나누기는 리더인 네 뜻에 따를 테니까. 소우지도 그럼 되지?"

"네. 저어, 마에하라 선배, 저는 신경 안 써도 되니까 선배 편하실 대로 정해도 돼요."

"역시나 나를 리더로 정했던 거구나……. 어쩐지 그런 것 같더라니."

계속 이렇게 니토리네 저택 부지에 있을 수 없으니 얼른 정해야겠다.

모두의 희망 사항을 들어줄 수는 없지만 내가 잘 고려해서 내린 결론이라면 다들 납득해 줄 것이다.

"그럼 네 명이 타는 건 나랑 우미, 나카무라와 타키자와. 그리고 아마미랑 닛타, 노조무는 다른 차에 타서 이동하는 거로 하자. ……일단 그러면 되겠지?"

별다른 이의도 없어서 우선 다들 찬성한다고 봐도 될 성싶다.

내가 너무 예민하게 구는 것일지도 모르지만, 여러 명이 외출하면서 모두를 통솔하는 것도 꽤 힘들다.

"우으~. 아쉽다. 우미랑 따로 가야 해."

"인원수로 봐서는 어쩔 수 없잖아. 유우, 돌아갈 때는 너랑 타고 갈 테니까 좀 참아."

"……약속이야."

"응, 약속. 아예 새끼손가락이라도 걸까?"

"에헤헤, 그럼 그러자."

아마미의 바람은 당장 이룰 수 없게 됐지만, 이동은 집에 갈 때도 해야 하니 그건 그때 해결하면 된다.

"세키 넌 조수석에 앉아. 유우찡 옆에 앉고 싶다느니 헛소리 하면 창문 밖으로 내던질 줄 알아."

"알았어. ……근데 솔직히 나도 그게 긴장 안 해서 좋아."

"? 세키, 뭐라고 그랬어?"

"어? 아, 아니, 아무것도……."

저 셋이라면 그냥 놔둬도 떠들썩하게 잘 있을 것 같다. 아마미가 곁에 있으면 노조무는 바로 말수가 적어지지만, 그건 닛타가 능숙하게 커버해 줄 거라 본다.

그러니 문제가 있다고 한다면 리더인(혹은 리더로 정해진) 듯한 나인데.

"마에하라 씨, 우리 반은 서로 다르지만 오늘이랑 내일 잘 지내보자."

"선배, 다시 한번 잘 부탁드리겠습니다."

"아, 응. 그래……. 저어, 여, 열심히 하겠습니다……?"

"……마키, 쟤들 둘 다 착하니까 일단 좀 진정하고 심호흡부터 해, 응?"

내가 정해놓고선 막상 교류가 적은 나카무라, 타키자와와 좁은 차 안에서 장시간 함께 있어야 한다고 생각하니 갑자기 내 외톨이 시절의 낯가리는 성격이 고개를 들었다.

지금은 옆에 우미가 있어서 그나마 태연한 척하지만……. 훗날을 고려해서 이런 면은 서서히 극복해야만 한다.

나를 1등으로 생각해 주는 우미지만, 그런 우미가 언제나 내 옆에 있으리라는 보장은 없으니까.

대회 출전 때문에 어쩔 수 없이 여행에 끼지 못한 니토리와 호쵸에게 작별을 고하고, 우리 일곱 명을 태운 두 대의 차는 별장을 향해 안전 운전을 하며 달려나갔다.

외양만 봐도 고급 차인 건 알았지만, 좌석에 앉아보니 지금까지 내가 탔던 차와는 모든 것이 다르게 느껴졌다.

"——아, 마키, 여기 좌석 옆은 냉장고야. ……저어, 실례지만 이 안에 들어 있는 물이나 주스는 마셔도 되나요?"

"——흐아~. 뒷좌석에도 텔레비전이 붙어 있고 OTT 같은 것도 다 갖춰져 있다니……. 야, 소우지, 너도 즐겨. 서민인 우리가 이런 걸 사양했다가는 나중에 후회해."

"아뇨, 전 괜찮으니까 미오 선배가 편한 대로……. 죄송해요, 마에하라 선배. 우리 회장이 이런 폐를."

"아니, 나도 비슷한걸 뭐……."

아마미 쪽에서도 벌써 차량 내부가 화제가 됐는지 아까부터 우리 다섯 명의 채팅방에는 '이런 게 있어!' 라며 차 안에 탑재된 시설 사진이 줄줄이 올라오고 있었다. 아마미네 쪽에서 올린 사진에는 아마미나 닛타의 모습이 꼭 들어가 있는 게 너무 그 애들다웠다.

차를 타기 직전까지만 해도 '어떻게 분위기를 띄워볼까' 하고 혼자 걱정했지만 그건 기우로 끝날 듯하다.

"그러고 보니 내가 불러놓고 뭣 하지만 학생회 일은 괜찮아?"

"아니, 바쁜데? 하지만 모처럼 여름방학을 맞이했으니 가끔은 좀 놀아야지. 근데 여름은 대체로 혼자 시간을 보낼 때가 많아서, 이렇게 초대해 주니 난 고마울 따름이야."

"어? 나카무라 너 혼자 방학을 보낸다고? 난 네가 료코나 다른 애들과 무슨 계획이 있을 줄 알고……."

"동아리도 없고 특별한 취미도 없는 나랑 달리 걔들은 그럭저럭 바쁘니까. 료코는 동아리, 미쿠는 학교 외부 밴드에 소속되어서 라이브도 해야 하고, 카에데는 여름 코미케. ……그래서 나를 챙겨준 건 아사나기 너뿐이었다는 거지."

공부만이 아니라 동아리나 취미 등 몰두하는 활동이 많을수록 필연적으로 그렇게 되는지도 모른다.

오히려 이 시기에 우리처럼 늘 어울리는 다섯이 친하게, 그것도 외박까지 하면서 놀러 가는 경우가 더 특이할지도.

이런 이야기를 듣고 있으면 새삼 내가 여러모로 뒤처져 있다는 기분이 든다. 친구와 노는 것도 즐거운 일이지만, 역시 그런 활동은 초등학교 중학교 시절에라도 열심히 해둘 걸 그랬다.

"근데 타키자와, 우리 여행에 따라와도 괜찮아? 난 지금껏 혼자 시간을 보낼 때가 많아서 잘 모르겠지만……. 중학교 때 친구를 오랜만에 만날 수도 있잖아."

"우리 반 애들은 그런 것 같더라고요. 하긴 고등학생이 되면 지금까지 함께 놀던 친구들이 갑자기 뿔뿔이 흩어지니까 종종 외롭기도 한가 봐요."

"'외롭기도 한가 보다'라니……. 그럼 넌 아니야?"

"저는 별로……. 오히려 잘 돌아다니지 않는 성격이라."

"……그렇구나."

너무 캐물으면 안 될 것 같아서 나는 타키자와와의 대화를 거기서 끝내기로 했다.

우미나 아마미까지 인간관계로 고민이 많은데, 타키자와 역시 말하고 싶지 않은 과거나 될 수 있으면 비밀로 해두고 싶은 일이 있을 것이다.

외모가 뛰어나다거나 인기가 있다거나, 그런 것과는 아무런 상관이 없다.

"아, 맞다. 오늘은 다 같이 해수욕하기로 했는데 아사나기 넌 마에하라 씨를 위해 수영복을 마련했겠구나? 야한 거로."

"말 좀 제대로 해. ……그런 나카무라 넌? 헤엄 안 칠 거라며 아예 수영복을 가지고 오지 않는 치사한 짓은……."

"가지고 왔어. 봐, 학교 수영복. 그것도 중학교 때 입은 거."

"뭐어……?"

나카무라가 꺼낸 것은 가슴께에 '나카무라' 라고 적힌, 딱 봐도 학교 수업에 입을 법한 디자인의 수영복이었다.

그야말로 나카무라다운 선택이었지만 설마 중학교 때 입은 걸 그대로 가지고 올 줄이야(참고로 우리 고등학교에는 수영 수업이 없어서 지정 수영복은 아예 없다).

몸매에 별 차이가 없으니까 아직도 쓸 만하다는 합리적인 이유에서 온 선택이겠지만, 이걸 본 우미 역시 놀란 모양이었다.

"으음? 학교 수영복이 좋기만 한데 뭐 어때서 그래? 기능적이고 튼튼하고. 어때, 마에하라 씨도 그렇게 생각하지?"

"그걸 나한테 물어봐도……. 하긴, 새로 사기에도 돈이 드니까 그건 개인의 판단에 맡기는 게 좋겠지. 그, 그치, 타키자와?"

"네?! 아, 네, 네. 그, 그러네요……. 아하하."

우미가 슬쩍 내 옆구리를 꼬집으며 무언의 압박을 가하는 바람에 나는 타키자와에게 말을 돌리다가, 뜻밖에도 타키자와의 새빨개진 얼굴을 보고 말았다.

처음 예상했던 대로 타키자와가 나카무라를 이성으로 의식하는 게 분명했다.

그야 나카무라에게도 우리한테 보이지 않는 귀여운 면모도 있겠지만……. 지금까지는 타키자와의 마음이 더 강한 느낌이 든다.

하지만 좋아하는 사람이 가지고 온 수영복만 보고 이렇게나 얼굴을 붉히며 시선을 피하다니.

또 나의 남 챙겨주고 싶은 버릇이 꿈틀거리면서 이런 후배의 짝사랑을 응원해 주고 싶어졌다.

……어쩌면 우미도 그런 이유로 둘을 여행에 초대한 것일지도 모른다.

"자, 나도 보여줬으니까 아사나기 네 것도 좀 보여줘. 마에하라 씨를 위해 결전용으로 준비한 비장의 수영복을."

"수영복이 무슨 비밀 병기도 아니고……. 그, 그럼 나카무라 너한테만 조금."

그때 조수석의 타키자와와 뒷좌석 창가에 앉아 있던 나는 얼른 고속도로 위를 지나는 풍경만 보는 데 집중했다.

아마 이번에 우미가 가지고 온 건 지난달에 샀던 그 다크블루색 비키니일 거라고 짐작은 되는데……. 종종 나카무라의 입에서 튀어나오는 중얼거림이 자꾸만 신경 쓰였다.

"오, 오오~……. 아사나기, 이런 말 하긴 좀 그렇지만 이거 제법 야하지 않소?"

"나카무라, 너 갑자기 캐릭터가 바뀐 것 같다? ……근데 뭐 어때서 그래. 위에 걸칠 후드도 가지고 왔어."

"그래서 마에하라 씨와 둘이 있을 때 그걸 벗는다는 거군……. 오호, 잘 알겠어. 아마미와 다른 애들은 나와 소우지가 맡을 테니까 넌 마에하라 씨와 실컷 즐기도록 하게."

"미오 선배는 또 그렇게 노골적으로……. 저어, 선배들, 회장이 하는 말은 신경 쓰지 마시고요. 만약 실례되는 소리를 하면 확 입을 꿰매도 됩니다."

"……고생이 많구나, 부회장."

"그게 일이라서요."

타키자와는 쓴웃음을 지었지만 즐거운 듯 보였다.

나카무라의 성격이 대체로 호불호가 갈리는 편이지만, 타키자와가 좋아하는 건 바로 그런 나카무라임이 분명하다.

"오호? 못 보던 사이에 소우지도 제법 건방진 소리를 하기 시작했구나? 이런 기회도 좀처럼 없으니 이 이틀 동안 상하관계에 대해 철저히 교육해 주지."

"바라던 바예요. 저도 이 1년 동안 성장한 모습을 선배한테 제대로 알려줄 거예요."

"오, 그래? 그럼 바로 이 자리에서 바지와 팬티를 벗── 우웁."

"나카무라? 작작 좀 하지?"

"……우으으."

이동 중인 차 안에서 소동이 벌어지게 놔두면 안 된다고 판단했는지 우미는 평소 닛타한테만 날리던 아이언 클로를 나카무라에게 마구 먹이고 있었다.

이 일곱 명끼리 1박 2일 있어도 따분할 틈도 없어 보여 다행이지만, 그만큼 끝나고 나면 피곤해 쓰러질 것만 같은 예감이 들었다.

우미 덕분에 간신히 상황 수습이 되면서, 우리를 태운 차는 무사히 목적지인 해안가 별장에 도착했다.

여럿이 방문해도 충분할 만큼 설계된 별장 건물은 전에 갔었던 니토리의 저택과 비교해도 손색이 없을 정도였다. 차를 몇 대나 주차할 수 있는 널찍한 차고, 건물 밖에는 수영장과 농구 코트, 실내에는 운동 기구가 여러 개 갖춰진 피트니스 룸까지 있어서…… 청소할 보람이 나겠다.

일단 넓은 거실에 짐을 모두 놔두고 우리는 곧장 해변 모래밭으로 향했다.

별장에서 나와 모래사장으로 이어지는 계단을 내려가길 몇 초.

"……마키, 어때?"

"……굉장하다."

우미와 손을 잡고 해변에 내려선 순간, 나는 우미의 말에 그 한 마디로만 대답했다.

좀 더 다른 표현도 있겠지만, 그런 말밖에 나오지 않았다.

파도의 영향을 받아 땅이 풍화되어 오랜 세월 자연이 만들어 낸 모래사장은 푸르른 나무들이 주변을 가리듯 둘러싸여 있었고, 투명한 에메랄드빛 잔잔한 해수면은 한여름의 태양을 반사하여 반짝거렸다.

일반적으로 상상하는 해수욕장과는 달리 그리 넓은 곳은 아니었지만 몇 명이 놀기에는 충분할 정도다.

……그리고 곳곳에 휴식을 취하기 알맞은 바위들도 있어서 둘이 숨어서 몰래 시간을 보내도 좋을 듯하다. 물론 친구들과 함께 왔으니 상식적인 범위에서.

"음~. 바다 냄새가 기분 좋다……. 오랜만에 왔지만 여전히 멋지네. 우미, 곧 있으면 점심 먹어야 하지만 지금 바로 놀자. 나 사실 못 참고 옷 속에 수영복 입고 왔거든."

오랜만의 프라이빗 비치+해수욕으로 잔뜩 신이 났는지 아마미가 입고 있던 티셔츠를 갑자기 훌렁 벗어젖혔다.

"! 앗……. 유우! 네 심정은 이해하는데 옷을 갈아입을 거면 일단 방으로 돌아가서……. 거기 남자들, 그만 좀 쳐다보고 도구 준비나 해."

"앗, 네……. 노조무, 타키자와."

"그래……. 하여간 아마미도 참, 심장에 해롭게."

"알겠습니다."

우리는 아마미를 비롯하여 수영복으로 갈아입기 위해 잠시 방으로 돌아가는 여자애들을 곁눈질하며, 햇살을 막아줄 파라솔과 음료를 담아둘 아이스박스 준비부터 했다.

모래사장 위에서 우리 남자 셋은 얼른 수영복으로 갈아입고, 잠시 후에 올 네 소녀를 위해 거점 정리를 하는데 노조무가 내 어깨를 툭툭 두드리며 나직이 말했다.

"있잖아, 마키……. 처음으로 알았는데, 아마미가…… 그, 뭐라고 해야 하나, 대단하더라."

"그거야 뭐……. 아마미가 몸매가 좋잖아."

나는 제대로 본 게 아니라 자세한 해설은 할 수 없었지만 체육 시간에 남학생들이 자주 언급하듯 정말로 아마미의 '그곳'은 박력이 있긴 하다.

여성의 매력이 꼭 외모나 몸매에 있는 건 아니지만 우리 나이라면 자꾸만 뻔한 곳에 눈이 가기 때문에 노조무의 마음도 모르는 바는 아니다.

……지금은 우리도 그렇게 여유롭게 대화를 나누지만, 그런 나도 우미의 수영복 차림을 본 순간 '그곳' 이외는 아무 생각도 못 하게 될 게 뻔하다.

그 후, 인솔을 위해 동행해 준 도우미 분과 함께 점심 바비큐 준비도 동시에 진행하면서 기다리길 십여 분.

"——에헤헷, 남자애들, 많이 기다렸지~? 우리도 이것저것 준비했어."

아낌없이 눈부신 수영복 차림을 자랑하는 아마미를 선두로, 각자 수영복으로 갈아입은 소녀 네 사람이 우리에게 왔다. 모래사장에서 놀 때 쓸 비치볼, 상어 모양 튜브와 물총 등 해수욕을 즐길 작정이 다 되어 있는 장비였다.

"마키, 많이 기다렸지? 준비하느라 고생했어."

"응. ……우미, 오늘은 위에 옷을 걸쳤구나. 이런 건 래시가드라고 하던가?"

"맞아. 근데 옷 안에는 '그거' 입었으니까."

"아, 응. '그거' 구나……."

지난달의 쇼핑 때와 얼마 전 여행 때도 봤지만, 우미의 수영복 차림은 몇 번이나 봐도 기분이 고양될 정도로 기쁘다.

아마미의 수영복 모습에는 별 감흥이 없지만, 뺨을 살짝 붉힌 우미 앞에 서면 가슴의 두근거림이 멈추질 않는다.

"이봐~ 거기 닭살 커플~. 아직 한낮이야~. 그 점은 제대로 인지하고 있지~?"

"방해꾼들이 없는 조용한 해변에서 친구들 몰래 바위나 나무 뒤에 숨어서 둘이……. 후후, 아하, 그게 바로 세간에서 말하는 야외……."

"? 나카무라, 야외…… 뭐라고?"

"유우, 얘가 하는 말은 곧이곧대로 듣지 마. 일단 나랑 놀자. 자, 마키도 거기서 멍하게 있지 말고 어서 와."

"응, 그럼 나도 같이 좀 놀까."

우미에게 이끌리는 식으로 나는 바로 바닷물 속으로 들어갔다. 수영을 잘하는 편은 아니라서 멀리까지는 갈 수 없었지만, 튜브로 둥둥 떠다니기만 해도 기분 좋다.

래시가드 아래에 있는 우미의 맨살을 상상해서 잔뜩 달아오른 머리를 식히는 데 적당히 차가운 수온이었다.

"에잇, 에잇, 유우찡, 빈틈 발견."

"우푸푸……. 니나치가 그런 식으로 나오면 나도. ……으랏~!"

"끄악……. 아마미, 난 너랑 같은 편인데. 괜히 나한테까지 물 튀기지 말라고~."

"타키자와, 괜찮으면 저기 바위까지 나랑 시합하자. 수영은 잘해?"

"네, 제가 후배지만 할 거면 최선을 다할게요."

여자애들은 얕은 곳에서 서로 물을 튀기며 놀고, 남자애들은 저 앞바다까지 수영 시합을 하는 등 남의 눈을 신경 쓰지 않고 해수욕을 즐기면서 다들 동심으로 돌아간 것처럼 잔뜩 신이 났다.

"마키, 우리도 헤엄 좀 칠까? 저쪽 바위 쪽에 예쁜 물고기가 제법 있는 것 같은데."

"그러게. 도구도 다 준비되어 있으니 우리도 가서 놀자."

잠시 파라솔로 돌아가 스노클링 세트를 챙긴 나와 우미는 둘이서 바닷속 관찰을 하기로 했다.

당연하게도 우리 둘만 있는 상황이 됐지만……. 닭살 커플이니 뭐니 놀리면서도 다들 우리를 배려해 주는 모양이다.

"마우스피스를 물고 있으면 괜찮으니까 천천히 호흡해. 아마 괜찮겠지만 바닷물을 마시거나 무슨 일 있을 때 바로 나한테 말하고, 알았지?"

"응, 잘 알겠습니다."

서로 떨어지지 않도록 우미와 단단히 손을 잡고 나는 태어나서 처음으로 스노클링을 했다. 도구는 있지만 간단한 것뿐이어서 우선 수면에 얼굴을 대고 숨을 쉬는 것부터 시작했다.

'……OK?'

'응, OK.'

우미와 손으로 사인을 주고받으면서 바위 틈새나 때때로 시야를 가로지르는 작은 물고기들에게 눈길을 주었다.

'……와아, 바닷속이 이렇구나.'

텔레비전에서 가끔 본 적은 있어도 실제로 눈앞에서 직접 구경하는 건 처음이라 특별히 대단한 광경이 아니더라도 나한테는 모든 게 신선했다.

바위 틈새에서 헤엄치는 밝은색 물고기들이나 바다 밑바닥에서 사는 생물, 해초 등의 식물까지……. 굳이 의식해서 보지 않아도 알록달록한 세계가 자연히 눈앞에 펼쳐졌다.

"……푸하앗."

"후우. ……마키, 첫 해수욕은 어때? 즐거워?"

"……응, 그냥 재밌어."

"또 그렇게 부끄러워하긴. 여긴 나밖에 없으니까 어린애처럼 실컷 웃어도 되는데."

"……지금은 혼자 기쁨을 곱씹고 싶은 기분이야."

"그래? 그럼 난 이 래시가드를 안 벗어도 되겠네."

"……왜 얘기가 그렇게 되는데?"

다들 제각각 노느라 정신없는 지금이야말로 우리 둘이 알콩달콩한 시간을 보낼 기회인데, 우미는 꼭 이럴 때 심술궂은 장난을 친다.

우미가 그런 말을 하는 바람에 아까까지 바닷속 광경에 대한 감동으로 젖어 있던 내 머릿속은 이제 완전히 그 비키니 차림으로 가득 차 버렸다.

결국 나도 건전한 남자 고등학생이라 이거다.

일단 스노클링을 마친 우리는 다른 친구들 몰래 울퉁불퉁한 바위가 늘어서 있는 곳으로 향했다. 이미 다 들켰나 본데, 모두 우리 모습을 잠시 바라본 후에 마저 놀았으니까 별문제 없을 것이다.

분명 이따가 엄청나게 놀려먹겠지만.

친구 모두의 놀림을 받을 건 뻔하겠으나…… 여기서 머뭇거릴 우리였다면 주변에서 닭살 커플이라고 불리지도 않았다.

"우미, 여기 바위가 미끄러우니까 조심해."

"응, 그렇게 안 되게 마키한테 붙어 있을래."

다른 다섯으로부터는 사각지대가 될 위치까지 이동한 우리는, 비교적 평평해서 앉기 쉬운 바위에 나란히 앉았다.

"으음……. 나, 저쪽에 가 있을까?"

"그래……. 아, 아니, 잠깐만."

"으응?"

그러더니 우미는 두 손으로 내 얼굴을 꽉 붙들더니 자기 쪽으로 확 끌어당겼다.

"왜, 왜 그래, 우미?"

"……아, 그게 말이지."

또 무슨 대담한 소리를 할 분위기가 풍기는데.

우미가 나한테서 시선을 피하며 목덜미까지 새빨개지면 늘 그런 생각을 할 때다. 얼마 전의 노천탕 혼욕 때도 이런 태도였던 게 기억난다.

"보고 싶으면 마키가 벗겨도 돼……."

"윽…… 그, 그건 지금 걸친 래시가드를…… 말하는 거지?"

"그럼 그것 말고 또 있어? 아, 근데 마키가 더 벗기고 싶다거나 그런 야한 짓을 하고 싶다면 나는……."

"아, 아니, 그건 너무 대담한데."

거기까지 가면 다들 놀리고 끝날 상황이 아니어서 일단 '지금' 은 참기로 한다.

……해수욕이라서 당연히 '그것' 은 가지고 오지 않았으니까.

물론 늘 그랬듯 만약의 사태를 대비해 지갑에 하나 넣어두긴 했지만.

"그래, 알았어. 내가…… 그, 벗기면, 되는 거지?"

"마키가 정 하고 싶다면."

"……왜 내가 부탁하는 분위기가 되는 건데?"

서로 모든 걸 동의한 상황이기도 하고 우미가 그러고 싶다면 나로서는 망설임 없이 시키는 대로 하겠지만, 아무리 장난이라도 그런 말을 직접 하자니 부끄럽다.

어느새 나까지 우미처럼 얼굴이 확 달아오른 게 느껴졌다. 이대로 그냥 놔두면 머리 꼭대기에서 연기가 피어오를 것만 같다.

“그, 그럼 부탁하지 뭐.”

“으, 응.”

“우미, 부탁인데 내가 벗겨도 돼?”

“……우으.”

“이, 이럴 때는 제대로 대답해 줘.”

“그렇긴 한데…… 그래도, 좀.”

‘네’ 라고도 ‘응’ 이라고 대답하지 않고 우미는 수줍어하며 고개를 푹 숙였다.

아무리 우리가 닭살 커플이라고는 해도 근본적으로는 아직 순수하기에, 이런 부분에서는 아직 행동이 굼뜰 수밖에 없다.

“다시 한번 물을게, 우미. ……래시가드만 벗길게.”

“……응.”

우미가 고개를 끄덕이며 내 쪽으로 몸을 붙였다. 팔도 늘어뜨리고 있는 것이 완전히 무저항 상태다.

“그럼 지퍼 내린다?”

“일일이 다 말 안 해도 돼…….”

쿵쿵거리며 크게 요동치는 내 심장 소리를 느끼며 나는 그때까지 가려져 있던 우미의 맨살을 서서히 드러내게 했다.

때때로 바위에 부딪치는 파도 소리도, 저 멀리 있을 친구들의 떠드는 소리도 지금은 아무것도 귀에 들어오지 않았다.

눈앞의 내가 가장 좋아하는 소녀에게만 모든 신경이 쏠린 느낌이었다.

"……으읍."

"후후, 마키, 지금 침 꿀꺽 삼켰지? 딱 봐도 목젖이 울렸는데?"

"그거야 좋아하는 여자애의 비키니 차림을 보고 있으니까."

지퍼를 내리고 나서 나타난 우미의 수영복은 역시 지난번 쇼핑 때 샀던 그 다크블루색 비키니였다. 그 모습이 처음은 아니었지만 특히나 더 넋을 놓고 보게 될 만큼 아름다운 수영복 차림이었다.

역시 수영복은 매장 피팅룸이나 내 방이 아니라, 바다나 수영장에서 보는 것이 가장 잘 어울린다는 생각이 들었다.

……물론 그것 이외의 상황에서도 다른 의미로 좋긴 하지만.

지퍼를 내리자마자 나타난 하얗고 매끈한 배와 가슴골에 내 시선은 못 박히고 말았다.

"마키도 참, 너무 노골적이다. 나중에 제대로 보여줄 테니까 지퍼만 내리지 말고 끝까지 벗겨줘."

"으, 응. 미안……."

우미에게 살짝 딱밤을 맞으면서 나는 조심스러운 손놀림으로 우미의 어깨에 손을 얹으며 상반신을 보호하던 래시가드를 치웠다.

그러자 눈앞에는 내가 상상했던 것 이상의 광경이 펼쳐졌다.

"마키, 어, 어때? 나, 예뻐?"

"응. 정말 예쁘기도 하고 그 뭐랄까, 야릇한 느낌도 들어서 난 기쁜데…….”

“후후, 솔직하긴. 하지만 그건 그것대로 좋은 감상이야.”

지난달 이후로 처음 보는 우미의 대담한 수영복. 이걸 눈앞에서 보고만 있어야 하다니 너무 괴롭다.

만약 이 상황에서 우리 둘만 있다면, 난 분명 멈추지 못했을 게 뻔하다.

그리고 우미의 시선이 계속 ‘그곳’을 향한 것만 봐도 알 수 있듯, 내 몸도 이미 준비 완료인 모양이다.

부끄러워서 숨기고 싶었지만 우리 둘이 있을 때는 최대한 숨기지 않도록 하자는 게 우리가 한 약속이었다.

그 증거로 지금은 우미도 팔을 뒤로 돌린 채였다.

“다, 다른 애들한테는 말하지 마. ……사실, 나 말이야, 조금 더 커졌어.”

“그, 그랬구나. 그것도 난 괜찮은데……. 아니, 솔직히 더 좋지만.”

아까 아마미가 아낌없이 선보였던 몸매도 굉장했지만, 이렇게 제대로 보니 우미가 더 앞선 것 같다.

다만 그 사실을 아는 건 나 혼자면 된다.

“우미, 잠시 뒤 좀 돌아줄래? 등도 보고 싶은데.”

“……마키, 야해.”

우미는 나직이 중얼거리더니 내가 시키는 대로 뒤로 돌았다.

어디를 봐도 흠잡을 곳 하나 없는 그 아름다운 피부에 의식이 점점 빨려 들어가고 있었다.

정신을 차리고 보니 나는 이미 뒤에서 우미를 끌어안기까지——.

"아……. 정말이지, 처음도 아닌데 뭘 그렇게까지 흥분해?"

"미, 미안. 그렇긴 한데 참을 수가 없어서……."

"하는 수 없지……. 그럼 잠깐만이야."

"으, 응."

우미가 힘을 빼고 내 쪽으로 몸을 기댄 걸 확인한 다음에 나는 우미의 목덜미에 가볍게 입맞춤을 했다.

바닷물 때문에 입안에 약간 짭조름한 맛이 감돌았지만, 우미의 허락도 받았겠다 안 된다고 할 때까지 나는 멈추지 않을 셈이었다.

"음……. 마키만 치사해……. 나도."

내가 우미의 맨살에 푹 빠져 있는 와중, 우미도 점점 그럴 마음이 들었는지 복수라도 하듯 내 목덜미를 살살 깨물었다.

이제 친구들이 걱정해서 여기까지 살피러 올지도 모르고, 다 같이 놀러 온 건 신경도 쓰지 않은 채 야릇한 행위만 하는 우리를 어이없게 여길지도 모른다는 생각은 들었지만, 이 자리의 분위기까지 더해져서 우리는 완전히 둘만의 세상에 빠져든 상태였다.

"우미, 그……."

"응? 지금이라면 들어줄 테니까 솔직히 말해봐."

"응……. 그 위의 끈도 풀어보고 싶달까……."

"……후후."

우미는 YES라고도, NO라고도 답하지 않고, 내 욕망이 그대로 드러난 요청에 그저 작게 웃었다.

우미의 수영복은 끈으로 묶어 착용하는 것이어서 목과 등에 묶여 있는 매듭만 풀면 그 살결을 가리는 건 모두 사라지게 된다.

"…………우미, 조금만 만질게."

"……응."

우미가 더는 아무 말도 하지 않아, 나는 우선 목에 있는 매듭부터 풀려고 천천히 손을 갖다 댔다. 얼마 전 '시미즈'의 여관 부지 내 산책로에서 선을 넘기 일보 직전까지 갔을 때처럼 허리와 옆구리 등 우미의 몸을 부드럽게 어루만지며, 제대로 된 행동으로 애정을 표현해 볼 셈이었다.

놀다가 풀리지 않도록 나비 모양으로 묶인 끈을 쥐고 가만히 당겼다. 매듭이 풀리며 우미의 가슴을 지탱하던 부분이 서서히 느슨해졌지만, 우미는 살짝 몸을 비틀 뿐 별로 싫어하지는 않았다.

긴장으로 잘게 떨리는 손가락을 어떻게든 제어하면서, 우선 첫 번째 매듭을 완전히 풀었다.

우미의 매끈한 맨살과 온몸에서 느껴지는 부드러움, 그리고 달콤하면서도 은은한 향기에 나는 이성을 잃을 지경이었다.

"마키, 다른 애들이 여기 보는 건 아니지? 괜찮을까?"

"아마도. 만약 봤다고 해도 내가 다 부탁해서 벌어진 일이니까 그렇게 된다면 미안."

"이거 사나에랑 마나카한테 들키면 앞으로 출입금지겠네……."

설마 이 자리에서 마지막 선은 넘지 않겠지만, 그것 이외에는 지난번 여행에서 어느 정도 다 해봤기 때문에 그런 의미에서 봐도 우리의 심리적 장벽은 없어진 지 오래다.

대체로 이럴 때 무슨 뜻밖의 사건이 벌어져 결국 일이 미뤄지는 패턴이 흔하지만, 오늘은 우리 주변에는 이해심 있는 친구들밖에 없다.

……근데 아무리 그래도 다들 분위기 파악을 너무 잘하는 거 아닌가?

물론 고맙게 그 배려에 기대긴 할 거지만.

그렇게 바위 뒤에서 우미와 둘이 실컷 스킨십을 즐긴 후, 마침내 냉정함을 되찾은 우리 쪽으로 뭔가를 굽는 냄새가 풍겨 왔다.

우리가 둘만의 세계에 빠져 있던 사이, 이미 해수욕을 끝낸 다른 다섯 명은 해변에서 바비큐 준비를 시작하고 있었다.

"——여어, 마에하라 씨와 아사나기, 어서 와. 보니까 둘이서 해수욕은 실컷 즐겼나 보네. ……정말이지 부럽다니까."

"……우미랑 마키, 야해."

"너희 둘은 기운도 넘친다~. 하긴 누구한테 피해만 주는 게 아니라면 알아서 놀아도 무슨 상관이겠느냐마는."

"……마키 너, 은근히 대담한 것 같아."

"아하하……. 아, 괜찮으시면 선배들도 드세요. 고기랑 채소가 거의 다 익었어요."

친구들은 자세히 뜯어보지 않아도 모래사장으로 돌아온 우리 모습에 바로 상황을 알아차렸나 보다. 다들 히죽거림 반, 어이없음 반이라는 식으로 우리 닭살 커플을 맞이해 주었다.

우리는 마치 아무 일도 없었다는 듯 옷매무새도 다 정돈했지만, 아무리 애를 써도 발갛게 달아오른 뺨은 원상태로 돌아오지 않아서 시치미를 떼봤자 어려운 상황이었다.

처음부터 지나치게 진도를 나아간 것 같지만, 그다지 후회되지는 않았다.

덕분에 오늘은 밤까지 둘이 꽁냥거리지 않아도 참을 만하겠다.

"우미, 배고프니까 우리도 먹자."

"그, 그러네. 유우, 옆에 앉아도 돼?"

"응, 같이 먹자, 우미."

틈틈이 친구들의 놀림을 받으며 우리도 다섯 명 사이에 끼여 그릴 위에 구워지는 맛있는 음식을 맛보았다.

난생처음 봤다고 할 정도로 마블링이 절묘한 스테이크용 고기, 두툼한 소 혀, 손바닥보다 훨씬 큰 조개와 가리비 등을 비롯한 해산물에 바비큐의 정석인 소시지와 채소까지……. 이 식재료도 거의 니토리와 호죠가 준비했겠지만, 일곱 명의 한창 먹을 나이의 고등학생들의 배를 두둑하게 채워도 남는 양이라니 대체 얼마나 돈이 들었을지.

……아니, 더는 생각하지 말아야지.

"후아~. 혀아 너우 마이어허 아우아 드어아. 으이오 애하오 아하아까이 나가우이때, 우응?"

"유우, 두툼한 소 혀 고기가 맛있는 건 알겠지만 좀 삼키고 말해. ……그리고 배 타고 앞바다까지 가는 건 재미있을 테니까 나도 찬성이야."

"저 말을 듣고 의사소통이 되는 게 우미와 아마미답다……."

다시금 말을 들어보니 선박 면허가 있다는 도우미 분이 크루저를 태워준다고 하셔서 잠시 앞바다까지 나가보자는 이야기였다. 오늘은 주변 해역 바람도 잔잔해서 낚시도 즐길 수 있다니까 빵빵해진 배를 저녁까지 소화하긴 딱 좋을 듯하다. 물론 낚은 물고기는 오늘 저녁 메뉴에 넣을 수도 있다.

"마키, 난 유우와 같이 갈 건데 너는 어떻게 할래? 뱃멀미가 걱정되면 별장에 남아서 쉬어도 되는데."

"아니, 나도 갈래. 너무 놀기만 해서 좀 피곤하긴 한데, 크루저에 타볼 좋은 기회니까."

"유우찡과 우미가 가면 나도 가야지……. 이, 있잖아, 타키자와는 어떻게 할래?"

"음……. 그럼 저는 먼저 별장에 가서 선배들을 맞이할 준비나 하죠. ……미오 선배도 졸리다는 얼굴이고."

"역시 소우지, 잘도 안다니까. ……후아암, 아침부터 통 쉬지도 못해서 이제 졸음을 더는 못 버티겠어. 배도 불러서 행복하고."

"그럼 나카무라와 타키자와는 별장에서 쉬고, 우리 다섯은 배 타고 나가는 거로……. 닛타, 엄청 갈등하는 얼굴인데 넌 어떻게 할래?"

"……나도 갈래."

이리하여 여기서부터는 늘 어울리는 우리 다섯과 학생회 콤비는 따로 저녁까지 시간을 보내기로 했다.

닛타는 타키자와와 같이 있을 절호의 기회를 노렸지만, 나카무라와 타키자와 사이에 흐르는 분위기를 눈치챘는지 마지막까지 고민하다가 마침내 우리와 함께 행동하기로 한 듯했다.

닛타한테는 이상형 그 자체(일 터)인 타키자와와 친해질 기회겠지만…… 어쩌면 나와 우미가 분위기를 잡던 그사이에 무슨 일이 있었는지도 모른다.

배 준비가 끝날 때까지 잠시 별장으로 돌아가 휴식한 후, 수영복에서 사복으로 갈아입은 우리는 도우미분이 운전하는 크루저를 타고 에메랄드빛 여울에서 새파란 수평선이 펼쳐지는 앞바다로 나갔다.

아무리 파도와 바람이 잔잔해도 배 위라서 발밑이 흔들렸지만, 저 멀리 풍경을 보니 우려했던 것만큼 멀미도 느껴지지 않았다.

"마키, 도우미분한테서 낚싯대 좀 빌려 왔는데 낚시나 하자. 내가 낚시는 어느 정도 하니까 가르쳐줄게."

"오, 그래? 그럼 부탁할게."

"아, 둘이서 치사해~. 우리도, 우리도 할래. 그치, 우미?"

"난 괜찮지만 유우 너 미끼 만질 줄은 알아? 그거 징그러운데."

"어? 낚시할 때 쓰는 미끼는 물고기나 새우잖아. 새우로 도미 낚고 그런 거 아니야?"

"초보자가 단번에 어떻게 대어를 낚니? ……세키, 유우한테 현실 좀 보여줘."

"어? 세키, 그게 무슨 소리야?"

"으음……. 작은 물고기를 잡을 때는 이런……."

". . . . ."

노조무가 투명한 케이스에 한가득 담겨 꿈틀거리는 것을 아마미에게 보여주자, 아마미 얼굴에서 핏기가 싹 가셨다.

"……우, 우미."

"응."

"나, 나는 뒤에서 구경만 할게."

"……그럼 나도 그렇게 할게. 니나 넌 유우 좀 챙겨줘."

"알았어."

아마미는 난생처음 살아 있는 미끼를 본 충격을 견딜 수 없었나 보다. 나도 이런 계통의 생물은 별로 좋아하지 않지만, 우미라는 사랑하는 여자친구 앞에서는 짐짓 괜찮은 모습을 보이고 싶다.

"좋아, 그럼 가자, 마키."

"응. ……에잇."

옆에 있는 노조무를 따라 나는 바다를 향해 낚싯대를 던졌다. 바다든 강이든 낚시는 처음이었지만 초보자치고 자세는 나쁘지 않은 것 같다.

물고기를 낚을 수 있을지는 또 다른 이야기지만.

노조무가 가르쳐주는 대로 종종 낚싯대를 움직이며 물고기가 바늘에 걸리길 가만히 기다렸다.

"많이 기다렸지? 마키, 잘되고 있어?"

"아직 별 반응은 없어서……. 아마미는?"

"좀 침울해졌지만 지금은 괜찮은 모양이야. 유우, 꿈틀거리는 건 상자 안에 다시 넣어놨으니까 이리 와도 돼."

"으, 응……. 미안해, 얘들아. 그런 건 처음 봐서 좀 놀랐어."

닛타에게 이끌려 온 아마미가 우리 곁으로 되돌아왔다. 잠시 마음을 가라앉혔는지 아까보다 안색이 좀 나아졌지만, 아무래도 미끼는 아마미의 눈이 닿지 않는 곳에 놔두는 편이 좋겠다.

"세키, 계속 가만히 있는데 아직도 소식이 없는 거야? 경험자라고 해서 난 또 금방 잡는 줄 알았는데."

"그거야 초보자보다는 기술 차이야 있겠지만, 그렇다고 이게 쉬운 건 아니야. 별별 시도를 해도 좀처럼 새로운 남자를 못 건지는 너랑 똑같지."

"너 지금 나한테 싸움 거니? ……그래, 솔직히 사실이라 할 말이 없다."

씁쓸한 표정을 짓는 닛타를 보니 역시 타키자와와 가까워지지 못한 듯하다. 닛타는 지나치게 들이대다가 비호감으로 비치지 않도록 조심스럽게 거리를 재는 것 같지만…….

"니나, 이제 타키자와는 포기하지 그래? 너도 이미 눈치챘겠지만 타키자와가 나카무라한테 보이는 호감이 어디 보통이야?"

"그거야 그렇지. 나도 수영복에는 잔뜩 힘을 주고 왔는데 타키자와는 그저 내 옆의 학교 수영복에만 눈길을 주질 않나, 바비큐 때도 계속 선배 시중을 들며 생글거리기 바빴으니까. 나도 노골적이지 않은 정도로 말은 걸었지만 도저히 내 힘으로는 어림도 없어 보였어."

이번 일곱 명 중에 '닭살 커플'은 나와 우미뿐인 줄 알았지만, 모르는 사이에 또 한 쌍이 숨어 있었나 보다.

"있잖아, 우미. 설마 너 이런 걸 예상하고 그 둘을 초대한 거니?"

"……아, 들켰네. 그거야 나 대신 학생회장 자리에 앉았으니 그 답례를 겸하고 싶었다는 게 제일 큰 이유지만."

내 눈으로 봐도 나카무라와 타키자와의 관계가 답답한데, 그 둘의 애정 과시(의식적 또는 무의식적을 따지지 않고)를 같은 반에서 목격하는 우미나 혹은 오랜 시간을 함께 보내는 학생회의 다른 멤버들에게는 더더욱 견디기 힘들었을 것이다.

……그래도 이번에는 우미치고는 다소 드문 행동을 보였지만.

"물론 니나가 타키자와를 포기하지 않겠다면 그것도 네 자유니까. ……그 얼굴을 보니 아직 의욕은 남은 모양이네."

"뭐? 그거야 당연하지. 둘이 서로를 지나치게 신뢰하는 사이인 건 확실히 이해했지만, 그래도 아직 '사귀지는 않는다' 잖아? 그럼 나한테도 가능성이 있는 거지 뭐."

중학생 때부터 선후배 관계라는 이점이 있어도 당장에 '연인' 사이가 되는 건 아니라는 점이 인간관계의 복잡한 면이다.

타키자와가 나카무라를 남몰래 마음에 두고 있다는 건 지금까지 행동을 보건대 거의 확실시되는 사실이었지만, 반대로 나카무라 역시 꼭 그렇다……라고 볼 수 없는 게 지금 그 둘이 답답한 관계를 이루는 원인 중 하나다.

무엇보다 나카무라의 태도가 너무나도 어중간했기 때문이다.

"그러니까 빈틈이 있다는 뜻이야. 지금은 좀 어려울지 몰라도 앞날은 누구도 모르는 일이잖아. 그렇다면 일단은 '착한 선배' 정도로만 인상을 심어주는 것도 괜찮겠지. 그러다가 틈이 보이면 거기서부터 적극적으로 밀고 들어가는 거야."

"니나 너답다……. 근데 이번에는 유난히 필사적이다?"

"그거야 그 정도 수준의 남자한테는 이렇게까지 하지 않으면 낚기 어렵잖아. 유우찡이나 우미 너랑 달리 나 같은 애는 가만히 있으면 아무도 말 안 걸어준다고. 원하면 내가 생각해서 움직여야지."

닛타 역시 그렇게 패색이 짙은 건 어느 정도 알면서도 더 버텨볼 셈인가 보다. 외모만이 아니라 닛타처럼 처음 본 선배한테도 차별 없이 잘 대하고 성격도 온화하면서 다정하면…… 그리 쉽게 포기할 수 없긴 하겠다.

그만큼 닛타에게 지금의 사랑은 진심이라는 뜻이다.

"근데 그렇게 타키자와를 좋아하면 우리 따라서 오지 않는 게 나았을지도 몰라. 둘은 별장에 있으니까 우리가 돌아갔을 때는 이미 커플 성립이 되어 있을지도——."

나카무라의 태도에 따라 다르겠지만 그 둘은 원래 사이가 좋았으니 몇 시간 사이에 타이밍만 맞으면 조금 전 나와 우미처럼 '알콩달콩 애정을 나눈 후'의 상태로 우리를 맞이할 가능성도 충분히 있다……고 생각하는 건 지나친 상상일까.

"불리하다는 건 나도 알고, 그렇게 되면 시원하게 포기…… 하긴 좀 미묘하지만 분위기를 흐리는 짓은 절대로—— 어어?

야, 위원장, 네 낚싯대가 엄청 휘었는데?"

"어? ……앗, 정말이네."

대화하는 사이에 뭔가가 낚였는지 정신을 차린 순간, 낚싯대가 힘차게 해수면 쪽으로 끌려갔다. 나도 모르게 낚싯대를 놓칠 뻔했지만, 그만큼 큰 물고기가 걸린 모양이다.

"노, 노조무, 이거 큰 것 같아. 어떡해? 어떡하면 돼?"

"억지로 당기면 낚싯대가 망가질 수 있으니까, 지금 위치를 유지하면서 천천히 실을 당겨. ……내가 뜰채 가지고 올게."

"이게 초보자의 행운이라는 건가? 마키, 아무튼 힘내."

"위원장 넌 여자도 물고기도 알아서 찾아오냐? 치사해~. 자, 유우찡도 같이."

"아, 응. 마키, 파이팅."

모두의 성원에 힘입어 나는 정신없이 물고기를 끌어 올렸다.

경험자인 노조무의 조언을 잘 따르면서 1미터, 또 1미터씩 시간을 들여서 바닷속을 헤엄치는 물고기를 잡아 올리는데――.

"간단한 미끼만으로도 제법 큰 걸 잡았는걸? 잘했다, 마키."

"대단해, 마키. 잘했어!"

"으, 응. 고마워."

도우미분이 오늘 잡은 물고기는 회로 떠도 맛이 좋다고 해서, 내 낚시는 대성공이었다.

오늘 저녁 식사는 다 함께 카레를 만들 계획이라 우선 오늘은 생선 손질만 하겠지만……. 그래도 내일 아침밥은 이것 덕분에 거해질 게 분명하다.

낚아 올린 물고기를 보고 "오~." 하는 탄성을 터트리는 친구들을 보며 나는 살짝 의기양양해졌다. 초보자가 얻어걸린 행운이라 이런 일은 또다시 없겠지만, 그래도 내 힘으로 잡은 건 사실이다.

"마키, 나도 옆에서 해도 돼? 세키, 도구는 아직 남아 있지?"

"그래, 운전석 쪽에 인원수대로 마련된 것 같으니까 하고 싶으면 가지고 와. 닛타 너도."

"뭐? 난 하겠다고 한마디도 안 했는데…… 그래, 이대로 가만히 있어 봤자 심심하기도 하고, 초보자인 위원장도 잡는 판에 나도 해보지 뭐."

내 낚시 성공에 다들 관심이 생겼는지 지금까지 뒤에서 응원만 하던 우미와 닛타도 각자 자기가 쓸 도구를 가지러 갔다.

지지 않겠다고 나보다 더 큰 대물을 잡겠다며 다시 낚을 준비를 하는 노조무를 포함해서 작은 낚시 시합이 펼쳐질 것 같다.

……단 한 사람, 평소와 달리 내키지 않는 표정을 짓는 아마미를 제외하고.

"마키."

"! 아마미. ……아직 속이 안 좋으면 더 쉬어도 돼."

"아, 걱정 안 해도 돼. 이제 괜찮아. 처음 봤을 때는 깜짝 놀랐지만 가만히 보니 의외로 귀여운 것도 같아서. 봐, 한 마리 정도는 이렇게 손으로도 잡을 수 있어."

미끼를 조심스럽게 만지는 아마미의 안색은 아까와 다르게 나아져서 큰 문제는 없을 성싶다.

여전히 빠른 아마미의 적응력에는 감탄만 나온다. 이러면 당장이라도 우미, 닛타와 함께 낚시를 즐길 듯이 보이는데.

"……아마미는 쟤들이랑 낚시 안 해도 돼?"

"으음……. 응, 오늘은 뒤에서 응원이나 할래. 그것만으로도 난 즐거우니까."

아무리 익숙해졌다고 해도 아직 마음이 불편한지 아마미는 밝게 행동했지만 표정은 영 개운치 않았다.

원래라면 제일 먼저 저 둘 사이에(특히 우미를 향해) 파고들 텐데……. 그런 아마미의 시선 끝에는 우미와 둘이서 꺅꺅 소리치며 떠들썩하게 장비를 준비하는 닛타가 있었다.

"있잖아, 마키. 니나치 말인데."

"? 닛타가 왜?"

"아까 그 얘기 말이야. ……타키자와를 포기 안 하겠다는 거."

"! 아아, 그거."

개인적으로는 그 어느 쪽도 편을 들어줄 수 없어서 잠자코 이야기만 들었지만, 아마미한테는 뭔가 마음에 걸리는 게 있었나 보다.

"그…… 타키자와를 좋아하는 니나치 심정도 이해하고, 진심이 전해지니까 친구로서는 응원하고 싶지만……. 그 방법이 좀 마음에 안 들어서."

"……하긴, 사람에 따라서는 그렇게 느낄 수 있지."

기회가 찾아올 것을 가만히 기다리겠다고 하면 듣기에는 좋지만 따지고 보면 나카무라와 타키자와 사이에 균열이 생기길 기다린다, 즉 '실패를 기다린다' 라는 상황으로도 보이기 때문이다.

아무리 닛타와 사이가 좋아도 아마미 성격상 순순히 응원하긴 어려울 것이다.

"저어, 마키."

"응?"

"연애는 참 어려운 것 같아. 나는 지금까지 '연애' 를 너와 우미로만 봤으니까 단순한 줄 알았어."

"……사실 우리 경우는 별로 참고 안 하는 게 좋을지도 몰라."

나와 우미처럼 첫사랑끼리 서로 가장 소중하게 여기는 사람끼리 맺어지는 게 최고지만, 그렇게 쉽게 일이 풀리지 않는 것이 연애가 아닐까 한다.

상대방을 지나치게 마음에 두기 때문에 엇나가고, 그래서 호감이 어느새 뒤바뀌어서 증오에 가까운 감정으로 변하고.

그래서 뜻밖의 일이 일어나기도 한다.

내 생각으로는 누군가를 사랑해 본 사람이라면 한 번쯤은 좋아하는 이를 독점하고 싶다는 상상을 해볼 텐데, 그런 걸 바라면 연애는 더 복잡해지고 어려워지지 않을까 싶다.

"……일단 혼자 고민하지 말고 우미와 닛타에게 솔직히 말해보는 게 어때? 꼭 지금이 아니더라도 이따가 불꽃놀이를 할 때나 자기 전이나 상의할 기회는 많을 테니까."

할 거면 치졸한 짓 하지 말고 당당하게 나가자는 아마미, 그리고 다소 치사하게 보이더라도 목표를 위해서는 수단을 따지지 않는 닛타……. 당연히 의견은 충돌하겠지만 혼자 끙끙거리는 것보다는 훨씬 낫다. 그 둘 사이에 우미도 있으니 험악한 분위기로 흘러갈 일도 없을 거다.

그리고 뒤에서는 나와 노조무도 지켜보고 있을 테니까.

"그렇구나. ……응, 맞다. 고마워, 마키. 그럼 난 니나치와 우미랑 셋이서 얘기해 볼게."

"그래, 그게 좋겠다. 닛타를 응원할지 말지는 그때 결정해."

친구라는 이유로 억지로 응원할 필요는 없다. 나 자신이 돕고 싶을 때 하면 되니 말이다.

점심 식사 후 바다 위에서 낚시 등을 하며 느긋하게 시간을 보낸 우리는, 저녁 준비를 위해 나카무라와 타키자와가 기다리는 별장으로 돌아갔다. 맑고 깨끗한 바닷가에서 헤엄치고, 앞바다로 나가 첫 낚시를 즐기느라 우리는 배에서 내린 순간 지치고 말았다.

저녁 먹을 때까지는 아직 시간이 남아 있어서 한 시간 정도 눈을 붙이는 게 좋을 듯하다.

"——오오, 어서 와, 얘들아. 아주 신나게 논 것 같네."

"선배들, 고생 많으셨어요. 저녁거리 손질은 제가 미리 다 해놨으니까 다들 좀 쉬세요."

"고마워. 그럼 그렇게 할까……. 후아암, 졸리다……. 우미, 먼저 실례할게."

"응, 나도 곧 돌아갈 테니까 먼저 자. 유우, 우리는 샤워도 해야 하니까 좀 참아……. 아아, 나한테 기대지 말고 똑바로 서.

그리고 니나 너도 따라서 그러지 마."
"우잉~. 우미, 안아줘~."
"우미, 우리 이제 한 걸음도 못 걷겠어~."
"하여간 정말이지……."
샤워실로 떠나간 세 소녀를 지켜보며 나와 노조무는 널찍한 거실 소파에 드러누웠다. 너무 딱딱하지도, 푹신하지도 않게 절묘한 균형으로 몸을 받쳐주는 소파 감촉에 내 눈꺼풀은 서서히 무거워졌다.
"——마키, 너 지금 자?"
"노조무? ……아, 거의 잠들 지경인데."
"그건 나도 그래. 이 정도는 동아리 때문에 익숙해서 괜찮을 줄 알았는데, 이렇게 정신없이 노는 것도 피곤하긴 마찬가지네."
내 옆 소파에서 축 늘어져 있는 노조무도 그 정도니, 나는 오히려 잘도 버틴 수준이다.
내일이면 아마 온몸이 근육통에 시달리지 않을까 걱정될 만큼 오늘 나는 지금까지의 여름방학 중에서 제일 열심히 놀았다. 앞으로 이 기록은 경신될 일 없이 늘 기억 속에 남아 있을 것이다.
"……노조무, 고마워. 동아리도 바쁠 텐데 이렇게 와줘서."
"별말을 다 한다. 나한테도 이렇게 노는 건 이번이 마지막일 거고 이틀 동안 자리를 비웠지만 그 정도는 앞으로 연습으로 따라잡으면 돼. ……큰 소리로 말하긴 좀 그렇지만, 아마미의…… 도 제대로 봤고."
원래 하루만 빠져야 할 동아리를 간청해서 하루 더 연장했다는 노조무한테도 그렇게 한 보람이 있었다는 뜻이다.

사람에 따라서는 이해 불가능할지도 모르나, 남자 고등학생에게 좋아하는 소녀의 사랑스러운 (그것도 사생활 속에서) 수영복 차림은 그 정도로 가치가 있는 법이다.

"야, 마키."

"응?"

"오늘 방 배정은 정했어?"

"아직이지만…… 남자, 여자 각각 방 두 개씩 해서 나누어 쓰면 될 것 같아."

내 본심으로는 우미와 둘이서 한 방을 쓰고 싶고 방의 개수를 따져도 충분히 가능한 일이지만, 다른 사람들이 또 우리를 배려하게 만드는 건 좋지 않으니 꾹 참는 게 좋다.

"그렇구나. 그럼 자기 전에 우리 남자들끼리 얘기나 하자. 타키자와도 끼워서."

"그건 좋지만 우리 셋이서 할 이야깃거리가 있을까? 타키자와도 그렇지만 우리도 서로 겹치는 화젯거리가 없는 듯한데."

노조무는 동아리나 스포츠, 나는 게임이나 영화 등의 인도어파, 타키자와는 아마도 소설이나 미스터리 같은 문학 계열이라서 두 명 이상이 깊이 파고들 화제는 별로 없다.

남자끼리 할 이야기가 없는 건 아니지만, 그런 음흉한 내용을 타키자와도 받아들일지 알 수 없고.

허심탄회하게 속을 터놓기 전에 우린 타키자와에 대해 알아둬야 하고, 타키자와 역시 우리를 이해해야만 한다.

"……일단 좀 자고 나서 생각하자. 솔직히 지금은 머리가 안 돌아가."

"……나, 나도."

쏟아지는 졸음을 견디지 못한 우리는 자기가 무슨 소리를 하는지 알 수 없는 대화를 몇 마디 나누다가 서서히 잠에 빠져들었다.

중간에 누군가가 내 머리를 부드럽게 쓰다듬는 게 느껴졌지만, 한번 잠든 몸은 꼼짝도 할 수 없었다.

——수고했어. 푹 쉬어.

그렇게 누군가의 다정한 속삭임이 귓속으로 흘러드는 중, 나는 저녁밥이 다 될 때까지 깊게 잠을 잤다.

결국 두 시간 정도 자고 기운을 되찾은 나는 나를 제외한 모두가 만든 카레를 같이 먹고 다시금 거실로 돌아와 느긋한 시간을 보냈다.

저녁을 먹을 때까지만 해도 밝았던 바깥도 지금은 완전히 해가 져서, 밖에서 잘만 보였던 푸르른 수평선도 이제는 캄캄한 어둠으로 물들어 있었다.

저 멀리서 희미하게 파도 소리만 들리는, 조용하고도 차분한 밤이었다.

평소 같으면 이제 목욕하고 잠만 자면…… 되지만, 이번에는 그렇게 끝날 수가 없다.

창고에 잠시 보관했던, 양동이에 한가득 담긴 불꽃놀이용 폭죽을 들고 아마미가 활기차게 거실로 돌아왔다.

"에헤헤~. 다들 준비됐니? 드디어 오늘 밤의 메인 이벤트, 불꽃놀이 시작을 선언합니다!"

"유우, 선언하는 건 좋지만 일단 모래사장에 가서 해. 가자, 마키."

"응, 불꽃놀이라니 정말 오랜만이다. 사실 꽤 기대했어."

계단과 모래밭에서 넘어지지 않도록 나는 우미와 손을 꼭 잡은 채 몇 시간 만에 다시 해변으로 나갔다.

해변은 낮과 전혀 다르게 캄캄했지만 미리 도우미 두 분이 모닥불을 피워주셔서 그리 어둡지 않았다.

모래사장에 놓인 커다란 캔 안에서 활활 타는 불꽃, 그리고 밤하늘을 보면 달과 아름다운 별이 떠 있어서……. 밤에 보는 바다도 낮과는 다른 매력이 느껴졌다.

"얘들아, 다들 기념비적인 첫 불꽃은 뭐로 할래? 크게 쏘아 올리는 거로 할까? 아니면 드래곤? 우으~. 종류가 너무 많아서 고민돼~. ……우미, 우미는 어떤 거로 하고 싶어?"

"하나씩 순서대로 하면 밤새도록 시간이 걸릴 테니까 다들 각자 알아서 하고 싶은 대로 놀면 되지 않을까? 마키, 우리는 선향불꽃이나 피우며 느긋하게 있자."

"그러네. 화려한 것도 괜찮지만, 다른 사람이 하는 걸 멀리서 보기만 해도 좋아."

상의 끝에 각자 원하는 것을 양동이에 담아 가져가, 하고 싶은 대로 놀기로 했다.

아마미와 닛타 그리고 노조무는 드래곤 폭죽과 쏘아 올리는 불꽃 등 비교적 크고 화려한 것을 골랐고, 타키자와와 나카무라는 손에 쉽게 들고 놀 수 있는 폭죽을 골라 알록달록한 불꽃을 흩뿌리며 초등학생 시절로 돌아간 듯 즐겁게 놀았다.

고등학교 2학년이 되어 처음으로 경험한, 내 상상 그대로의 여름방학 풍경이 그곳에 있었다.

"마키, 우리도 할까."

"응, 불은 내가 붙일게."

"고마워."

우린 별장에서 가지고 온 라이터로 각자 가진 폭죽에 불을 붙인 후, 타닥거리는 작은 소리를 내며 터지는 불꽃을 조용히 지켜봤다.

다른 다섯 명에게서 좀 떨어져 우리는 서로 기대듯 몸을 바짝 붙였다.

"……참 예쁘다."

"응. ……아, 불꽃도 그렇지만 우미도……."

"예쁘다고? 후후, 고마워. 아직 좀 어색하지만 마키도 그런 눈치 있는 소리를 다 하게 됐구나? ……불꽃놀이만 아니었으면 바로 키스해 줬을 텐데."

"그건 아깝다……. 후후."

서로 슬쩍 웃으면서 우리 둘은 만난 이후 처음인 불꽃놀이를 즐겼다.

화려한 맛은 없지만, 나한테는 이게 더 잘 맞는 것 같다.

……사실 우미만 곁에 있으면 뭐든 다 괜찮지만.

"있잖아, 마키."

"……응?"

"아까 마키가 자고 있을 때, 유우랑 니나까지 우리 셋이서 얘기를 좀 해봤는데."

"……응."

아까 아마미가 나한테 말했던 그 일인가 보다. 내가 거실 소파에서 느긋하게 쿨쿨 자는 사이 아마미는 자기 생각을 둘에게 전했던 모양이다.

"난 말이야, 이 1박 2일의 짧은 여행으로 나카무라와 타키자와의…… 관계가 좀 더 진전되길 바라는 마음에 갑자기 걔들을 초대한 거였어. 둘이 서로 좋아하는 게 티가 나는데, 이걸 계기로 잘되길 바랐거든……. 우리 오빠와 시즈쿠 씨처럼."

"……아하, 그래서."

우미가 왜 갑작스러운 계획 변경을 했는지 몰랐는데, 그 행동의 이면에는 얼마 전 시골 여행 때 겪었던 일의 영향이 작용했었나 보다.

리쿠 씨와 시즈쿠 씨의 마음이 서로 통하게 된 순간은 지금도 나와 우미의 기억 속에 선명히 남아 있다. 절로 눈시울이 뜨거워질 정도로 감동적인 장면이었던 건 맞지만.

이번에는 그게 결과적으로 쓸데없는 참견으로 변하고 말았다.

"근데 이게 잘 안 되는 것 같아. 나는 그저 나카무라가 솔직해지길 바랐을 뿐인데, 어느새 니나와 유우의 마음만 흩트리기만 했다는 걸 알게 됐어. 그래서 좀 우울했달까. 아, 싸운 건 아니니까 그건 걱정하지 마."

"응, 근데 그랬구나……. 잘 안 됐구나."

"……응. 나는 마키처럼은 못 했어."

우미의 말이 끝난 후, 그때까지 타닥타닥 불똥을 뿌리던 선향불꽃이 잠잠해지며 금세 바닥에 툭 떨어져 사라졌다.

"……마키, 어리광 좀 부려도 돼?"

"응, 괜찮아."

"고마워."

내가 살짝 두 팔을 벌리자 우미가 내 가슴에 얼굴을 묻었다.

요즘 나는 우미한테 기대기만 하니까 이럴 때는 내가 우미를 잘 보듬고 지탱해 줘야 한다.

"……난 참 행운아야. 마키가 언제나 곁에 있고 우울하면 늘 이렇게 위로도 해주니까. ……치사한 건 알지만 그래도 난 자꾸만 너한테 응석을 부리게 돼. 도저히 그만둘 수가 없어."

"그래도…… 괜찮지 않을까? 그럴 때 기대고 뭐든 털어놓을 사람이 있는 게 뭐 치사한 일이겠어."

내 경험상 혼자 고민을 끌어안으면 심신에 안 좋은 영향이 생기기 때문에, 오히려 고민거리가 있으면 가족이나 친구 등 믿을 만한 사람에게 상의하는 것이 좋다고 본다.

물론 예전의 나처럼 혼자 고민을 품어야만 하는 사람도 있을 것이고, 오히려 그런 사람의 수가 더 많을지도 모르지만 그렇다고 해서 그 기준으로 생각할 필요는 없다.

어쩌면 사람은 남에게 더 기대도 좋지 않을까? 가족에게든 친구에게든 때때로 폐를 끼치게 되겠지만 기댄 만큼 나중에 되돌려주면 된다.

우미와 '친구'가 되고 나서 몇 개월 동안 나는 여러 사람을 만나며 그렇게 배웠다.

"괜찮아. 우미는 노력했을 뿐이니 잘못한 거 하나 없어."

"……정말?"

"응, 그건 내가 보증할게. ……나 같은 애의 보증은 좀 못 미더울지 몰라도."

"아니야. 마키가 그렇게 말해주면 나도 안심이야. ……헤헤."

안심해서 몸의 힘이 빠졌는지 우미의 어리광이 조금씩 변화하기 시작했다. 바짝 밀착하듯 두 팔로 내 몸을 감고 마치 살갑게 구는 개처럼 목에 뺨을 비비면서 내 냄새를 킁킁 맡았다.

나도 지지 않겠다는 듯 손으로 우미의 허리를 감아 끌어안고, 마구 머리를 쓰다듬어 주었다. 우미는 종종 간지러워했지만 그 표정은 기분 좋아 보였다.

"……우미, 아직 폭죽도 좀 남았는데 더 해볼까?"

"후후, 그래. 아아~. 지금 우리 둘만 있으면 난 뭐든 다 허락할 수 있을 텐데."

"그건 아쉽다. ……그럼 불부터 붙일게."

"응. 아직 많이 남았으니까 난 사치스럽게 두 개 써야지."

"그거 좋다. 나도 해야지."

서로의 뺨에 입맞춤만 나눈 후, 원래 태도로 돌아온 우리는 남은 폭죽을 가지고 놀기 위해 차례로 불을 붙였다.

운치 있게 선향 불꽃을 즐기는 방법은 아니었지만, 우리 두 손에서 타닥거리며 신나게 타며 불똥을 흩날리는 광경도 제법 예뻐 보였다.

그리고 저쪽에서 화려하게 불꽃을 피우는 다른 친구들도.

"좋아, 그럼 이 나카무라가 즐거운 불꽃놀이 방법을 전수해 주겠노라. 우선 빈 캔에 로켓 폭죽을 몇 개 넣고——."

"미오 선배, 그런 장난 치지 마세요. 위험하다고요."

"얘, 니나치, 이것 좀 봐. 으랴앗~. 화염 방사기다~."

"오오, 유우찡, 제법인데? 세키, 그렇게 멍하게 있지 말고 내 것에도 불 좀 붙여봐. 그게 네 일 아니니?"

"너 정말……. 야, 마키, 거기서 계속 아사나기랑 붙어 있지 말고 여기 와서 도와줘. 이제 큰 거 하나 쏠 테니까."

"아, 그래, 알았어. ……우미, 애들이 부르는데 갈까?"

"응, 근데 유우와 니나랑 같이 있기에는 아직 좀 어색하니까 옆에 잠깐 있어 줄래?"

"물론이지. 내가 언제든 벽이 될게."

"고마워. ……헤헤, 역시 난 치사한 것 같다니까."

어쩐지 차가운 우미의 손도 내가 단단히 잡은 덕분에 서서히 온기를 되찾아갔다.

요즘에는 뭘 해도 다섯이 함께였던 우리도 친해질수록 이런 의견 충돌이나 엇갈림이 생기게 될 것이다. 표면적으로 어울리기만 하는 게 아니라 서로의 생각을 알고 대화를 나누고 그렇게 하여 더 이해하며 깊은 유대감을 완성해 가는 것. 우리는 그 길 한가운데에 있음이 분명하다.

그리고 자고 일어나 아침이 되면 우리는 또 언제나처럼 똑같은 모습으로 지낼 테고 말이다.

그때부터 한 시간 정도 지나자 양동이에 잔뜩 담겼던 폭죽도 거의 다 떨어졌고, 마침내 별장에서의 첫째 날 일정을 소화한 우리는 각자 배정된 방으로 향했다.

방 배정은 그냥 무난하게 남자 셋과 여자 넷으로 나눴다. 당연히 나와 우미만 함께 방을 쓰는 특별 대우는 없었다.

사실 마지막까지 갈등했던 건 비밀이지만.

"하아~. 오늘은…… 진짜 열심히 놀았다……."

느지막한 목욕을 마치고 침대에 쓰러지니 온종일 쌓였던 피로가 온몸에 몰려왔다. 중간에 살짝 자기도 했지만 한두 시간의 휴식으로 피로가 풀릴 리가 없다. 그래서 내일까지 피로가 남지 않으려면 푹 자야 한다.

……머리로는 그래야 함을 알고는 있었지만 오늘은 아직 좀 더 밤을 새우고 싶은 기분이었다.

"우리 셋이 있는 것도 그렇지만, 나랑 마키도 이렇게 같이 외박하는 건 처음이네. 수학여행 느낌이 나서 재밌어."

"그건 나도 그래. ……수학여행은 가본 적 없지만."

"엇? 마에하라 선배는 수학여행 안 가봤어요? 아, 설마 그날

아프거나 다쳐서…….”

“아니, 난 건강해. ……아빠 전근 타이밍이랑 겹쳐서 그랬지 뭐. 그러고 보니 타키자와한테는 이 얘기를 처음 하는 거였네.”

타키자와라면 이런 이야기를 퍼트리고 다니지는 않을 테니, 내 사정을 아는 노조무의 추가 설명을 덧붙이면서 지금까지의 경위를 가볍게 설명했다.

부모님의 이혼, 가정 사정에 관해 적절한 단어를 쓰면서 털어놓았지만, 타키자와는 나와 노조무의 미묘한 분위기를 알아차렸는지 깊이 캐묻는 일 없이 그저 진지한 표정으로 귀를 기울였다. 참 예의 바른 후배다.

“……아하, 그런 일이 있었군요. 전 또 그것도 모르고 선배한테 실례되는 말만 했네요.”

“괜찮아. 이제 다 끝난 일이고 지금 이렇게 다들 잘해줘서 평화로운 나날을 보내고 있으니까. ……자세히 듣고 싶다면 더 얘기해도 되는데.”

“아뇨, 그건 아무래도……. 아, 그럼 대신 제 이야기라도 들어주실래요? 중학생 때 일이지만요.”

중학생 때라면 혹시 나카무라와 만났을 때와 콩알만 했다는(나카무라 왈) 덩치에서 벗어나 지금은 누구나 돌아볼 만큼 잘생긴 외모로 성장한 것에 관한 이야기일까.

나카무라가 중학생이었을 때부터의 후배라는 것 빼고는 모든 정보가 베일에 싸인 타키자와의 과거. 나도 노조무도 궁금하긴 하다.

"노조무, 어떻게 할래?"

"들어보자. 나도 타키에 대해 궁금하고, 본인이 말하기 싫은 건 안 하면 되니까."

"그럼…… 뭐? 노조무, 지금 타키라고 그랬어?"

"응, 네가 여친이랑 즐거운 시간을 보내는 중 우리도 많이 친해졌거든. 그치?"

"네. 아, 마에하라 선배도 저를 편하신 대로 부르셔도 돼요. 그게 더 친한 느낌이 나서 좋으니까요."

우미와 함께 해수욕하느라 완전히 잊고 있었지만, 새롭게 친한 동성 친구를 만드는 목표도 머릿속 한구석에 남겨둬야 한다.

……솔직히 자백하자면 조금 전까지 내 머릿속은 우미의 비키니 차림을 비롯해 우미의 여러 모습으로만 가득했다.

조금만 마음을 놓으면 금세 우미 생각밖에 안 하는 게 내 문제일지도 모른다.

"——그럼 본론으로 들어갈게요. 우선 처음으로 선배들이 좀 보셔야 할 게 있어요."

""??""

타키자와는 주머니에서 천천히 스마트폰을 꺼내 우리에게 어떤 사진 하나를 보여주었다.

거기에 찍혀 있는 건 남녀 두 명. 언제 촬영한 것인지는 알 수 없었지만, 검은 뿔테 안경을 쓴 키 큰 소녀, 그리고 키가 작고 유약해 보이는 외모의 소년이었다.

"설마 이거——."

"네, 보시는 대로 중학생 시절의 저와 미오 선배예요. 제가 1학년, 선배가 2학년이었을 때죠."

나카무라는 중학생 때와 별 차이 없이 똑같은 분위기였지만, 타키자와는 지금과 비교했을 때 마치 딴사람처럼 보였다.

당시의 타키자와의 키는 나카무라의 어깨 근처밖에 오지 않고, 긴 앞머리에 푹 숙인 자세 때문에 얼굴 절반이 가려진 상태였다.

그랬던 애가 겨우 2, 3년 만에 지금 내 옆 침대에 걸터앉은 미소년으로 변신할 줄이야……. 나카무라도 타키자와와 오랜만에 재회했을 때는 깜짝 놀랄 수밖에 없었을 것이다.

"이 사진은 저한테 보물이에요. 키도 작고 몸이 약한 데다 성격도 비굴했던 저를 선배는 외면하지 않고 늘 솔직하게 대해줬거든요……. 처음으로 학교가 좋아진 계기가 됐죠. ……선배가 처음이었어요. 제 존재를 처음부터 제대로 인정해 준 사람은."

미스터리 소설로 보이는 책이 가득 꽂힌 책장을 배경으로, 당시의 타키자와와 어깨동무를 하고 손가락으로 브이 사인을 하고 있는 나카무라는 지금처럼 즐거워 보였다.

나카무라는 상황에 따라 때때로 타인의 반감을 살 때도 있지만, 누구를 대하든 태도를 전혀 바꾸지 않아서 그런 의미에서 보자면 당시 타키자와한테는 큰 위안이 됐음이 틀림없다.

사정을 캐묻고 싶지 않지만, 타키자와도 그때까지 외로웠을 테니까.

"……타키자와는 나카무라를 좋아하는구나."

"네, 선배로서도, 회장으로서도 그렇지만 한 여자로서도 좋아해요. 제가 지금 이렇게 된 것도 미오 선배가 저를 조금이라도 남자로 보길 바라는 마음에. ……하지만 너무 변해서 오히려 다른 사람들이 더 접근하게 될 줄은 상상도 못 했어요. 그중에는 민폐로 느껴지는 일도 있었고요."

"정말……? 너도 참 고생 많이 했구나. 타키, 솔직히 너 입학하고부터 얼마나…… 그, 여자애들이 다가온 거냐……?"

"음……. 편지를 받거나 직접 고백받은 것만 따지자면 그리 많은 편은 아니지만, 집요하게 연락처를 묻거나 차단해도 친구를 통해 같이 놀자는 식의 DM이 오는 것까지 포함하면 좀 질릴 만큼은……. 아하하."

유난히 눈길을 사로잡는 외모여서 어쩔 수 없겠지만, 이제 갓 입학한 1학년 입에서 '질린다' 라는 말이 나오다니 좋은 일은 아니다.

여자친구가 있다는 지당한 이유만 있다면 타키자와도 거절하기 더 쉽겠지만.

"저어, 그래서 선배들한테 상의하고 싶은 게 있는데요. 어떻게 해야 미오 선배와 더 가까워질 수 있을까요? 오늘 저도 많이 노력했지만, 막상 마음을 전하려 해도 그럴 때마다 선배가 피하는 느낌이 들어서……."

저녁 식사 전 시간이나 아까 불꽃놀이 때 등, 둘이 괜찮은 분위기에 빠질 기회는 얼마든지 있었을 텐데도 타키자와는 그리 만족스러운 성과를 얻지 못한 모양이다.

우미도 말했듯 두 사람이 서로 좋아하는 감정이 있는 것만큼은 확실하니 계기만 있다면 단번에 '선후배' 에서 '연인' 으로 관계가 변화할 것이다.

……혹시 나카무라 마음속에서 결정을 내리지 못하는 뭔가가 있는 걸까.

어쩌면 그저 눈치 없이 둔한 것뿐일지도. 그 애라면 그럴지도 모른다.

"그러네……. 마키, 너는 어떻게 하면 좋을 것 같아?"

"어? 나?"

"그거야 여기서 여친 있는 건 너뿐이잖아. ……네가 힘들면 내가 조언하는 수밖에 없는데."

"……그건 그것대로 안 될 듯한데."

귀여운 후배를 위해 어떻게든 도움을 주고 싶은 심정은 이해하지만, 연애 경험이 없는 노조무와 여자친구가 있긴 하나 명백히 운과 만남의 혜택을 받은 나……. 공부나 운동에 관한 것이라면 어느 정도 커버야 할 수 있겠지만, 남의 연애 문제를 논할 정도의 경험은 지금 우리에게 전혀 없다.

……당장에라도 우미와 상의하고 싶은데, 여자애들 방 상황은 지금 어떨지.

타키자와와 노조무에게 잠시 양해를 구한 후, 나는 우미에게 메시지를 보내봤다.

『(마에하라) 우미』

『(아사나기) 응, 왜?』

『(아사나기) 혹시 내 살결이 그리워서 잠을 못 주무시나?』

『(아사나기) 하여간 마키는 여기 와서도 어리광쟁이네.』

『(마에하라) ……그리운 건 인정하는데 지금은 그게 아니라.』

『(아사나기) 그래? 뭔데?』

『(마에하라) 지금 나카무라는 어때? 방에 있지?』

『(아사나기) 나카무라? 지금 자는……데. 아마도.』

『(마에하라) 아마도?』

『(아사나기) 응.』

『(아사나기) 아까까지 넷이서 수다를 떨었는데 연애 얘기가 나오자마자 어느새 이불에 쏙 들어갔지 뭐야.』

『(아사나기) 불러봤는데, 자기는 11시가 되면 무조건 잔다나.』

『(아사나기) 지금 일부러 드르렁 소리를 내기 시작했어.』

『(마에하라) 아하.』

성실한 성격 탓인지 아니면 그저 자기와 관련된 연애담에서 도망친 것뿐인지.

……아마도 후자겠지만 지금 자는 거라면 오히려 우미와 상의할 절호의 기회다.

"타키자와, 이거 우미한테 얘기해도 돼?"

"저는 괜찮지만……. 어떻게 할지는 마에하라 선배와 아사나기 선배한테 맡길게요."

"고마워. 그럼 우미한테도 얘기해 볼게."

고민 상담자 본인의 허락도 받았겠다, 우미에게 일단 이쪽 방으로 오라고 부탁하기로 했다.

『(마에하라) 상의할 게 있는데 바로 남자들 방으로 와줄래?』

『(아사나기) 야해.』

『(마에하라) 이런 대화도 이제 익숙해졌어……. 아니, 그게 아니고.』

『(아사나기) 후후, 괜찮아. 내용은 짐작이 가니까.』

『(아사나기) 타키자와의 고민 때문이지?』

『(마에하라) 정답. 역시 우미.』

『(아사나기) 에헤헤, 우리도 아까까지 비슷한 얘기를 했거든.』

『(아사나기) 아무튼 그쪽에 가는 건 괜찮지만 유우도 데리고 가도 돼? 지금 계속 나한테 붙어서 떨어질 생각을 안 하는데.』

『(마에하라) 아마미라면 괜찮아. 닛타는…… 어떻게 할까.』

『(아사나기) 니나는…… 별로 듣고 싶지 않을 얘기니까 나카무라 곁에 있으라고 할게.』

『(아사나기) 감시를 맡길 겸.』

『(마에하라) 그렇구나. 미안해, 우미. 괜히 귀찮게 해서.』

『(아사나기) 아니야.』

『(아사나기) 그럼 지금 준비할 테니까 10분 후에 보자.』

『(마에하라) 부탁할게.』

우미와 아마미가 이 방에 오는 것을 노조무와 타키자와에게 알리고 조마조마한 마음으로 기다린 지 약 15분.

똑똑, 하고 조심스러운 노크 소리가 들렸다.

"이제 왔나 봐. ……노조무, 미리 확인하겠는데 들여도 되지?"

"그, 그래."

아마미가 방으로 온다는 소리를 들었을 때부터 노조무는 스마트폰 카메라로 계속 앞머리와 눈썹을 매만지는 중이었다.

우리가 학교에서는 늘 같이 있을 때가 많지만, 이번에는 장소가 장소라서 긴장하는 모양이다.

나는 긴장하지 않았지만, 그래도 이 시간에 우미가 온다는 사실에 내심 잔뜩 들떠 있었다.

"——어서 와. 내 침대 비워뒀으니까 너희는 거기 앉아."

"응. ……타키자와 빼고는 늘 보던 얼굴이지만, 이 시간이라서 그런지 기분이 묘하네."

"에헤헤, 밤늦게 실례하겠습니다~. 우와아, 여기가 남자애들 방……. 구조는 같지만 냄새가 좀 달라."

이제 자기만 하면 된다며 우미와 아마미는 잠옷 차림이었다. 우미는 나와 똑같은 모양의 저렴한 티셔츠에, 아래는 느슨한 사이즈의 회색 트레이닝복을 입었고, 아마미는 연분홍색의 귀여운 꽃무늬 파자마였다.

소녀 두 명의 등장에 지금까지 남자 냄새만 풀풀 나던 방에 달콤한 향이 감돌기 시작했다.

그리고 동시에 노조무의 동작이 묘하게 뻣뻣했다.

"타키자와도 안녕."

"오셨어요, 아사나기 선배, 아마미 선배. ……죄송해요. 저 때문에 밤늦게 오시고."

"아니야, 타키자와! 우후후~. 우미 이후 오랜만에 하는 연애담인데……. 밤이라서 그런지 절로 신이 나는데?"

"유우, 미리 말해두지만 중요한 고민이니까 얘기나 제대로 들어."

"당연하지. 연애는 뭐……. 사실 이성 교제를 해본 적은 없어서 나도 잘 아는 건 아니지만 고백받은 여자 심정은 얘기해 줄 수 있을 테니까."

으으윽, 하고 내 옆에 있던 노조무가 허를 찔려 괴로워하고 있지만, 고민 상담이 끝날 때까지 참아주면 좋겠다.

우선 타키자와에게 아까 우리끼리 했던 이야기를 두 소녀에게 해달라고 하여, 어느 정도 둘의 이해가 진전됐을 때 본론으로 들어갔다.

"아하……. 이렇게 착한 애를 힘들게 하다니 나카무라는 의외로 나쁜 애구나."

"근데 심정은 좀 이해할 것 같아. 타키자와가 워낙 멋있으니까 가까이 가면 긴장해서 그런 게 아닐까? 니나치도 그럴 거고."

"……그럼 결코 제가 싫다거나 귀찮게 여기는 건 아니라는 거네요."

"응, 그 점에 관해서는 같은 반인 내가 보증할게."

"그, 그렇군요. ……다행이다."

우미의 말에 타키자와가 안도한 표정을 지었다.

타키자와가 나카무라와 둘이 있을 때 무슨 말을 들었는지는 모르겠지만, 이런 경우 조금이라도 뿌리치는 듯한 소리라도 들으면 내가 미움받을 짓을 한 게 아닐까 괜한 걱정을 하기 십상이다.

그러다 지금의 관계를 너무 소중히 하는 나머지 한 걸음 내디디는 용기마저 잃게 된다.

난 이미 얼마 전에 그 비슷한 상황을 접했으니까.

"으~. 새콤달콤하다고 해야 하나, 답답하다고 해야 하나……. 근데 왜 나카무라는 그런 어정쩡한 태도를 보이는 걸까? 서로 좋아하는 거라면 우미와 마키처럼 얼른 맺어지면 될 것을. '좋아해, 우미' '어머, 기뻐라. 나도 좋아해, 마키' 이렇게 둘은 뜨거운 키스를……. 꺄아악~."

"……유우, 혼자 이상한 콩트는 그만할래? 그거 사실과 아주 많이 달라."

"어? 그런가……? 아마미 말대로 내 기억도 그런 비슷한 느낌이……."

"마, 키?"

"……아, 그게 아니었던 것 같아. 아마미, 날조는 나쁜 짓이야."

겨우 내 이름 두 글자로 짓눌러 버리는 우미와 거기에 순순히 따르는 나.

사귄 지 반년 정도밖에 안 됐지만 여자친구에게 잡혀 사는 폼이 고등학생 시점에서 완전히 판에 박혔다.

"우리는 그렇다 치고……. 음, 타키자와, 내 생각으로는 역시 지금 감정을 솔직히 털어놓는 게 좋다고 봐. 나카무라와 상관없이 너 자신을 위해서."

"저 자신을 위해서요?"

"응, 나카무라의 마음을 아껴주고 싶은 네 심정은 이해하지만, 난 그것 때문에 네가 더 고심하는 모습을 보고 싶지 않거든."

나카무라의 마음을 존중하는 것도 중요하지만, 그래도 우선시해야 할 건 타키자와 자신의 마음이라고 생각한다.

고백에도 타이밍과 마음의 준비가 필요하다는 건 나 역시 경험해 봤으니 이해할 수 있다. 나도 우미에 대한 연애 감정을 자각하고 나서 실제로 고백할 때까지 한 달 이상 걸렸으니까 그렇게 잘난 척하며 말할 입장이 아니기 때문이다.

그렇지만 좋아하는 마음을 너무 억누르기만 해서는 정신 건강상 좋다고 보기 어렵다.

나도 만약 작년 크리스마스 때 우미한테 고백하지 못하고 꾸물거리기만 했다면 어떻게 됐을지.

"전에도 비슷한 말을 했지만……. 좋아하는 사람과 연인 사이가 되는 건 참 멋진 일이야. ……남들 앞에서 할 소리는 아니지만, 친구 사이에서 못 하는 일도 이것저것, 할 수 있고."

"어머, 어머, 우미 씨, 마키 씨가 이렇게 말씀하시는데 실제로는 어떻습니까?"

"노, 노 코멘트."

갑작스러운 내 발언으로 부끄러워하는 우미에게 미안하지만, 리쿠 씨한테도 이와 비슷한 말을 했던 것처럼 이게 내 본심이다.

친구 사이로도 즐겁지만, 만약 서로 좋아한다면 연인 관계가 되는 편이 더 기쁘고 행복하다.

"……마키한테는 나중에 설교하기로 하고, 어쨌든 마음을 직접 전달하는 것에는 나도 찬성이야. 타이밍이나 그 자리의 분위기를 따질 때도 많지만, 진정으로 좋아하는 사람이라면 의외로 그런 건 별 상관없어."

"응, 나도 우미 말에 찬성이야. 갑자기 고백하면 놀라기야 하겠지만, 이번에는 그럴 수도 없는 거잖아? 그럼 나카무라도 분명 기뻐할……? 으응, 세키, 왜 그래? 혹시 졸려?"

"아, 으, 응. 그냥 눈앞의 현실을 버티기 힘들달까……."

"??"

아마미의 말에 노조무가 또다시 충격을…… 받은 줄 알았더니, 이제 아예 한계치를 넘었는지 내 뒤로 털썩 누워버렸다.

……곧 끊길 것 같은 숨소리다. 불쌍하게도.

"선배들 말은 잘 알았어요. ……네, 좋아한다면 괜한 생각만 하지 말고 바로 감정을 전하는 게 더 나을지도 모르겠어요. 하지만 어떻게 하면 선배도 그럴 마음이 들게 해야 좋을지……. 이런 건 서두르는 게 좋을 텐데."

타키자와의 말대로 결심이 흐려지기 전에 결판을 내는 게 낫다. 당장 해야 할 필요는 없지만, 적어도 여름방학이 끝나기 전까지는.

"……그 점에는 내가 생각이 하나 있는데."

"어? 정말요?"

내 말에 타키자와가 기대하는 눈빛을 보냈다.

지금 자는 척하는 나카무라를 침대에서 끌어내는 동시에 그 애의 관심을 끌 만한 구실이 딱 한 가지 있다.

여름의 단골 행사이자 한여름의 이 시간대이기에 가능하고, 나카무라가 대번에 달려들 법한 이벤트가.

"……있잖아, 다들 좀 늦게 자도 괜찮을까?"

내 물음에 그 자리의 모두가 눈치챘나 보다.

해수욕에 바비큐, 크루저에서 바다낚시 등 별장에서 여름을 충분히 만끽한 우리가 아직 가보지 않은 장소가 있음을 잊으면 안 된다.

별장 뒤편에 펼쳐진 산 정상 부근의 작은 신사——.

나는 지금 바로 그곳에 가보자고 제안했다.

곧 있으면 자정을 넘을 심야, 준비를 마치고 별장을 나선 우리 일곱 명은 건물 바로 근처에 있는 신사의 커다란 토리이 앞에 모였다.

"……있잖아, 우미."

"안 됩니다."

"아직 아무 말도 안 했다고."

"담력 테스트 중단하고 싶다는 말을 하려는 거지? ……그래, '뭔가 나올 법한' 분위기는 나긴 하지만."

손전등으로 비친 저 끝에 있는 건 정상까지 이어진 긴 돌계단과 어둠 속에서도 존재감을 발하는 새빨간 토리이였다. 오곡의

신인 이나리를 모시는 신사인지, 토리이 옆에는 작고 귀여운 여우 모습의 이나리 조각상이 앉아 있다.

별장을 나서기 전에 도우미분의 말을 들으니, 여긴 이 지역에서도 영험한 기운이 있는 장소로 유명하단다. 그냥 참배만 하는 거라면 밤이든 낮이든 상관없다고 했지만, 솔직히 난 지금 살짝 후회된다.

"유우, 사나에와 마나카랑 여기 온 적이 있었나?"

"응, 근데 그때는 분명 아침 산책 때였지 이 시간에 온 적은 없었어……. 나와 마나카가 밤에 가보자고 했지만 사나에랑 우미네가 무섭다고 했잖아."

"……그랬나?"

"응!"

"왜 그렇게 신이 난 얼굴로 긍정하는 건데……."

"에헤헤~."

절친한 친구인 우미와 처음으로 담력 테스트+한밤중의 고양감으로 인해 아마미는 오늘 최고로 빛나는 미소를 드러내는 중이었다.

그리고 아까까지 자던(아니, 자는 척했던) 사람도.

"오오, 여기가 지역에서 사연 있는 것으로 유명한 이나리 신사구나……. 인적이 없는 한밤중, 달빛만 조금 비치는 신사 본전 안쪽에서 발견되는 의문의 시신, 현장에 남겨진 알 수 없는 메시지……. 이것은 저주인가 아니면——."

"……미오 선배, 미스터리 애호가의 피가 끓는 건 이해하지만 그런 날조는 하지 마세요."

우미와 아마미가 방을 나선 후, 닛타 앞에서도 자는 척했던(것으로 보이는) 나카무라였지만, 내 예상대로 담력 테스트 제안이 나온 순간,

『——나 도저히 잠이 안 오니까 같이 갈래!』

라고 해서 지금의 아마미보다 더 눈을 빛내며 침대에서 후다닥 일어났다.

이렇게 쉽게 넘어와서 다행이긴 한데. 이대로 있다가는 그냥 담력 테스트만 하고 끝날 판이다.

……물론 그렇게 안 되도록 노력할 거지만.

"그럼 지금부터 짝을 짓게 뽑기를 하겠습니다. ……빨간색, 흰색, 노란색이 각각 두 개씩 있으니까 같은 색을 뽑은 사람끼리 짝을 해서 정상까지 올라가 참배, 그다음에 운수 제비도 있다니까 그것도 하나 가지고 와야 합니다."

"야, 위원장, 그렇게 하면 한 명이 남는데 그때는 어떻게 해? 그냥 여기 남아? 그것도 혼자?"

"혼자……만 남기에는 좀 그러니까 색 없는 걸 뽑은 사람은 원하는 팀에 들어가기로 하자."

……그렇게 안 하면 만약 내가 혼자 남았을 때 못 견딜 것 같으니까.

위험 관리는 중요한 법이다.

그 후, 내가 나무젓가락으로 만든 즉석 뽑기로 짝이 정해졌는데,

1번 팀 : 마에하라, 나카무라

2번 팀 : 아사나기, 아마미

3번 팀 : 타키자와, 닛타

라는 결과가 나왔다. 아무 색도 없는 나무젓가락을 뽑은 노조무는 고민 끝에 나와 나카무라 팀에 끼기로 했다.

"……마키랑 같은 팀 하고 싶었는데."

"후후, 미안해, 아사나기. 마에하라의 처음을 가져가 버려서."

"나카무라, 그 말은 좀."

"……마키, 이 바람둥이."

"이, 이건 뽑기가 그렇게 돼서……."

나도 될 수 있으면 우미랑 짝이 되고 싶었지만, 이런 뽑기는 '어느 정도' 는 속이기 없이 한 거라 이러한 결과가 나와도 어쩔 수가 없다.

……우미도 그 점은 잘 알고 있을 텐데.

"음, 그럼…… 우미, 먼저 다녀올게."

"……마키, 갔다 오면 이번에는 나랑 가."

"나만 두 번 다녀오라고? ……긍정적으로 검토해 볼게."

네 사람을 남겨둔 채 나, 노조무, 나카무라 셋은 손전등의 불빛에 의지해 천천히 돌계단을 올랐다.

"남자들, 너희도 참 아쉽게 됐구나. 각자 마음에 둔 여자애가 아니고 나 같은 괴짜라서."

"그거야 뭐. 하지만 너도 비슷한 처지 아니야?"

"후후, 글쎄? 안 그래, 마에하라 씨?"

"……나카무라, 장난은 그 정도로만 해."

우리의 모습은 이미 다른 네 사람의 시야에서 벗어났을 텐데도 어째서인지 등 뒤에서 '압박'이 또렷하게 느껴졌다.

……차라리 뽑기 말고 의논해서 짝을 정할 걸 그랬나.

나카무라도 우리 의도를 벌써 눈치챈 듯하고.

지금은 우선 나답게 본론을 꺼내는 게 낫겠다.

"——나카무라."

"응, 뭔데?"

"아까 타키자와가 고민을 하나 털어놨는데."

"……무슨 고민?"

"나카무라는 타키자와가 싫어?"

계단을 올라가면서 태연한 어조로 내뱉은 내 한마디에 나카무라의 발이 멈췄다.

"…………후후, 마에하라 씨, 얌전한 얼굴로 그런 심술궂은 질문을 다 하는구나."

"내가 얌전한 건 학교에서뿐이지, 평소에는 이런 식이야. ……그래서, 싫어해?"

"………………후후."

잠시 후, 나카무라가 포기한 듯 쓴웃음을 지었다.

"그 애를 싫어하지는 않아. ……아니, 이런 대답은 좀 치사할지도."

"그러면——."

"응, 사실은…… 좋아해. 정말로."

정말로. 즉, 타키자와를 이성으로 의식하고 있다는 뜻이다.

타키자와는 나카무라를 좋아하고, 나카무라도 타키자와를 좋아한다.

……서로 마음이 있는데, 둘은 미묘하게 엇나가고 있다.

"정말로 좋아하긴 하지만…… 그, 나한테도…… 사정, 그래, 사정이 있으니까. 장래나 공부 등등 여러 가지로. 마에하라 씨도 아사나기랑 연인이 될 때까지 우여곡절이 있었잖아?"

"아니, 우리는 그렇게까진……. 2학기부터 친구로 시작했는데 겨울방학에는 이미 우미네 집에서 자기까지 했는걸. 연말연시 내내."

"미안해, 아무래도 질문할 상대를 잘못 고른 모양이다."

나와 우미의 경우라도 '서로 좋아함→연인' 까지 다소 기간은 있었지만, 그사이에도 '연인 교제를 전제로 한 친구 관계' 였기 때문에 지금의 나카무라처럼 '좋아하지만 피하는' 짓은 하지 않았다.

"아, 아무튼 나도 나름대로 생각이 있으니까 지금은 그냥 내버려둬. 때가 되면 그 애의 마음을 받아들일 셈이니까."

"그때가…… 구체적으로 언제인데?"

"되……될 수 있으면 조만간……. 아니, 내가 졸업하기 전까지는."

그렇게 말한 나카무라는 나와 노조무에게서 거리를 두더니 계단을 두 칸씩 뛰어 올라가 버렸다.

"졸업까지……라니, 그럼 중학생 때랑 똑같잖아."

"……나도 그렇게 생각해."

다만 나카무라의 저 당황한 모습을 보건대 '선후배' 와 '연인' 사이에서 마음이 흔들리는 것처럼도 보였다.

자, 이제 그럼 남아 있는 우미와 다른 애들은 잘하고 있을까.

먼저 갔던 나카무라를 겨우 쫓아간 우리는 셋이서 함께 참배를 마치고 운수 제비(1회 10엔, 결과는 소길)도 뽑은 후, 내리막길을 따라 천천히 걸었다.

"으으, 이럴 줄 알았으면 그냥 자는 척할 걸 그랬어……. 다들 왜 소우지 편만 드는 건지……. 나도 뭐……. ……."

그렇게 나카무라는 이런 태도로 우리 둘에게서 미묘하게 거리를 둔 채 불만스러운 표정으로 뭐라고 중얼거렸다.

……나카무라 말대로 우리 참견이 너무 지나쳤던 걸까. 하지만 이렇게라도 하지 않으면 아무리 시간이 지나도 선후배 관계에서 아무런 진전도 없을 것 같은데.

바로 얼마 전의 그 '소꿉친구' 도 그랬지만, 친한 관계가 너무 오래 이어지는 것도 그건 그것대로 폐해가 생긴다는 뜻일까.

"! 아앗, 우미! 마키네 팀이 돌아왔어. 얘들아, 수고했어~. 유령은 나왔니~?"

"아쉽지만 아무것도……. 아마미 너희는?"

"우리는 계속 수다만 떨었지 뭐……. 얘, 소우지, 아까 우리 넷이서 같이 찍은 사진 있었지? 어땠어?"

"아, 그게…… 으음~……."

"타키자와, 유우를 위해 그렇게까지 애써서 사진 안 찾아도 돼."

"소우지, 나한테도 보여줘. ……오오, 제법 잘 나왔네~."

네 사람은 아무래도 기다리는 사이에 완전히 친해진 모양이었지만, 그런 넷의 모습을 언짢게 바라보는 소녀가 한 명.

"뭐? ……소우지? 넷이서? 같이 찍은 사진? 잘 나왔다고? 이제 이름을 막 부르기까지??"

확인이라도 하듯 나카무라는 아까 들은 대화에서 마음에 걸렸던 단어를 꼽으며 되뇌고 있었다.

먼저 아마미를 보고, 우미를 보고, 그러고 나서 닛타에게 순서대로 시선을 옮겼다가 마지막으로 세 소녀에게 둘러싸인 타키자와를 봤다.

"……칫."

그리고 우리에게도 들으라는 듯 크게 한 번 혀를 찼다. 주변이 어둡기도 해서 표정을 잘 알아볼 수는 없었지만, 아무리 봐도 기분이 상한 건 명백했다.

아무래도 이 네 사람, 친하다는 연기를 적당히 했어야 했던 거 같은데.

"그럼 다음은 나랑 우미 차례지? 우미, 어떻게 할래? 마키한테는 미안하지만 무서우니까 같이 가자고 하자."

"응. 마키, 무서워, 우리, 같이, 가."

"왜 갑자기 말을 뚝뚝 끊어서……. 그래, 우미가 그러자면 가야지."

이래서는 나무젓가락 뽑기에 무슨 의미가 있나 싶지만, 원래 목적은 달성했기에 이제 남은 건 대충 해도 별문제가 없겠다.

멍하게 있다가는 아무리 타키자와라도 다른 여자애한테 넘어갈 가능성이 없지는 않다. 바로 그런 위기감만 나카무라에게 심어줄 수 있다면.

"뭐야, 소우지. 나 말고 다른 여자애랑 저렇게 즐겁게……. 아마미나 닛타까지 결국 귀여운 게 제일인 모양이네. ……이래서는 신나서 날뛴 내가 우습잖아……. 이 바보……."

물론 토라진 만큼 나중에 잘 다독이기로 하고.

여러 감정이 뒤섞이는 와중, 우리의 여름밤은 서서히 깊어만 갔다.

간장(間章) 길 잃은 나

※ ※ ※

"엄마~. 엄~마~."

여름방학이 시작되고 일주일 정도 지났던 어느 날.

나는 집 어딘가에 있을 엄마를 찾고 있었다. 아니, 찾는다기보다 부른다는 표현이 더 적절할지도 모른다. 내가 집 안 곳곳을 뒤지지 않아도 거실에서 크게 소리치면 늘 엄마가 먼저 다가오기 때문이다.

어릴 때 나는 울보여서 무슨 일만 생기면 엉엉 울곤 했다. 집에서 혼자일 때, 첫 유치원에서 친하게 지낼 친구를 찾지 못했을 때, 가족과 쇼핑하다가 혼자서 길을 잃었을 때.

그때 항상 다정한 아빠와 엄마는 당장에 달려와 나를 안아줬다.

미안해. 혼자 무서웠지? 그렇게 나를 꼭 안고 위로해 줬다.

싫은 기색 하나 없이 내 어리광을 다 받아줬다.

그게 참 기뻤다.

철이 들고 나서 친한 친구도 생기자 우는 버릇은 서서히 자취를 감췄지만, 어리광쟁이 기질은 여전해서 집에 있을 때만 가끔 이렇게 제멋대로 구는 공주님처럼 행동하게 된다.

내 절친한 친구가 나를 '공주님' 이라고 표현할 때가 있는데, 사실 그것도 틀린 말은 아니다.

"왜 그러니, 유우? 오늘은 멋을 잔뜩 부렸는데 혹시 데이트니?"

"엄마는 내가 데이트 나가길 바랐던 거야? 아쉽지만 그건 아냐. 외출하는 건 맞는데 니나치를 만나기로 했어. 이따가 같이 생일 선물 사러 가려고……. 중간에 놀기도 할 거지만."

"그렇겠지. ……그럼 쓸 돈이 충분하진 않겠구나."

"에헤헤~."

우리 집에서는 달마다 나오는 용돈이 없지만, 엄마가 필요하다고 판단하면 바로 쓸 돈을 내어준다.

그렇다고 너무 과하게 쓰면 혼나기 때문에 쓸데없는 지출은 하지 않도록 조심한다.

……될 수 있으면, 그렇게 한다는 거지만.

"근데 생일 선물이라니, 누구? 우미는 4월이었고, 닛타의 생일은 아직 한참 후 아니니……?"

"아, 마키가 생일이거든. 다음 주 등교하는 날이 생일이라 일찍 선물 사놓으려고."

"아아, 걔 말이구나. ……당일은 어떻게 할 건데? 우미의 생일 때처럼 우리 거실을 쓸 거면 나도 준비해야겠네."

"안 그래도 돼. 그날은 다 같이 노래방 가기로 약속했는데, 거기서 생일 파티도 할 거야."

사실은 우미와 내 생일 때처럼 커다란 케이크를 두고 성대한 파티를 열고 싶었지만, 주인공인 마키의 요청으로 다 함께 '1차' 는 노래방에서 놀기로 했다.

1차라는 건 당연히 2차도 있다는 뜻인데……. 2차의 자세한 내용까지 아는 건 마키와 그 연인인 우미, 단둘뿐이다.

즉, 나머지는 거기에 끼지 못한다는 뜻이다.

……물론 경험이 부족한 나도 둘이 무엇을 할지 대충 예상이 된다.

당일 밤에 펼쳐질 광경을 문득 상상하다가 내 뺨이 열기로 달아오른 것을 느꼈다.

"? 왜 그러니, 유우? 얼굴이 빨간데……. 뭐 차가운 거라도 줄까?"

"아, 그게……. 아니, 괜찮, 아."

열렬한 애정을 뽐내는 두 사람 때문에 나까지 조숙해졌다.

이제 고등학교 2학년이니까 그 정도는 일반적이겠지만……. 내가 그렇게 된 계기가 가장 가까운 친구였기에 더더욱 생생한 기분이 들어 마음이 복잡했다.

나한테도 좋아하는 남자애가 생겨서 그 애와 연인 사이가 된다면……. 아니, 이제 망상은 그만하자. 엄마한테 괜한 걱정만 끼칠 테니까.

어떻게든 얼버무리고 엄마한테 돈을 받은 나는 니나치와 만나늘 놀던 번화가로 나갔다.

그런데 이번에는 남자 취향의 선물을 골라야 해서 평소 다니던 길목과는 다른 곳으로 향했다.

"니나치, 남자한테는 어떤 생일 선물을 줘야 할까? 난 이런 거 처음이라 잘 몰라서."

"음~……. 나도 남자 선물 쪽 경험은 별로 없어서. 근데 위원장의 생일 선물이라면 아무거나 골라도 되지 않아? ……아, 저기 파는 500엔짜리 티셔츠는 어때. 위원장이 워낙 옷 센스가 없잖니."

"뭐어~. 500엔이면 센스는 못 고칠 듯한데……."

하지만 선물로 옷을 고르는 것도 제법 괜찮은 선택이지 않을까. 티셔츠는 많이 있어도 나쁘지 않고, 세일 품목인 건 둘째 치고 가격도 적당해서 좋을 성싶다.

……아무거나 하자면서도 니나치 역시 마키한테 잘 어울리는 걸 고르려는 모양이다.

난 이런 식의 쇼핑도 재미있어서 좋다.

"니나치, 난 저쪽에 가서 찾아볼게."

"응, 그럼 정해지면 나중에 다시 모이기."

우리는 흩어져서 각자 괜찮은 선물을 찾으러 여러 브랜드 상품이 진열된 플로어를 둘러보기로 했다.

"마키는 어떤 디자인을 좋아하려나……. 으음~."

선물은 마음이 중요하니까 내 감각으로 '이거 귀엽다!' 하고 생각하는 걸 선물하면 좋겠지만, 될 수 있으면 마키에게 어울리고 좋아할 만한 것으로 사주고 싶다.

우미가 같이 있다면 참고할 만한 의견을 주겠지만, 오늘 우미는 혼자 다른 곳에 쇼핑을 갔다.

사랑하는 연인의 생일 선물을 고르기 위해서다.

『——선물? 뭘 할지는 이미 정했어. ……비밀이지만.』

전날 전화했을 때, 우미는 그렇게 말했지만 대체 어떤 선물을 할까.

내가 그게 어떤 물건인지 알게 되는 건 나중이 될 것이다.

그 생각을 하니 어쩐지 갑자기 쓸쓸함이 몰려들었다——.

"이……이렇게 고민만 해도 소용없으니까 얼른 정하자, 응."

나는 따끔, 하고 가슴속에 생기는 위화감을 뿌리치듯 어느 가게 안으로 들어갔다. 선반에 진열된 상품을 둘러보니 애니메이션이나 만화, 게임 등의 캐릭터가 디자인 일부로 사용된 것이 많았고, 콜라보 티셔츠나 트레이닝복 외에도 지갑이나 시계, 신발 등 발랄하고 귀여운 물건도 즐비했다.

"……그러고 보니 마키는 만화와 게임을 좋아한다고 그랬지?"

직감적으로 '여기다' 라고 생각한 나는 가게 직원으로부터 제일 잘 팔리는 상품 정보를 얻어 바로 괜찮은 것이 없는지 살펴봤다.

게임에 관해 아는 게 없는 나라도 패션이라는 시점에서 보면 이런 굿즈도 나쁘지 않은 것 같다. 늘 착용하는 복장에 뭔가 다른 것을 추가만 해도 인상은 크게 달라지는 법이기 때문이다.

오늘은 마키의 선물이 목적이지만 나중에 내 것을 따로 마련해도 좋을 듯하다.

남성용 헐렁한 티셔츠는 우미도 실내복으로 쓰는 것 같으니……

친구랑 똑같은 옷을 입는 것도 좋겠다.

"! 아, 이거……."

처음 계획했던 대로 티셔츠를 선물로 정한 후 진열대를 보는데, 문득 어떤 캐릭터 디자인이 들어간 옷이 하나 보였다.

가슴께에 포인트처럼 작게 그려진 것이었지만 분명했다.

전에 마키와 우미가 나한테 선물했던 그 곰 인형과 같은 얼굴이었다.

"후후, 설마 이런 곳에서 만날 줄이야……. 얘, 너 혹시 인기 많은 거니?"

뚱한 얼굴로 이쪽을 빤히 보는 (것처럼 느껴지는) 곰은 아무 말도 없었지만, 그 옷을 본 순간 나는 그걸 가슴에 꼭 품고 있었다.

가격은…… 의외로 비싸서 살짝 망설여졌지만 이따가 놀 때 쓸 돈을 줄이면 못 살 것도 없다.

마키에게 분명 어울릴 거라고 생각하니 다른 건 하나도 눈에 들어오지 않았다.

계산을 마치고 나니 역시나 쇼핑을 마친 것으로 보이는 니나치와 합류했다. 처음에는 세일 품목이면 된다고 했으면서 결국 니나치도 브랜드 상품으로 고른 모양이다.

"이게 제일 쌌어. ……이 브랜드의 티셔츠 중에서는."

니나치다운 말투여서 나도 모르게 웃음을 터트리고 말았다.

연인인 우미만이 아니라 나와 니나치한테도 축하를 받다니……. 다른 남자애라면 절대로 이렇게 될 수 없을 것이다.

그렇게 보면 마키는 의외로 인기가 많을지도.

"그런데 유우찡은 뭐 샀어? 나처럼 티셔츠인 것 같은데."

"에헤헤~. 맞아. 어떤 건지는 당일을 기대해. 난 아주 잘 골랐다고 보거든."

"오오, 뭔데 그래? 나만 살짝 가르쳐주라. 내 것도 보여줄 테니까."

"음~. 어떻게 할까~?"

굳이 말로 표현하지는 않았지만 니나치보다 좋은 선물을 골랐다는 자신감이 들었다.

대중적인 것보다 거기서 살짝 비껴간 것이 마키한테 더 잘 어울릴 테니까.

문득 나는 상상했다.

주변 눈치를 보면서 티셔츠 디자인을 보고 수줍게 뺨을 긁적이는 마키를.

혼자 외롭게 있다가 조금 뒤늦게 '내가' 나타난 것을 보고 안심한 듯 표정을 누그러뜨리며 마키가 이쪽으로 달려오는데――.

"――어어?"

그때 나는 어떤 위화감을 받았다.

왜 나는 마키와 둘이 만나는 장면을 상상했던 걸까.

지금껏 우리라는 것에 아무런 의문도 들지 않았다. 내가 있고 우미가 있고 니나치와 세키까지……. 그런데 조금 전 상상 속에는 나와 마키밖에 없었다.

그리고 상상 속의 나는 아주 잔뜩 멋을 부리고 있었던…… 느낌이.

그렇다, 마치 둘만의 데——

"……유우찡, 왜 그래?"

"——어……?! 아, 아니, 아무것도 아냐……."

내 머릿속을 들킨 기분에 나는 가지고 있던 쇼핑백을 니나치가 보지 못하도록 얼른 등 뒤로 감췄다.

왜 나는 그런 생각을 한 걸까.

나한테 마키는 소중한 친구 중 한 명이지만 우리 둘이서만 외출하는 일이 있어서는 안 된다.

그 애는 나의 '친구' 일 뿐만 아니라 나의 소중한 '절친한 친구' 의 '연인' 이니 말이다. 두 사람은 여전히 사이가 좋아서 둘의 친구인 내가 할 수 있는 일이라곤 그 애들이 행복하게 애정을 나누는 모습을 그저 곁에서 조용히 지켜보는 것뿐인데.

아무리 상상이라고 해도 왜 나는 절친한 친구 우미를 마키 곁에서 지워버렸던 걸까.

"……니나치, 미안해. 나 이거 환불하고 올게."

"어? 아니, 왜? 그거 마음에 드는 거 아니었어? 아까까지 흐뭇한 표정을 짓더니."

"응, 물건은 마음에 드는데, 그래도 마키한테 어울리지 않는 느낌이 들어서."

당연히 니나치는 당황했지만, 난 그보다 더 동요한 상태였다.

티셔츠를 선물하는 것이야 표면상 문제는 없겠지만 내가 어떤 의도를 가지고 골랐는지……. 나 개인적으로는 그게 제일 문제였다.

"유, 유우찡, 일단 진정해, 응? 나한테 안 보여줘도 되고 정 그렇다면 계속 비밀로 해도 되니까……. 아, 저기 카페에서 차가운 차라도 마시며 더위 식히자."

"……니나치, 알았어. 미안해, 내가 더워서 머리가 좀 멍했나 봐."

"거봐, 역시나. 오늘도 날씨가 푹푹 찌니까 쇼핑도 너무 무리하지 말고 쉬어야지, 안 그래?"

"……응, 그래, 니나치 네 말이 맞아."

니나치가 눈치 빠르게 챙겨준 덕분에 겨우 냉정함을 되찾은 나는 처음 골랐던 티셔츠를 그대로 가지고 돌아오고 말았지만.

정말로 이걸 마키한테 선물해도 될까.

니나치와 헤어져서 집으로 돌아온 나는 내 방 침대에 누워 얼마 전 몰래 엿듣고 말았던 우미와 니나치의 대화를 다시 머릿속으로 떠올렸다.

"——좋아하게 되면 절교, 한다거나."

당시 둘이 나눈 이야기는 흐지부지 끝난 듯했지만, 그때 우미의 음성은 처음 들었다고 해도 될 만큼 차갑고 무자비하게 느껴졌다.

"곰돌아, 어쩌면 좋지? 어떻게 하면 이대로 친구들 앞에서 웃으며 지낼 수 있을까?"

뚱한 얼굴로 나를 보는 곰 인형은 아무 대답도 해주지 않았다.

곰돌이, 아니 위원장이라고 남몰래 이름 붙인 내 보물은.

4. 여름의 끝자락 뒤에서

매년 여름방학은 순식간에 지나가 버리곤 했지만 올해는 특히 더 그랬던 것 같다.

지난주 별장에서 머물며 신나게 즐긴 해수욕의 여운에 젖어, 시원한 집에서 멍하게 시간을 보낸 지 며칠. 정신을 차리고 보니 어느새 등교일을 앞두고 있었다.

최근 늘 밤늦게 자곤 해서 오랜만에 일찍 일어나는 게 힘들다.

"——마키, 일어났어? 자, 머리 다듬어줄 테니까 여기 앉아."

"응, 엄마는?"

"마사키 아주머니는 벌써 출근하셨어. 늦어질 테니 저녁은 안 차려도 된다고 하시네."

"그렇구나."

시키는 대로 앉자, 내 제멋대로 뻗치고 눌린 머리를 우미가 정돈해 준다. 매년 내가 게으른 것도 있어서 여름방학 기간이면 늘 어질러져 있던 우리 집도 요즘은 아침 일찍 놀러 오는 우미가 청소를 해줘서 기분 좋게 청결을 유지하는 중이다.

……나도 우리 엄마도 우미의 착한 마음씨에 자꾸 기대게 된다.

"음~……. 이제 깔끔해졌다. 헤헤, 오늘부터 또 학교 가야 하니까 멋지게 해야지."

"학교……. 그래, 맞아~. ……있잖아, 우미. 내일 가면 안 되려나?"

"그게 되겠니? 자, 커피는 준비해 줄 테니까 얼른 교복이나 갈아입고 와."

"네에~."

오늘을 기점으로 체육제 연습 및 준비 기간이 시작되어서 앞으로는 우리 일반 학생도 연습을 위해 등교하는 날이 많아진다. 그래서 8월 연휴 이후는 거의 평일 같은 시간표로 움직인다고 해도 과언이 아니다.

다만 아직은 '여름방학' 이어서 통상 수업이 없는 것만으로도 감지덕지라 할 만하지만, 펄펄 끓는 운동장에서 몸을 움직일 생각을 하니 결국 느끼는 괴로움은 종합적으로 별 차이가 없다.

오늘은 첫날이고 본격적인 연습은 내일부터지만…… 앞날을 떠올리니 살짝 우울해진다.

……물론 그게 꼭 싫기만 한 건 아니지만.

"있잖아, 마키."

"응."

"오늘 마키도 열일곱 살이 됐네. 축하해. ……라고 마사키 아주머니가 전하라 하셨어."

"아, 엄마한테서. ……그럼 우미 넌?"

"나는 뭐…… 없는데."

"없어?"

"에헤헤, 농담이고. 하지만 나중을 기대해……. 알았지?"

"으, 응."

"오오? 마키, 얼굴이 빨간데? 기대하라는 말에 뭘 상상했길래? 자자, 부끄러워하지 말고 이 누나한테 어서 자백하시지?"

"……그, 그런 거 아니야."

"흐음~? 그럼 난 아무것도 안 해도 되는구나?"

"……그렇게는 말 안 했습니다."

주변에도 알렸지만, 오늘 8월 6일은 나, 마에하라 마키의 생일이다.

이렇게 손꼽아 기다린 8월 6일은 참으로 오랜만이다. 작년에도 생일이야 있었지만, 그때는 밤에 혼자 온라인 게임을 하느라 어느새 금방 8월 7일로 날짜가 지나가고 말았다…….

……자꾸 그렇게 되짚으면 괴롭기만 해서 더는 생각하고 싶지 않지만, 작년과는 달리 올해 나한테는 생일을 축하해 줄 사람이 아주 많다.

가족, 친구 그리고 연인까지——. 가족 중에서 아빠만 거기서 빠진 게 좀 아쉽고 쓸쓸하지만, 그 외로움을 메우고도 남을 만큼 여러 사람이 주변에서 날 지탱해 주고 있다.

지난주에 아마미가 예고했던 대로 낮에는 늘 어울리는 다섯이서 생일 파티를 하며 놀고, 저녁부터는 우미와 단둘이——.

그 생각만 하면 우울한 기분은 싹 날아가서 연습도 열심히 할 수 있겠다.

그렇게 오후부터 열릴 이벤트가 매우 기대됐지만, 우선 다음 달 초순에 열릴 체육제가 문제다.

어느 반이 무슨 팀에 들어가는지는 지난번에 발표됐지만, 오늘은 각자의 출전 경기 종목 결정과 그 이후에 팀별로 모여 전체 집회가 열린다. 연습 일정은 기본적으로 팀별로 자유롭게 정해도 된다고 하는데, 바로 여기서 체육제에 얼마나 진지하게 임하는지 태도를 엿볼 수 있다.

"――나기사는 무슨 경기에 나갈 거야? 이인삼각? 지네 발 달리기? 아, 아니면 넌 다리도 빠르니까 릴레이?"

"……네가 안 나가는 경기면 뭐든 상관없어."

"우으~. 왜 그런 말을 해? 뭐 어때서 그래? 나랑 나가자~. 나랑 나기사가 힘을 합치면 아마 천하무적일걸?"

"적이라면 있잖아. 내 바로 옆에."

"뭐? 옆에? 설마 야마를 두고 하는 말이야? 나기사도 참. 친구를 그렇게 부르면 어떡하니?"

"……너 지금 일부러 그랬지?"

"에헤헤~."

이제 일상이 된 두 사람의 대화 모습을 곁눈질하며 나는 재빨리 '이인삼각' 멤버 표에 내 이름을 적어 넣었다. 인원수로 인해 다른 경기 몇 개에도 출전해야 하지만, 우미와 함께 이인삼각만 할 수 있다면 나머지는 기마전이든 기둥 무너뜨리기 등 뭐든 다 나갈 작정이다.

"아, 마키도 이인삼각에 나가려는구나? 혹시 우미랑 남녀 혼합을 노리는 거야?"

"응, 아마미는 아라에랑 같이 하는 거 없어?"

"에헤헤……. 열심히 하자고 졸랐는데 나기사가 하도 부끄러워해서. 아, 릴레이에 내 이름 좀 써줄래?"

"아마미, 내가 언제 부끄러워했다는 거야? 야, 마에하라, 하는 김에 나랑 야마시타 이름도 써놔. '지네 발 달리기' 에."

"아, 네네. ……야마시타와는 같이 나가도 되나 보네."

"뭐라고 그랬냐?"

"아니, 아무것도 아니야……."

아마미와 아라에의 운동 능력을 따지자면 더 여러 가지 종목에 출전하는 게 좋겠지만, 아마미는 백보드 담당이고 아라에는 반 대표 일을 맡고 있어서 너무 무리한 요구는 할 수 없다. 응원단 연습도 있고.

"……있잖아, 마키."

"? 아마미, 왜 그래? 또 나가고 싶은 경기가 있으면 지금 내가 적을게."

"응, 고마워. 그게 말이지……."

아마미의 손가락이 아주 잠깐 '이인삼각' 쪽을 가리키려다가 직전에 마음이 바뀌었는지 아라에와 야마시타 이름이 적힌 '지네 발 달리기' 칸에서 멈췄다.

"……지네 발 달리기에 나가는 거야?"

"으, 응. 역시 나기사와 야마하고 같이 나가고 싶어서."

문득 아마미 뒤에 있는 아라에가 신경 쓰였지만, 아라에도 불만스럽게 혀를 차거나 또는 노골적으로 싫다는 티를 내지 않았으니 별문제 없어 보였다.

나는 이인삼각 칸에 쓰다가 만 '아마미 유우'의 이름을 지우개로 지우고, '지네 발 달리기' 칸에 다시 이름을 적었다.

"고마워, 마키. 그럼 난 갈게."

"? 응, 그럼 나도……."

아마미가 아주 잠깐 어두운 표정을 짓는 듯해, 나는 자리로 돌아가면서도 그 모습을 지켜봤다.

"……나 참, 또 너랑 같은 경기냐?"

"진정해, 아라에. 반 대항전 때야 분위기가 좀 그랬지만, 지금 우리라면 잘할 수 있을 텐데 뭐. 안 그래, 아마미?"

"그래, 맞아, 나기사. 앞으로 연습 때 계속 함께 있을 테니까 외롭지 않겠다, 그치?"

"……귀찮아."

"우후후~. 나기사는 정말이지 부끄럼쟁이라니까~."

"…………………………."

평소처럼 아라에한테 장난치는 아마미한테 특히 이상한 점은 보이지 않지만……. 아까 받았던 위화감은 단순히 내 착각이었던 걸까.

요즘, 그것도 해수욕 이후부터 아마미는 나한테 미묘하게 거리를 두는 것 같다.

얼마 전 상황을 예로 들어서, 평소라면 '나도 마키랑 같이 나갈래!' 라고 말할 텐데 이번에는 뭔가 깨달았다는 듯 '그냥 됐어…….' 하고 사양하거나 갑자기 방침을 바꾸기도 했다.

최대한 나와 우미를 방해하지 않으려고 아마미 나름대로 배려해 준다는 건 알겠지만……. 그 거리를 두는 방식이 너무나도 어색해서 종종 분위기가 이상해지곤 했다.

"……야, 아마미."

"? 나기사, 왜 그래?"

"너 혹시 마에………… 아, 아니다. 아무것도 아니야."

"?? 갑자기 왜 그래? 갑자기 말을 끊으니까 더 궁금해지잖아."

"시끄러워. 별일 아니니까 신경 꺼."

"우으~. 나기사, 심술쟁이~."

지금 아마미를 제일 정확히 볼 줄 아는 아라에(라고는 절대로 말 못 하지만) 역시 아마미 유우가 평소와 다르다는 것을 민감히 알아차린 모양이다.

그리고 그걸 느끼면서도 아무 지적도 안 하는 게 또 아라에답다고나 할까.

아마미가 표면적으로는 변함없이, 주변에는 늘 그랬듯 행동하는데도 나한테는 노골적으로 거리를 두려고 하다니——.

……나는 비슷한 일이 작년 가을에도 있었다는 걸 새삼 기억해 냈다.

지난달 HR에서 아라에의 일갈(?)이 통했는지 반 아이들 모두의 출전 종목이 순조롭게 정해지자, 다음에는 팀별로 나뉘어 진행하는 전체 집회 순서가 됐다.

오늘은 각 학년끼리 얼굴을 본다는 명목이었지만, 내일부터 시작되는 연습에 대한 의욕도 높아서 팀의 대표가 된 선배들 모두 잔뜩 기합이 들어가 있었다.

어떤 팀은 운동 동아리처럼 큰 목소리와 엄한 어조로 학생들을 긴장시키기도 했고, 다른 팀은 대표와 부대표의 만담으로 즐겁게 만드는 등 다들 팀원을 한데 모으는 같은 목적을 가지면서도 그 접근법에 특색이 드러나 제법 흥미로웠다.

"——자~. 팀을 나눈 결과 운동부원이 많은 반은 모두 우리 청팀 외의 다른 곳으로 갔지만…… 그래도 할 거면 우승을 노려봅시다. 그러기 위해 저도 최선을 다할 테니 여러분도 힘을 보태주시면 좋겠습니다. 잘 부탁드립니다."

청팀 단장인 3학년 남학생이 긴장된 표정으로 머리를 숙였다. 카랑카랑한 목소리에 성실한 인사가 참 보기 좋았지만, 상급생은 몰라도 1학년들한테는 별로 감흥이 없어 보였다.

——야, 저기 뒤에 있는 금발 머리 선배, 엄청 예쁘지 않냐?

——2학년의 아마미 선배잖아. 저 선배 멋지다.

——근데 다른 예쁜 선배들도 은근히 많은데……? 우리 팀은 외모 특화인가 보다.

단장의 인사가 끝나고 이어서 부단장을 맡은 학생이 인사하는 가운데, 모두가 아마미를 주목하고 있었다. 요즘은 어떻게 된 일인지 상급생, 하급생 가리지 않고 인기가 많아서 거의 학교 굴지의 아이돌 같은 존재가 된 모양이다.

그러나 이번에 우리 청팀은 아마미만이 아니었다.

——아아, 저 애가 소문의 부회장……. 저 얼굴, 확실히 위험하긴 하다.

——꽃미남 치사량 아니니? 아무것도 안 먹었는데 당분 섭취한 기분이야.

——타키자와의…… 팬이 될지도.

노골적으로 떠들어대는 여학생들의 수군거림에 1학년 줄에서 있는 타키자와가 쓴웃음을 짓고 있었다.

지난주의 그 연애 상담 덕분에 타키자와랑은 종종 메시지를 주고받는 사이가 됐다.

담력 테스트 이후에 나카무라와 어떻게 됐는지는 아직 본인 입으로 직접 듣지 못했지만……. 그 부분도 순조롭게 잘 풀렸으면 좋겠다.

약간 어수선한 분위기의 전체 집회를 마치고 일단 일반 학생들은 여기서 해산하게 됐다. 이제부터는 아라에나 아마미 등 업무를 맡은 학생들만 남아서 본 행사를 위한 기본 준비를 착착 진행하게 된다.

"마키, 나는 지금부터 백보드 담당자 미팅이니까 우미나 다른 애들이랑 먼저 가 있어. 아마 늦어도 30분쯤 걸릴 테니까."

"알았어. 가게 정해지면 나중에 채팅으로 지도 보낼게."

"응. ……아, 그런데 오야마는 어디 갔는지 알아? 아까부터 찾는데 통 안 보이네."

"오야마? 음, 아까까지 근처에……."

아마미의 말에 주변을 둘러봐도 그의 트레이드마크라 할 만한 안경 쓴 남자애 모습이 보이지 않았다.

혹시 착각하고 그냥 집에 가버린 건가? 이거 큰일 났다며 내심 초조해하는데,

"……나 여기 있어."

"어?"

어깨를 툭툭 두드리는 느낌에 돌아보니 그곳에는 처음 보는 남학생이…… 하는 생각이 순간 들었지만, 그 목소리는 분명 귀에 익었다.

……안경을 끼지 않아서 그렇지, 눈앞에 있는 사람은 우리 반 학생인 오야마였다.

"……미안, 안경 프레임이 망가져서. 방금 화장실에서 응급 처치를 했는데…… 무슨 일 있어?"

"아, 그, 그랬구나. 미안해, 오야마. 갑자기 없어서 걱정했거든……. 그치, 마키?"

"으, 응. ……미안해. 안경을 안 쓰고 있어서 순간적으로 누군지 몰라봤어."

"하하……. 나야 워낙 특징이 없으니까 안경 빼면 뭐 남는 게 없지."

자조 섞인 농담에 오야마한테 아무 말도 못 하고 나와 아마미는 그저 쓴웃음만 지을 수밖에 없었다.

나는 마음속으로는 사람은 외모가 중요한 게 아니라고 느끼면서도, 한 개인을 판별하는 데 '안경' 이라는 가장 알기 쉬운 특징을 '오야마' 라는 존재 구분을 위한 판단 기준으로 삼고 말았

다……. 지금껏 별 접점이 없는 사람이었다고 해도 같은 교실에서 함께 공부하는 반 아이인데, 내 이런 점은 반성해야겠다.

"근데 오야마, 안경 없어도 괜찮니? 앞이 안 보이면 내가 선생님께 말씀드릴 테니까 먼저 집에 가도 되는데……."

"아니, 안 써도 조금은 보여. ……늦으면 안 되니까 어서 가자."

"아, 오야마, 기다려……. 미안해, 마키, 그럼 나도 가볼게."

"응. ……어쨌든 잘해."

아마미는 난처한 얼굴로 웃더니 오야마의 뒤를 쫓듯 백보드 담당 아이들의 무리로 향했다.

기분 좋은 시작……이라고 보기는 어려웠지만, 아마미는 그렇다 치고 오야마도 성실하니까 맡은 일은 문제없이 잘 해낼 것이다.

두 사람을 지켜보다가 나는 우미를 데리러 갔다.

이제부터 나는 오늘의 주인공으로서 실컷 즐기고, 친구들에게 내 열일곱 번째 생일 축하를 받으면 된다.

역 근처 번화가까지 나간 나와 우미, 닛타까지 우리 셋은 역 앞에 세 곳 정도 있는 프랜차이즈 노래방 중 가장 한산해 보이는 하나를 골라 5인용 룸 요금을 냈다.

아마미도 그렇고 노조무도 도착이 늦어지고 있지만, 상황을 알아보니 노조무는 홍팀 응원단 멤버가 돼서 그 일 때문에 예정보다 한 시간 정도 도착이 늦어진단다.

아직 모두 합류하지 못해 조금 아쉽지만, 방 이용 시간은 넉넉히 잡아놨으니 다 모일 때까지 노래라도 부르며 시간을 보내도 될 성싶다.

……우미 말고 다른 사람 앞에서 노래하는 건 아직 좀 긴장되지만.

"자, 위원장."

입실하면서 주문한 음료 3인분이 도착했을 때, 닛타가 나한테 마이크를 건넸다.

"……어? 내가 제일 먼저 노래하는 거야?"

"그거야 오늘만큼은 위원장이 주인공이니까. ……얘, 우미, 위원장이 노래는 좀 하나?"

"응, 고음 파트를 좀 어려워하지만 그것 빼고는 뭐……. 내 앞에서는 그렇다는 뜻이지만."

"오호. ……그럼 일단 동영상이나 찍어둬야지."

"촬영한다니까 더 긴장되는데……. 닛타, 제발 우리 빼고 남한테 보여주지 마."

"알겠다니까. 자, 시간 아까우니까 어서 노래나 골라."

"그렇게 재촉 안 해도 되는데……. 그럼 일단 이 곡을."

내가 선택한 건 최근 SNS에서 화제가 되고 있는 그룹의 신곡이었다. 우미와 둘만 있으면 바로 애니메이션이나 게임 노래 등을 선택할 때가 많지만……. 지금 이렇게 대처할 줄 아는 것도 우미와의 데이트로 쌓은 내공 덕분이다.

"～♪ ～～♪"

눈으로 화면에 지나가는 가사를 좇으면서 때때로 내 노래에 귀를 기울이는 두 사람 모습을 바라봤다.

우미는 늘 그랬듯 노래하는 나를 따듯하게 지켜보며 손뼉을 쳤고, 닛타는 곡 중간중간에 참견하며 장난을 치긴 했지만 그렇다고 내 노래를 깎아내리는 짓은 안 하고 열심히 스마트폰 카메라만 내 쪽으로 향했다.

세세하지만 이런 행동 차이에도 각자의 성격이 나타나 재밌기도 했고, 우미와 닛타의 성격에서 서로 다른 장점을 엿볼 수 있었다.

즐거워하는 두 사람을 보고 나니 나까지 점점 들떴다. 분위기를 탔다? 기분이 최고조다? 사실 잘 모르겠지만 아무튼 그런 느낌이었다.

"오, 위원장 노래도 나쁘지 않은데? 좋아, 바로 유우찡한테 영상 보내야지."

"마키가 애썼으니까 다음은 여친인 내 차례네. 뭐가 좋아? 마키가 좋아하는 곡만 말해주면 뭐든 노래해 줄게."

"아……. 그럼 이거로."

친구들과 노래방에 간 건 반 대항전 뒤풀이 이후 처음이지만, 이렇게 모여 노래하는 것도 기분전환이 되어 좋다. 종종 우미하고만 갈 때도 있지만, 중간부터 '노래'가 아니라 어느새 '둘이서 꽁냥거리기'로 넘어가 버려서 순수히 노래만 즐기려면 이게 차라리 나을지도 모른다.

……물론 사랑하는 연인과 둘이 좁고 어두운 방에서 분위기를 잡는 것 역시 그 무엇과도 바꿀 수 없는 매력이 있지만.

나, 우미, 닛타의 순서대로 각각 한 곡씩 노래를 마치고 다음은 뭘 부를까 고민하는데 아마미가 방으로 들어왔다.

"——에헤헤~. 얘들아 많이 기다렸지? 미안, 잠깐 어디 좀 들르느라 늦었어. ……마키, 자, 이거."

"아……. 이거 혹시 케이크?"

"응, 에헤헤. 친구 생일이라고 하니까 서비스로 메시지도 넣어주더라? 이것 좀 봐."

우리 셋이 흰 상자 안을 들여다보니 그곳에는,

'마키 생일 축하해'

라고 초콜릿 위에 화이트 초콜릿으로 적힌 메시지가 있었다.

고등학생이나 돼서 어린애 생일처럼 구는 것 같아 살짝 부끄러운 감도 있었지만, 가족 말고 이런 축하를 받는 건 처음이라 기쁨과 감격이 더 컸다.

그러고 나서 잠시 후, 응원단 연습을 마친 노조무가 마지막으로 합류해서 우리 다섯은 자주 했던 '그것' 을 시작했다.

아무리 떠들고 놀아도 괜찮은 환경에서 나 이외의 네 사람이 시끄러울 정도로 떠드는 해피 버스 데이.

"마키, 자, 한 번에 불어! 후우~ 하고."

"마키, 축하해!"

"위원장, 축하해. 앞으로도 잘 부탁한다는 뜻으로."

"마키, 축하한다. 다음은 내 생일도 챙겨줘."

친구 넷이 각자 내 등을 툭툭 두드려줘서 나는 케이크에 꽂힌 촛불을 한 번에 훅 불어 껐다.

헤헤, 하고 내 입에서 자연스럽게 웃음이 넘쳤다.

지금까지 늘 외톨이여서 친구나 연인 따위 없으면 없는 대로 살아갈 수 있다고 생각했던 작년의 나한테 말해주고 싶다.

너 정말 잘됐다. 지금 너 친구와 연인한테 생일 축하를 받고 있잖아.

“우후후~. 케이크도 좋지만 아직 기대할 게 남아 있어. …… 니나치, 그거 잊지 않고 가지고 왔지?”

“당연하지. ……위원장, 늘 신세만 지는데 그 답례도 겸해서.”

“! 혹시 이거…….”

“오늘은 위원장 네 생일이잖아. 그럼 그게 등장해야 하지 않겠어?”

“맞아! 마키, 나도 자, 여기 생일 선물!”

그리고 이어서 선물용으로 포장된 쇼핑백 하나를 받았다.

로고를 보니 각각 역 빌딩의 백화점에 입점했던 가게의 로고였다.

케이크만 받아도 충분한데 이렇게 선물까지 주고……. 이렇게나 많이 받았으니 다음에 있을 닛타의 생일과 노조무의 생일에는 꼭 보답을 해야겠다.

선물을 확인해 보니 아마미와 닛타는 티셔츠, 노조무는 스포츠 모자였다. 이렇게 해서 멋 좀 내라는 의도가 절절히 전해져서 이번 기회로 기능성만 따지지 말고 나이에 맞는 패션 센스도 공부하고 싶다.

"어어? 우미는 마키한테 선물 안 줘? 가방 안에 뭐 들어 있긴 하잖아."

"응, 그렇긴 한데 아직 못 주는 이유가 있다고나 해야 할지, 아직 준비 중이라고 해야 할지."

"?? 선물에 무슨 준비?"

"응, 90퍼센트 정도는 완성되긴 했는데."

""……?""

얼버무리는 우미의 말에 나를 제외한 세 사람은 의아한 표정으로 고개만 갸웃거렸다.

우미가 선물로 대체 무엇을 준비했는지……. 나는 그 선물을 제안한 엄마한테서 어느 정도 사정은 들었기 때문에 대충 짐작은 갔다.

일단 지금 내가 할 수 있는 건 조금이라도 이 생일 파티에서 웃으며 지내는 일이다.

그게 앞으로 선물을 줄 우미한테도 분명 기쁠 테니까.

주변 눈치를 보지 않고 늘 놀던 다섯이서 노래하고 떠들다 보니 세 시간은 금방 지나, 우선 내 생일 파티 전반전은 막을 내렸다.

수다를 떨고, 노래하고……. 이런 데 목을 쓴 게 과연 얼마 만인지. 오늘은 내가 주인공이기도 해서 나도 친구들의 축하에 부응하도록 노력했기에, 가게를 나설 즈음에는 잔뜩 지치고 말았다.

내일 생각은 하지도 않고 나도 모르게 활기찬 애들과 같이 신나게 놀았지만, 그래도 후회하지는 않는다.

그만큼 나한테는 즐거운 하루였다.

……그렇게 종지부를 찍어도 되겠지만, 진짜 시작은 집에 간 후부터다.

"그럼 우미, 마키. 내일 학교에서 보자."

"이 닭살 커플~. 내일도 아침부터 연습이니까 끝까지 힘은 다 쓰지 마~."

"둘이 행복하세요."

헤어질 때가 되어 아마미를 비롯한 친구들의 놀림을 받으며, 나와 우미는 내 아르바이트 직장인 '피자 로켓'으로 향했다.

처음에는 우리 둘이 요리를 할 계획이었지만, 파티 1차인 노래방에서 너무 신나게 논 바람에 진이 빠져 애용하던 가게에 기대기로 했다.

"안녕하세요."

"네, 어서 오세~. 오오, 마키가 왔네. 친구들이랑 노래방에서 잘 놀았니?"

"선배 덕분에요. ……죄송해요, 에미 선배. 바쁜 중에 알바 시간 변경을 부탁드려서."

"우리 귀여운 후배의 생일이니까 이 정도는 뭐. ……그럼 주문은? 전 품목 무료……라고 하면 점장님이 울 테니까 그건 어렵겠지만 반값으로는 해줄게."

"감사합니다."

안내된 테이블에서 우미와 천천히 상의하며 지금 먹고 싶은 것을 주문했다. 만약 평소처럼 주말 저녁이라면 상식적인 예산 범위에서만 돈을 쓰겠지만, 오늘은 특별하니까.

대용량 치킨, 치즈와 마늘 등이 잔뜩 토핑된 피자에 식후 디저트까지……. 1차 노래방에서 소비한 칼로리를 이걸로 든든히 채워 내일을 위한 활력으로 삼을 셈이다.

……내일도 학교에 가야 하는데 마늘을 먹다니 좀 마음에 걸리기도 했지만, 그건 적당히 거리를 두고 대화하는 식으로 잘 조절해야겠다.

물론 우미하고는 달라붙어 있을 거지만.

"네, 감사합니다. 주문 상품은 이게 전부인데, 혹시 다른 필요한 것이 있으면 언제든 연락 주세요. 아, 그리고 우미, 잠깐만."

"네? 저요?"

"이 선배님이 살짝 조언을 해주려는데……. 귀 좀 이리 줘볼래?"

카운터에서 몸을 내민 에미 선배가 우미에게 뭘 속삭이자, 그 순간 우미의 뺨이 서서히 발그레해졌다.

"――그러니 이 언니의 조언은 이상입니다. 우미, 오늘 힘내. 응원할게."

"나카타 씨도 참……. 마키, 빨리 집에 가자."

"아, 응……."

히죽거리는 얼굴로 손을 흔드는 에미 선배한테 다시금 인사한 후 우리는 집으로 향했다.

아마 쓸데없는 소리를 했을 듯한데……. 평소에는 든든하고 마음씨 좋은 누나지만 연애 이야기만 나오면 갑자기 편향적인 (그러면서 풍부한) 지식을 자랑해서 좀 난처하다.

에미 선배는 말도 잘하고 듣기도 잘해서 나도 자주 사적인 일까지 털어놓고 말지만, 앞으로는 조심 좀 해야 할 것 같다.

"마키, 저녁 먹기 전에 세탁할 거니까 먼저 옷부터 갈아입고 와. 나도 너 끝나면 갈아입을게."

"응, 그럼 먼저…… 아니, 잠깐만."

"왜 그래? 그럼 내가 먼저 옷 갈아입을까? 아니면 오늘은 입을 실내복이 없나? 빨랫거리가 많이 쌓인 듯한데."

"그게 아니고, 또 갈아입을 옷은 엄마 것이 넉넉히 있어서 문제는 없는데……. 우미, 지금 우리 집에서 느긋하게 있을 생각이구나?"

"응, 오늘은 여기서 자고 갈 거라. 아, 엄마한테 허락은 받았어. 마키의 생일이니까 오늘은 특별히 괜찮다고 말이야. 당연하지만 마사키 아주머니께도 연락 및 허락 완료. 엣헴."

"여전히 준비 하나는 철저해……."

오늘만큼은 나도 '잘하면 둘이서 아침까지……' 라고 생각했는데, 이렇게나 일이 순조롭게 진행되다니.

지금까지 교제 기간 중 몇 번 정도 위험한 국면(이성적인 의미에서)이 있긴 했지만, 어떻게든 꾹꾹 참고 선을 넘지 않은 채 건전한 관계를 유지하길 잘했다.

……물론 오늘도 여러 부분에서 참아야 한다는 건 안다.

옷을 갈아입기 전에 우미의 어머니인 소라 아주머니께 감사하다는 연락, 그리고 내일 아침 일찍 우미를 바래다주겠다는 것+함께 아침을 먹기로 약속한 후, 나는 방금 선물 받은 티셔츠로 갈아입고 우미는 내가 평소 잠옷으로 입는 오버사이즈 티셔츠와 반바지로 갈아입었다.

"! 마키, 그 티셔츠……. 혹시 그거 유우한테 받은 옷?"

"응, 닛타 것은 화려해서 집에서 입는 옷으로는 별로 안 어울리는 느낌이라. ……이게 더 실내복 분위기잖아."

이걸 본 순간 알아차렸지만, 왼쪽 가슴에 디자인된 캐릭터는 지난달에 아마미한테 선물한 것과 똑같은 것이었다.

멋 내기에 좋은지……는 잘 모르겠지만, 사이즈나 착용감이 좋아서 개인적으로 마음에 드는 옷이 될 듯하다.

지난달의 답례도 겸하면서 내가 사용할 상황까지 고려하다니……. 미안함마저 느끼게 될 만큼 아마미가 진지하게 고민해서 골랐다는 걸 알 수 있는 선물이었다.

당연히 닛타와 노조무가 준 것도 포함해서.

"……있잖아, 마키. 식사하다가 더러워질 수도 있으니까 오늘은 그냥 입어보기만 하는 게 어때? 받은 날부터 더럽히면 선물한 유우한테 미안하잖아."

"그런가? 아니, 그럴지도……. 그럼 나도 우미랑 똑같은 옷으로 입을까? 그건 더러워져도 괜찮은데."

"타바스코 얼룩이 잔뜩 남은 그거 말이지?"

"응, 열심히 빨았는데 표백도 안 되고 그냥 남았거든……."

티셔츠는 입어야 의미가 있지만 그 옷을 본 우미의 반응이 그다지 좋지 않아 보여서 나는 별다른 반론을 하지 않고 갈아입기로 했다.

……혹시 우미 눈에는 이 티셔츠가 나한테 별로 안 어울렸나? 하지만 평소의 우미라면 그런 것 신경 안 쓰고 '촌스러운데~' 라면서 어처구니없어해도 당장 옷을 갈아입으라고 재촉하지는 않을 텐데.

어쨌든 우미가 조금이라도 '싫다' 라고 하면 나는 그 뜻을 최대한 존중할 뿐이다.

……선물해 준 아마미한테는 미안하지만.

다시금 마음을 다잡고 평상시 옷차림을 한 나는 우미와 함께 늦은 저녁 식사를 들었다.

포장해 가지고 온 지 30분 정도 지났지만, 갓 구워진 뜨끈뜨끈한 피자여서 아직도 따듯했다.

치킨과 포테이토는 오븐 토스터로 가볍게 다시 데우고, 냉동실에서 쨍하게 언 잔에 얼음과 콜라를 그득하게 담았다.

"마키, 생일 축하해. 건배."

"고마워, 우미. ……그럼 건배."

조용해진 실내에서 째앵, 하고 잔 부딪치는 소리가 울렸다.

낮에 친구들과 노래방에서 논 것도 좋았지만, 결국 평소 같은 행동이 제일 마음 편하다.

집요하게 느껴질 정도로 진한 간에 기름진 음식, 그걸 단번에 씻어내리는 탄산음료.

그리고 내 눈앞에는 나를 보고 다정하게 웃어주는 사랑하는 여자친구.

돌이켜보면 우린 여기서 시작됐다.

"마키, 일하는 곳에서 사 온 피자는 맛있습니까~?"

"응. ……우미, 언제까지 스마트폰으로 날 찍으려는 거야? 치즈 다 굳겠다."

"아, 그랬지. ……그럼 아앙~."

"아, 내가 먹여줘야 하는구나……. 자, 아앙~."

"우음……. 후후, 고마워, 마키. 그럼 나도――."

지난주 해수욕 때는 주변 눈도 있어서 자중했지만 이번에는 우리 둘뿐이고, 주말도 아닌데 어째선지 엄마도 오늘 집에 오지 않아서 아예 시작부터 사양하는 티를 내지 않았다.

아마 며칠 후에 이 상황을 다시 되새기면 얼굴에서 불이 뿜어져 나올 만큼 부끄러워 발버둥 치겠지만, 이제 연인이니 이런 장난을 치는 걸 멈출 수가 없다.

"좋아, 어느 정도 먹었으니까 드디어 기대했던 선물 증정 시간을 가져볼까?"

"오, 드디어! 우미, 준비는 다 됐어?"

"응, 아까 촬영한 건 나중에 추가할 거지만."

그러더니 우미가 학교 가방에서 꺼낸 건 낯익은 오래된 앨범이었다. 낯이 익을 수밖에 없는 이유는, 그건 바로 내가 태어나면서부터 유소년기까지의 사진이 담긴 우리 집 앨범이었기 때문이다.

유소년기 이후 언젠가부터 갱신 자체가 멈췄다가 작년 크리스마스에 모두와 함께한 가족사진과 동시에 마침표를 찍은 그것.

"자, 여기."

"고마워. ……앨범 봐도 돼?"

"물론이지. 그러려고 앨범이 있는 건데."

"……그렇지."

작년처럼 나는 첫 장부터 천천히 페이지를 넘겼다.

엄마의 품에 안겨 새근새근 잠든, 갓 태어난 나.

장난감 차 위에 올라탄 채 아빠와 함께 즐겁게 웃는 얼굴로 사진 속에 담긴 세 살 때의 나(사진 가장자리에 매직으로 그렇게 적혀 있음).

더는 기억에 남아 있지 않지만 전부 나한테는 좋은 추억이다.

문득 옛날 일을 떠올리고 코끝이 찡해졌지만 여기까지는 아직 시작에 불과하다.

우미의 선물은 이제부터다.

첫 깜짝 선물은 사진을 찍지 않게 된 직후, 그러니까 원래라면 아무것도 없을 페이지에 있었다.

"? 어어, 이건…… 중학생 때 나잖아?"

"응, 마사키 아주머니가 얼마 전 사용한 스마트폰에 데이터가 남아 있었다고 하시더라. 하는 김에 현상도 부탁드렸어. 아, 그리고 초등학교 졸업식 때 것도 있어. 자, 여기."

"엄마도 참, 이제 없다고 그랬으면서……."

공백이었던 세월을 메우듯 앨범 속 사진에는 당시 다녔던 학교 교문을 배경으로 잘 차려입은 내 모습이 담겨 있다.

이 시절 나는 내 별 볼 일 없는 외모에 콤플렉스를 갖고 있어서, 단체 사진 등 꼭 찍어야 하는 상황을 제외하고는 최대한 사진에 찍히지 않으려고 카메라를 피했다.

이것도 엄마의 부탁에, 엄마 스마트폰에만 저장한다는 조건으로 마지못해 찍었는데……. 그 증거로 내 어깨를 안은 엄마 옆에서 나는 부끄러운 듯 카메라로부터 슬쩍 시선을 피한 자세였다.

그 이외에도 엄마는 조금씩, 몰래 내 사진을 찍었다.

입학식 끝나고 교복 차림의 지친 내가 소파에 앉아 조는 모습, 일 때문에 바쁜 엄마를 위해 아침부터 열심히 집안일을 하는 뒷모습 등……. 시기적으로 보니 최근 것까지 있다.

"자, 마키, 감상은?"

"……앞으로는 카메라를 똑바로 보고 사진을 찍자는 생각을 했습니다."

"후후, 그러네. 마사키 아주머니도 기뻐하실 거야. 우리 엄마도 그렇지만 부모는 자식의 성장을 지켜보는 걸 기뻐하니까."

우미네 가족 앨범을 본 적이 있는데, 우리 집 것과는 비교도 안 될 정도로 몇 권에 걸친 기록이 남아 있었다.

만약 내가 좀 더 솔직했더라면…… 엄마도 소라 아주머니처럼 신나게 내 성장을 기록했을까.

가슴에서 치밀어 오르는 것을 꾹 눌러 참은 채 나는 다음 페이지를 살폈다.

그다음은 드디어 크리스마스부터 지금까지, 바로 여기서부터가 우미의 선물이다.

그다지 의식하지 않았지만 연인이 된 후부터 우리는 자주 사진을 찍었다.

연인으로 함께했던 첫 크리스마스 밤, 아마미와 닛타를 포함해 넷이서 간 첫 참배, 밸런타인데이, 화이트데이, 우미의 생일, 반 대항전 그리고 우미네 할머니 댁 방문까지――. 우미와 둘이서 찍은 것이 중심이었지만, 종종 노조무와 함께 찍은 사진이나 아르바이트 중에 나와 에미 선배, 리쿠 씨나 시즈쿠 씨와 찍은 사진까지 있는 걸 보니 우미가 여러 사람에게서 사진 데이터를 받았나 보다.

이 선물을 전부터 우미는 쭉 준비해 왔다.

"굉장하다. 이렇게 보니까 나 제대로 된 인싸 같은데?"

"후후, 인싸인지는 모르겠지만 어쨌든 지금은 적극적으로 참여하고 있잖아. 봐, 네 눈앞에 이렇게~ 귀여운 여자친구도 있고."

"하긴, 이런 데도 충실하지 않다고 하면 벌 받지."

날짜 순서로 배치되어 있는지 페이지를 넘기면서 사진에도 서서히 익숙한 내 모습이 나타났다.

처음에는 아직 예전 버릇이 남아 있어 얼굴을 살짝 찡그리거나 표정이 굳어 있곤 했지만, 그것도 점차 사라지면서 가장 최근 사진은 아주 자연스럽고 편안하게 웃는 얼굴로 곁에 있는 연인과 뺨을 맞대는 한 장면이 담겨 있었다.

……이 녀석, 정말 행복해 보이는구나.

사진으로 내 모습을 보니 마치 딴사람처럼 느껴졌다.

"엄마도 그렇지만 우미도 내 사진을 많이 찍었구나."

"그렇지 뭐. 같이 찍는 것도 좋지만 자는 얼굴이나 뭔가 열심히 할 때만 볼 수 있는 마키도 있으니까. ……전부 다 멋져, 마키."

"……고마워."

우미가 찍은 사진을 보니 나도 이런 표정을 지을 줄 아는구나 하는 생각이 들었다.

지금까지 나는 남들과 좀 다른 줄 알았다. 부모님의 일 때문에 이곳저곳 지방을 옮겨 다녔고 전학을 갈 때마다 학급 환경에 적응하지 못하며…… 이대로 어딘가 일그러진 채 생활하게 될 거라고 믿으면서.

하지만 전혀 그렇지 않았다.

――'친구'가 생겼으니까.

그 순간, 잠시 참았던 감정을 억누를 수 없게 됐다.

"……마키, 자, 여기 손수건. 아, 코도 풀래?"

"그렇게까지 얼굴이 엉망인 건 아니지만……. 아무튼 고마워."

우미가 건네준 파란 상어 무늬 손수건으로 눈물을 닦자, 그곳에서 우미의 향기가 희미하게 났다.

역시 나는 우미의 향기가 좋다. 우미가 곁에 있기만 해도 불안이 사라지고 고양됐던 감정이 차분해진다.

"그럼 다시금 생일 축하해, 마에하라 마키. ……앞으로도 네 옆에서 쭉 널 지켜보게 해줘."

"응, 이런 나라도 괜찮으면 부탁할게."

눈물이 가라앉자 가슴 한구석이 서서히 따듯해졌다.

정신을 차리고 보니 우리는 어느새 서로의 몸을 끌어안고 바짝 붙어 있었다.

"있잖아, 우미."

"그래. ……자, 이리 온."

"응. ……오늘은 심술 안 부리네?"

"그거야 오늘은 생일이니까 마음껏 응석을 받아줘야지."

"마음껏이면 어느 정도?"

"후후, 어느 정도일까요."

"아, 또 심술이다."

"아하하, 미안, 미안. 마키 얼굴이 귀여워서 그만."

아이가 엄마한테 어리광을 부리는 몸짓으로 내가 우미의 가슴에 얼굴을 묻자, 우미는 그런 나를 포근히 감싸 다정하게 머리를 쓰다듬어 주었다.

친구한테도, 부모님한테도 보일 수 없는 우리 둘만의 비밀.

평소부터 뭐든 잘해주는 우미가 이때는 더 한심한 나를 다 받아주고.

"……계속 이러고 싶어. 내일 연습도 안 나가고."

"마키가 진짜 그러고 싶다면 나도 좋아. 연습 빼먹고 여기서 둘이 느긋하게 시간을 보내는 거야."

"그거 좋은데? ……난 너만 있으면 다른 건 됐어. 우미만 필요해."

"오호, 오늘은 유난히 욕심이 많으시네. 근데 만약 마키가 나만의 것이 되어준다고 한다면 나는 그것만으로도 충분해."

서로 상식은 있으니까 학교를 빼먹고 갑자기 둘이서 모습을 감춘 채 사랑의 도피 같은 짓은 안 하지만, 여기서 하는 이야기는 우리 둘만의 비밀이니까 지금은 무슨 소리를 해도 된다.

그렇게 약한 소리를 하고 서로의 존재에 매달리다가 금세 기운을 되찾고, 또 그걸 다음날의 활력으로 이어나간다.

그게 우리 커플의 방식이다.

"……후우."

"마키, 이제 됐어?"

"솔직히 좀 더 응석 부리고 싶지만……. 아직 식후 디저트도 남았잖아."

"식후 디저트라니……. 야해."

"왜 그쪽으로 상상이 흘러가는 건데……? 사, 사실 그쪽도 생각 안 한 건 아닌데. 나 오, 오늘 생일이니까."

"후후, 그러네. 오늘은 1년에 한 번밖에 없는 마키의 생일이니까. ……그럼 우선 뭐부터 해줄까?"

"……으음."

정작 질문이 나오니 내 얼굴은 부끄러움으로 홧홧해졌다.

아마 오늘은 부탁만 하면 어지간한 건 다 허락해 줄 테지만…… 그래도 정도라는 게 있어서.

"새삼 뭘 그렇게 부끄러워해? 나도 오늘은 애쓰고 있단 말이야."

"그, 그렇지? 미안. ……그럼 저어, 같이 목욕을……."

"윽……. 그, 그래, 좋아. 얼마 전에 노천탕에서는 그러지 못했지만 오늘은 특별히 등도 밀어줄게. ……저어, 만약 마키가 원한다면 그, 아, 앞도……."

"그, 그건…………………… 사, 사양하겠습니다……."

"고민하는 시간이 기네. ……그럼 그건 상황에 따라 임기응변에 맡기기로……."

"으, 응. 그렇게 부탁합니다……."

우미가 준 마음 가득한 '선물'로 만족한 나지만, 내 생일은 좀 더 이어질 성싶다.

……아무튼 내일 지장이 없도록 최대한 체력 보존부터 해야겠다.

이튿날, 무사히(?) 생일날을 보낸 나를 기다렸던 건 쨍쨍하게 내리쬐는 한여름의 햇살이었다.

당연히 각오는 했지만, 막상 운동장에 나가자 그나마 있던 각오마저 완전히 쪼그라들어 당장에 시원한 학교 건물 안으로 피난 가고 싶어진다.

"으아, 힘들다~……. 더워 죽겠는데 이렇게 다들 우글우글 모여서……. 유우찡, 나 뒤에 좀 숨자."

"별로 그럴 의미 없을 텐데……. 그치, 우미?"

"맞아, 근데 유우는 나한테 좀 떨어져 있으면 좋겠어. 바짝 붙으면 더워서."

"에엥~."

"뭐가 에엥이야."

"……자기는 마키한테 딱 붙어 있으면서."

"……마키는 특별하니까 괜찮아."

반은 서로 다르지만 체육제에서는 한 팀이어서 각각의 종목 연습 이외에는 한동안 이 넷이서 함께 행동하게 될 것 같다.

체육제에서 청팀인 나는 파란 머리띠를 두르고 앞으로 할 연습과 다음 달의 본 행사를 위해 단단히 마음을 다잡았다.

문득 궁금해져서 옆에 있는 우미의 옆얼굴을 바라봤다.

선명한 파란색 머리띠를 두르고 진지한 표정을 짓는 체육복 차림의 우미……. 역시 우미는 뭘 입어도 잘 어울린다.

반 대항전 때와 마찬가지로 머리를 뒤로 묶었지만 그때보다 조금 머리가 길어진 듯하다.

"? 왜 그래, 마키?"

"아, 응. 머리가 좀 길지 않았나 해서……."

"티가 나? 에헤헤, 기분전환 겸해서 좀 길러보려고. 아주 긴 머리까지는 아니더라도. ……마키는 쇼트가 더 좋아?"

"나는 아무거나 상관없지만 굳이 따지자면…… 그, 긴 게 좋을지도."

"오, 왜?"

"그거야 네 머리는 매끄럽고 결도 좋으니까."

그러면서 나는 아주 자연스럽게 우미의 앞머리로 손을 뻗어 살살 만졌다.

요즘 둘이서 장난칠 때 서로의 머리칼을 자주 만지는데, 나는 우미의 머리를 만지는 게 참 좋다. 우미 곁에는 늘 아마미가 있어서 머릿결이 눈에 잘 띄지 않지만 한 올 한 올의 촉감이 좋고 윤기가 흐른다.

물론 내가 제일 좋아하는 여자애니까 그렇게 느끼는 것일지도 모르지만 머리끝부터 발끝까지 우미가 고쳐야 할 곳은 단 하나도 없다. 지금 나한테는 우미가 제일 예쁘고 귀엽다.

몸도, 마음도.

"마, 마키, 저어……."

"응?"

"이제 손 좀, 떼주면 좋겠는데."

"……아."

나도 모르게 평소처럼 만지고 말았지만, 이곳이 공공장소임을 잊어서는 안 된다.

평소처럼……. 그러니까 어젯밤 한 침대에서 잘 때처럼 사랑스럽게 어루만지는 식으로. 게다가 그 사실을 모르는 두 사람 바로 앞에서.

"……엇, 설마 너희 다음 날 연습이 있는데 밤새도록――."

"아, 아니야! 그, 그거야 마키네 집 침대에서 함께 잤으니까 어느 정도는, 그, 아무 일이 없었던 건 아니지만……. 그건 마키의 생일이니까 특별히――."

"우, 우미, 진정해. 더 얘기하면 다 폭로하는 게 되니까."

"아……."

"너, 너희 참 야하다……."

"유우…… 그, 그런 거 아니야. 그리고 미묘하게 거리 벌리지 마."

결국 어젯밤부터 우미와 단 한시도 떨어져 있지 않고 지낸 게 들통난 바람에, 이거 오전 내내 두 소녀로부터 질문 공세를 받을 판이다.

……아직 몸은 조금도 움직이지 않았는데 벌써부터 목덜미에서 땀이 줄줄 흐른다.

오늘은 첫날이라 팀별로 응원 연습을 중심으로 할 예정이다. 내용은 이미 상급생들이 정해 놓아서 응원 시합 중에 부를 응원가(인기곡을 개사한 노래)의 가사 카드가 모두에게 배부되었다.

"응원 시합용 패널도 만들었으니까 각자 받으러 와주세요~. 그리고 패널 뒤 오른쪽 상단에 번호를 적어 뒀으니 자기 출석 번호와 같은 거로 가지고 가세요."

"……무거워."

소품 담당 야마시타와 그걸 돕는 (듯한) 아라에가 커다란 상자를 안고 왔다. 패널은 두꺼운 종이로 만들어져 있었지만, 한 반 전체 분량이 되니 옮기는 것도 중노동이다.

응원가에 맞춰 모두가 가진 패널로 그림과 문자를 표현한단다.

"번호별로 보여야 할 패널 색이 다르니까 옆 사람과 똑같은 색으로 해봤자 소용없어. ……연습도 독하게 할 테니까 각오해."

아라에가 청팀 연습 지도 담당인지 다른 때보다 무서운 눈빛으로 노려봤다. 원래 이런 일에 진지하게 임하는 사람인 건 알지만, 상급생한테도 가차 없이 위압적인 태도를 보이는 게 참 아라에답다.

——야, 아라에 선배, 진짜 멋있다.

——그치? 고고한 존재라는 느낌? 동경의 대상이야~.

"……거기 1학년. 수다는 쉴 때만 해."

""네, 죄송합니다, 선배!""

그리고 의외로 아라에는 1학년 여학생들 사이에서 알게 모르게 인기를 얻는 분위기였다.

내가 보기에는 여전히 조금 다가가기 힘든 애지만……. 그게 오히려 후배들한테는 '무섭다' 보다는 '든든하게' 비치는 것일지도 모른다.

대체 누가 정했는지 알 수 없지만, 상급생과 하급생을 포함한 집단을 이끄는 데 아라에가 최적임은 분명하다.

순간 눈이 마주친 나카무라가 이쪽을 향해 윙크를 날린 것처럼 보였는데……. 아마도 내 착각이리라.

어쨌든 아라에가 이렇게 애쓰고 있으니 나도 불평불만 쏟아내는 일 없이 노력해야겠다.

"마키, 오늘 하루 열심히 하자."

"응. ……그리고, 이따가 오후부터는 살살 부탁해."

"후후, 어떻게 할까~. 아무튼 다치게는 안 할게."

"그것 말고 또 뭔가 있다는 식으로 들리는데……."

운 좋게도 자리 순서가 내 바로 뒤에 우미가 있어서 싫증나는 일 없이 오전의 응원 연습에 힘을 쏟을 수 있을 듯하다.

오후에는 우미와 함께 이인삼각 연습을 해야 하니 그걸 위해 체력도 보존해야 한다.

또한 우리가 나누는 대화도 아라에한테는 다 들킨 것 같지만 다행히 혀만 차고 그냥 넘어가 주었다.

……앞으로 둘이 몰래 장난칠 때는 좀 더 주의해야지.

"――좋아, 일단 오늘 응원 연습은 이걸로 끝이야. 체육제까지 아직 시간이 있지만 다음 연습 때까지 각자 잘 외워 오도록 해."

조금 무리한 요구를 하는 무시무시한 교관 아라에의 말을 끝으로, 일단 오전 파트는 마무리되고 점심시간이 되었다.

아까 우미와 이야기했던 대로 전체 연습인 오전과 달리, 휴식이 끝난 오후부터는 출전 종목별로 각자 개인 연습을 해야 한다.

해수욕 이후 집에서 한 발자국도 나오지 않고 게으르게 지냈지만, 오랜만에 나도 둔해진 몸에 활기를 좀 넣어야겠다. 그전에 우선 배부터 채워야 하지만.

"후우~. 덥고 배고프고……. 유우찡, 얼른 학생 식당 아니면 매점에 가자. 거기 닭살 커플은 어떻게 할래? 둘이서 즐겁게 도시락? 보나 마나 오늘 아침에 같이 도시락을 쌌겠지."

"니나, 너도 참……. 아니, 이 날씨에 도시락을 싸면 상하니까 오늘은 엄마한테 점심값 받았어. 그치?"

"응. ……어째서인지 내 몫까지."

전날 약속한 대로 아침에는 일찍 우미를 집까지 바래다주는 김에 우미네 집에서 아침 식사까지 얻어먹었는데, 오늘 점심 이야기가 나왔을 때 소라 아주머니는 내 점심값까지 함께 주셨다.

처음에 나는 거절했지만 소라 아주머니는 '항상 주말에 우리 딸이 신세 진 것에 대한 답례' 라며 500엔 동전 하나를 내어주셨다.

우미는 '요즘 오빠가 없으니까 엄마도 챙겨줄 사람이 없어 외로운가 봐' 라고 했는데……. 어쩐지 내가 점점 '아사나기 집안' 의 아들이 되는 기분이 자꾸만 든다.

……하긴 우미까지 포함해서 아사나기 가족은 모두 좋고, 정말로 그 일원이 되어도 괜찮지 않을까 하는 생각이 없지는 않지만.

언젠가 소라 아주머니와 다이치 아저씨를 '장모님' '장인어른' 이라고 부를 날이 머지않은 것만큼은 분명하다.

"하여간 위원장 너네는 진도가 술술 나가는구나……. 그럼 넷이서 학생 식당에 가지 뭐~."

"아, 니나치, 미안하지만 나는 좀……."

"음? 왜 그래, 유우찡? ……아, 혹시 백보드 일 때문에?"

"에헤헤……. 응. 사실 2, 3일 전부터 작업을 시작했거든. 내가 올해 청팀 디자인 담당이 됐어."

"디자인이라면…… 혹시 책임자 뭐 그런 거야?"

"응, 근데 선배들도 도와줘. 하지만 나를 중심으로 움직이는 식이긴 해."

아마미의 그림 실력은 이미 문화제에서 충분히 증명됐지만, 상급생들도 그 능력에 공감한 모양이다.

문화제 이후 아마미가 한가할 때는 종종 일러스트를 그렸다는데(우미가 준 확실한 정보), 그 덕분에 감성이 더욱 발전된 게 아닐까 싶다.

"그건 그것대로 좋은 일이지만……. 유우 너 너무 무리하는 거 아니야? 그림 실력이 좋다는 그 이유 하나로 억지로 하는 건 아니지?"

"후후, 우미도 참, 걱정은 많아서……. 괜찮아. 기왕 할 거면 오랜만에 최선을 다하고 싶어서 내가 먼저 지원한 거고 선배들도 허락했어. 나기사와 야마도 그렇게 열심히 하는데 그냥 있을 수는 없잖아? 올해 내가 얼마나 의욕적인데."

아마미는 그렇게 말하며 활기찬 웃음으로 주먹을 꽉 쥐어 보였다.

아마미가 원한 것이라면 우리가 더는 참견할 필요는 없다. 그저 아마미의 노력하는 모습을 지켜보며 응원만 하면 된다.

"그러니까 아마미 유우, 다녀오겠습니다! ……그럼 우미, 이따가 오후에 보자."

"응, 잘하고 와, 유우."

"에헤헤, 응. 다 끝나면 잘했다고 해주기야."

그러면서 아마미는 혼자 백보드 작업장인 체육관 뒤편으로 향했다.

앞으로 체육제가 끝나기 전까지 이렇게 한두 명은 따로 움직일 기회도 많아질 것이다. 솔직히 아쉬운 기분도 들지만 그건 다음 달까지 참으면 될 일이다.

……그리고 나한테는 우미가 있으니 그렇게까지 큰 문제도

아니고.

다시금 마음을 다잡고 나와 우미, 닛타 셋이서 학생 식당으로 향했다.

다들 같은 생각인지 이미 학생 식당의 자리는 거의 만원이었다. 매점에서 빵이나 주먹밥을 사도 되겠지만 점심시간만이라도 시원한 실내에 있고 싶다.

다만 교실은 학생들이 없다는 이유로 에어컨 전원이 다 꺼진 상태다.

"이 상태라면 점심시간이 끝날 때까지 자리가 안 나겠어~. 위원장, 어디 좋은 데 없어? 옥상이나 선생님들만 아는 휴게 공간이라거나. 시원하지만 너무 우중충하지 않은 곳 말이야."

"……아쉽지만 그런 곳은 없을걸. 우중충한 게 괜찮다면 얼마든지 있지만."

"그런 데는 또 있구나. ……하지만 몰래 숨는 짓은 싫은데."

문화제처럼 이런 이벤트 기간에는 학교 부지에 인적이 없는 곳이 없어서 선택지가 확 줄어든다.

주문 전에 어디 앉을 곳이 없나 둘러보는데 마침 구석에서 손을 드는 사람 그림자가 시야 안에 들어왔다.

"——선배, 마에하라 선배!"

"어어, 타키자와?"

"자리 찾으시는 거라면 여기로 오세요. 마침 확보 완료했으니까요."

우리에게 시원한 표정을 보이는 이는 타키자와였다. 학생 식당은 거의 자리가 꽉 찬 데다 주변이 시끄러웠는데도 그 목소리는 낭랑한 데다 존재감까지 느껴졌다.

"타키자와가 저러는데 어떻게 할래?"

"다른 곳은 자리가 없어 보이니까 그냥 가서 앉자. ……근데 니나, 왜 뒤에 숨는 거야?"

"그게~…… 너무 갑작스러워서 나도 모르게. 물론 나는 찬성이야."

"그래? 마키, 우리는 그러고 싶은데."

"응, 그럼 그렇게 하자."

닛타의 태도가 묘하게 신경 쓰이긴 했지만 달리 앉을 곳도 없어서 식당 구석에 놓인 4인용 테이블로 향했다.

"오랜만이에요. 이렇게 만나는 건 해수욕 이후 처음이네요. 그때는 정말 감사했습니다."

"아니, 나야말로……. 근데 정말 우리가 여기 앉아도 돼? 혹시 학생회 애들을 기다렸던 건 아니고?"

"원래는 그랬는데 저 말고 다른 멤버들은 바쁜가 봐요……. 그러니까 신경 안 쓰셔도 돼요."

테이블 중심에 '학생회 우선 좌석'이라고 붙은 스티커 때문에 다른 학생들이 앉으려 하지 않았나 보다.

학생회 사람과 친해지면 이런 부분에서 소소한 혜택을 볼 때가 있다.

"고생이 많네요. 그런데 아마미 선배는 안 보이는데……."

"유우는 백보드 일로 우리랑 따로 행동 중이야. ……그러고 보니 타키자와는 나카무라랑 같이 안 있네?"

"아하하……. 그게 오늘 아침에 점심 얘기를 꺼냈더니 선배가 '갈 수 있으면 갈게' 라고만 대답하더라고요."

"……아이고."

나카무라와 한 팀이어서 오전 연습 때 함께 있었지만 별달리 이상한 점도 없었고, 체육제 관련 업무를 두고 같은 반인 우미에게 우는소리를 하며 매달리는 일도 없었다.

즉, 우리한테는 평소의 나카무라였지만…… 그 상대가 타키자와만 되면 갑자기 태도가 달라지는 모양이다.

"타키자와, 그 이후 일 말인데."

"……그전에 주문부터 하는 게 어떨까요. 여긴 우선 좌석이긴 하지만 그렇다고 해서 너무 오래 자리를 차지하면 안 돼서."

우미와 닛타한테는 자리를 잡게 해두고, 나와 타키자와는 네 명분의 식권을 사기로 했다. 주변에 사람들은 많았지만 다들 각자 이야기에 빠져 있어서 아주 큰 소리로 떠들지 않는 한 누가 내용을 들을 가능성은 없었다.

"저어, 마에하라 선배."

"……응."

"미오 선배한테 고백했어요."

"……그랬구나. 언제?"

"별장에서 돌아오고 니토리 선배 집에서 해산한 후, 지난 이틀 동안 했던 불꽃놀이랑 담력 테스트 등의 이야기를 하며 집에 돌아갈 때요……. 그때 갑자기 확 해버렸어요."

타키자와는 내 조언을 그대로 실행했나 보다.

……그건 다행이지만.

"그, 그래서 결과는……."

"네, 고백한 것까지는 좋았는데 선배가 바로 도망가 버렸어요."

"세상에……. 아무 대답도 없이?"

"네. ……얼굴이 새빨개지더니 바로 뛰어가 버리지 뭐예요. 그리고 지금 이렇게 됐고요. 일할 때나 학생회 멤버들이 있을 때는 아무렇지도 않게 저와 대화하지만요."

"으음~. 반응은 나쁘지 않은데……."

어쨌든 타키자와는 용기를 내어 한 걸음 내디뎠다. 그러니 이제 남은 건 나카무라의 대답을 기다리는 수밖에 없다.

후배의 고백을 정면에서 듣고 얼굴을 붉히며 부끄러움을 이기지 못해 도망쳤다니……. 표표하고 늘 자유롭게만 보이던 나카무라였지만, 담력 테스트 때 보였던 것처럼 귀여운 면모도 갖추고 있는 건 분명했다.

"일단 상황은 알겠어. 남은 건 우미가 슬쩍 알아볼 테니까 타키자와는 우선 학생회 일에만 집중해."

"……죄송해요, 선배. 이렇게 폐를 끼치게 됐네요."

"이왕 거들게 된 거 마지막까지 책임지고 도울게."

그런데 자꾸만 타키자와가 낮은 태도로 공손하게 대답해서 주변 사람이 보면 내가 선배랍시고 거만을 떠는 것처럼 보일지도 모르겠다.

키, 운동 신경, 외모, 의사소통 능력, 인망까지……. 나이 빼고는 모두 나보다 뛰어난 타키자와가 나한테 열심히 고개를 숙이는 모습은 일부 사람들에게 깜짝 놀랄 광경일 것이다.

당연히 이 모습을 본 다른 반과 다른 학년 학생들의 수군거리는 소리가 여기까지 들렸지만, 그건 나한테 늘 있었던 일이다.

잡음 따위 신경 쓰지 말고 나를 소중히 생각해 주는 사람의 목소리만 놓치지 않도록 귀를 기울이면 된다.

"타키자와, 오늘의 점심은 A로 할래, B로 할래?"

"그러면 오후는 종목 연습이 중심이니까 체력상 힘들 듯하니 든든하게 먹을 수 있는 거로…… 음?"

조금만 더 있으면 우리 차례인데 갑자기 타키자와가 뒤를 휙 돌았다.

방금까지만 해도 생글거리는 표정이 싹 달라지다니 심각한 얼굴로 뭔가를 찾는지 주변을 두리번거렸다.

"……타키자와, 왜 그래?"

"! 아, 아니에요. 누가 부른 느낌이……. 선배가 못 들었다면 제가 착각했던 거겠죠. 선배는 무슨 소리 들었어요?"

"? 아니, 난 아무것도……."

다시금 귀를 쫑긋 세웠지만 별다른 것은 들리지 않았다.

어째서인지 아마미나 타키자와를 비롯해 학교의 인기인 옆에 있는, 별 볼 일 없이 생긴 남학생. 대체로 귀에 걸려드는 정보는 그 정도일 것 같다.

"……그러네요. 선배, 역시 제 착각이니까 그냥 잊어주세요. ……으음, 오늘의 런치 얘기를 하던 중이었죠? 그럼 저는 B로

먹을래요. 나폴리탄이랑 오므라이스 세트로."

"오, 그거 좋다. 나도 그거로 할까."

다시 마음을 다잡고 인원수에 맞춰 주문한 음식을 받아, 학생들로 떠들썩한 학생 식당을 요리조리 지나서 우미와 닛타가 기다리는 자리로 돌아갔다.

"……뭐 이상한 건 없는데."

혹시 몰라 신중히 귀를 기울여봤지만, 이미 다른 화젯거리로 넘어갔는지 나와 타키자와에 대해 이야기하는 사람은 없었다.

타키자와가 대체 무슨 소리를 들었는지 알 수는 없지만 이보다 더한 일은 제발 없으면 좋겠다.

점심 식사를 마치고 운동장으로 돌아가자 예정대로 경기 출전 멤버별로 나뉘어 종목별 연습이 시작됐다.

이제부터 우미랑 계속 연습할 수 있겠다며…… 기뻐하고 싶지만, 그 전에 남녀 혼합의 이인삼각 조에 입후보해서 정식 인정을 받아야 한다.

물론 대번에 '남녀 한 조로 나가고 싶습니다!' 라며 손을 번쩍 드는 콤비는 아마 나와 우미밖에 없을 테니 쉽게 해결될 문제라고…… 생각했지만.

"……아, 타키자와도 이인삼각에 나가는구나?"

"네. 학생회 일도 있어서 원래는 릴레이에만 출전할 예정이었는데……. 인원수 때문에 여러 개 동시에 참여해야 해서요."

이야기를 들어보니 타키자와의 반은 남학생 숫자가 비교적 적은 편이라 다른 경기에 나가지 않을 수가 없었단다.

타키자와가 나서주니 든든하긴 하지만……. 의외였던 건 또 다른 멤버의 존재였다.

"…………으음."

"나카무라, 너 혼자 뭐 하는 거야? 모처럼 이렇게 된 거 우리 옆으로 와."

"아사나기……. 아니, 그래도……."

각 반에서 최소 두 명 이상의 참가가 의무적인 이인삼각에서 우미와 함께 또 한 명, 11반에서 참가하는 건 바로 나카무라였다.

나와 우미 커플+타키자와로부터 미묘하게 거리를 두며 나카무라는 우리 쪽을 가만히 쳐다보았다.

같이 얘기하고 싶으면 평소처럼 거침없이 다가오면 될 텐데……. 그렇게나 우리 옆에 있는 후배 남자애가 신경 쓰이는 걸까.

"어휴, 답답해……. 나카무라, 빨리 와."

"아, 아사나기, 잠깐만——."

웬일로 꼼지락거리기만 하는 나카무라의 손을 우미가 반쯤 잡아끌다시피 하며 우리 쪽으로 끼어들었다.

그 순간 문득 이 학생회 콤비의 눈이 마주친 것을 목격했다.

"아, 안녕하세요, 미오 선배."

"소우지……. 으, 응, 안녕."

……저 둘, 어떻게 이렇게 낯간지러운 분위기를 내는 건지.

얼마 전 고백 사건도 있어서 어색한 느낌이 나는 거야 어쩔 수 없지만, 이렇게까지 답답한 건 예전의 우미와 나 사이에서도 없었던 일이다.

물론 이 둘을 가까이에서 지켜보면 자꾸만 챙겨주고 싶다. 새삼스럽지만 우미의 심정이 절절히 이해됐다.

"아니, 그보다 소우지, 이런 곳에서 딴청이나 피우다니. 너 일은 안 해? 회계 담당인 못치가 '바빠죽겠어~!' 라고 우는소리를 하던데."

"모치즈키한테는 나중에 사과할게요. ……그런 미오 선배야말로 도망쳤으면서."

"으윽……."

나직이 중얼거린 타키자와의 말에 저도 모르게 신음하는 나카무라.

지금 그 말에 나카무라가 뜨끔한 모양이다.

"그, 그거야 네가 갑자기 그런 소리를 하니까……."

"그런 소리요? 그런 소리가 뭔데요? 제가 선배한테 무슨 말이라도 했나요?"

"으으……. 너, 너 회장인 나한테 그렇게 건방지게 말대꾸나 하고……."

3학년 대표가 앞으로의 연습에 관해 설명하는데도 그건 듣지도 않은 채 타 학생들의 모범이 되어야 할 회장과 부회장 학생회 콤비는 둘이서 소곤소곤 실랑이를 벌이고 있다.

마치 싸우는 듯 보이지만 두 사람의 관계를 아는 나와 우미의 눈에는 장난이라도 치는 것처럼 비쳤다.

싸움이 아니라 살살 깨무는 그런 식으로 말이다.

……이 상황에서 왜 사귀는 걸 망설이는 건지.

"——그럼 지금부터 조를 짜고자 하는데, 미리 정해놓은 사람이 있다면……."

""네, 남녀 혼합이요.""

두 사람이 설명은 제대로 듣지도 않고 티격태격하는 사이, 나와 우미는 제일 먼저 손을 들었다. 갑자기 남녀 혼합을 희망하는 시점에서 우리가 연인이라는 걸 선언하는 듯해서 살짝 부끄러웠지만, 우미와 이인삼각에 확실히 나가려면 어쩔 수가 없다.

우리가 하도 의욕적으로 나서는 바람에 다른 멤버들에게서도 쿡쿡거리는 웃음소리가 터져 나왔다.

노린 것은 아니었지만 금세 이 자리의 분위기가 화기애애해졌다.

"알겠습니다. 그럼 다른 희망이 없으면 남녀 혼합 쪽의 이인삼각은 마에하라, 아사나기 학생으로 조를 짜는 것으로——."

"……아뇨, 잠깐만요."

다른 희망자도 없어서 그냥 이대로 정해지려는 순간, 한 명의 학생이 손을 들었다.

마치 시범이라도 보이듯 깔끔한 자세로 곧게 팔을 든 사람은 바로 타키자와였다.

"어? 소우지, 너 대체 뭘……."

"모처럼 새로운 학생회가 발족한 후 처음으로 임하는 공개적인 이벤트니까 우리 학생회 인원이 솔선해서 행사를 잘 이끌어가는 게 좋겠어요……. 그러니까 선배, 저랑 같이 나가죠."

"뭐, 뭐어~……?!"

이렇게 될 줄 전혀 몰랐는지 의표를 찔린 나카무라의 뺨이 살짝 붉게 물들었다.

무난하게 나랑 우미로 결정될 거라 생각했던 직후의 '잠깐'이란 말에 주위의 시선이 순식간에 우리에게 모였다.

——어? 이 상황은 또 뭐래?

——글쎄? 뭔가 다투는 분위기는 아닌데…….

——평소에 사이가 좋아 보이긴 했지만, 혹시 회장이랑 부회장이 사귀는 거 아니야?

나와 우미 둘과 대치하는 타키자와와 그 뒤에서 얼굴을 붉히며 손을 꼼지락거리는 나카무라의 모습은 그야말로 웅성대기 좋은 화젯거리였다.

"——우미, 마키."

"! 유우."

"아마미, 무슨 일이야? 릴레이 연습은?"

"에헤헤, 소란스럽길래 뭔가 궁금해서 와봤어……. 어, 혹시 조를 정하는 데 문제라도 있는 거니?"

"응, 나랑 우미가 남녀 혼합조로 입후보했는데…… 타키자와와 나카무라도 나가고 싶대."

"아아……. 그러고 보니 남녀 혼합조는 하나밖에 못 나가는 거였지."

출전하는 모든 멤버가 서로 마음이 맞는 사람과 함께 경기에 나가면 그게 제일 바람직하겠지만, 규칙이 존재하는 한 어떻게든 대화로 정하는 수밖에 없다.

……원만하게, 모두가 받아들일 수 있는 형태로.

"우미, 어떻게 할까?"

"사정을 아는 입장이라 양보해 주고 싶긴 하지만. ……그래도 마키와 나 둘이서 이인삼각 경기에 나가니까 사진 찍어달라고 벌써 엄마한테 부탁했고. 엄마도 바로 허락할 정도로 신이 났는걸."

"벌써 그렇게……. 하긴 나도 우미 너랑 마음은 같지만."

아무리 후배를 위해서라고 해도 우리한테도 양보할 수 없는 게 있다.

운동 신경이나 능력 면에서는 이길 수 없을지 몰라도……. 우리는 의욕과 궁합만큼은 그 누구에게도 뒤지지 않는다.

"타키자와."

"네."

"일단 묻겠는데, 물러설 생각은 없지?"

"갑자기 끼어들어서 죄송하지만…… 네, 그래요. 저는 후년에도 기회가 있겠지만, 미오 선배와 같이 나갈 체육제는 이번밖에 없으니까요."

격년으로 개최되는 행사인 이상 나랑 마찬가지로, 1학년인 타키자와도 좋아하는 사람과 참가할 수 있는 체육제는 이번뿐이다.

나도 우미도 고집스러운 면모가 있지만 이번에는 타키자와도 유난히 결심이 굳은 듯했다.

기본적으로는 대화로 결정해야 하지만 그게 어려울 때는.

"……그럼 가위바위보로 정할래?"

"……그래요."

결국 최종적으로는 이런 전개다.

"가위바위보라니……. 마키, 그렇게 운에 맡겨서 정해도 되니? 이럴 때는 '누구의 사랑이 더 큰지 승부다~!' 하는 식으로 갈 줄 알았는데……."

"사랑이라니……. 그럼 실력 승부라는 뜻이야? 그래, 지금 유우의 말대로 그렇게 하는 편이 차이가 확실히 나니까 오히려 뒤끝이 없을 듯한데……. 나와 마키는 그렇다 치고, 이번에는 일부러 져버리는 짓을 할 것 같은 사람이 말이야. 안 그래, 나카무라?"

"으윽……. 무, 무슨 말씀이신지……. 휴우, 피, 피유웃~."

"미오 선배, 원래 그렇게 휘파람을 못 불었어요……?"

서로 진지하게 맞붙어 결판을 내는 것도 좋지만, 정곡을 찔리는 바람에 허둥대는 나카무라의 태도를 보니 역시 타키자와가 너무나도 불쌍해 보였다.

아무리 가위바위보라도 약간의 밀고 당기기나 심리전이 존재하지만, 기본적으로는 누구에게나 평등하다고 볼 수 있다.

"미오 선배, 제가 이기면 같이 이인삼각 경기에 나가줄 거죠?"

"……아아, 정말이지. 알았어. 내 납작 가슴이 그렇게나 좋으면 네가 원하는 만큼 들이밀어 줄 테니까."

"이인삼각이 그렇게 음흉한 경기였었나……?"

아무튼 상황이 정리됐으니 대표를 맡은 상급생에게 잠시 양해를 구하고, 무리에서 벗어난 우리 넷은 운동장 구석으로 이동했다. 물론 이 자리에서는 외부인이지만 어쩌다 보니 아마미도 함께 가게 됐다.

"나 참, 진지하게 임해야 할 체육제에 사적인 감정을 개입하다니……. 담력 테스트 때부터 느낀 거지만 왜 그렇게 나랑 소우지를 붙여놓지 못해서 안달이야? 그런 어설픈 연기로 내 질투심을 부추기는 짓까지 벌이고."

"아, 역시 들켰구나."

"당연하지. ……그때는 다소 냉정히 생각하지 못해서 며칠은 머릿속이 계속 복잡했지만."

우리도 결코 재미 삼아 소우지의 고민을 들어준 건 아니지만, 나카무라도 자기 나름의 생각과 이유가 있어서 최대한 고백받지 않도록, 그러면서 설령 고백받아도 대답을 미루려 애쓴 모양이었다.

"이런 곳에서 할 얘기는 아니지만……. 저어, 나카무라."

"……응."

"다시 묻겠는데 타키자와를 어떻게 생각해?"

"어떻게 생각하느냐니, 그게 무슨 뜻인데?"

"이성으로 의식하느냐 이 말이야."

"직설적으로 묻는구나……. 그래, 알았어, 알았다고."

나카무라는 마침내 단념한 듯 어깨를 움츠리더니 나직이 중얼거렸다.

"……조, 좋아해. 하, 한 명의 수컷으로서, 확실하게. 자, 소우지, 이제 됐지?"

"선배……. 네, 고마워요, 정말로."

타키자와 앞에서 처음으로 털어놓은 나카무라의 진짜 마음.

이제야 나카무라도 솔직해지기로 결심한 듯하다.

"뭐, 뭐야, 다들 나를 그런 눈으로 보고……. 뭐, 어때서 그래? 취미도 맞고, 내 이런 천방지축 성격에도 싫은 티 안 내고 다가와 주니까. ……한동안 못 보던 사이에 엄청난 꽃미남이 돼서 놀란 바람에 피했던 것뿐이라고."

"역시나. ……근데 나카무라, 타키자와를 그렇게나 좋아하는데 왜 고백 안 했어? 중학교 졸업하면 한동안 못 볼 텐데."

"그, 그거야, 고백했다가 혹시 거부당할까 봐 무서워서……."

""………….""

뭐 이런 답답한 성격이……. 내가 나카무라에게 그렇게 느끼면 실례일까.

"뭐야 정말. 당시에는 그런 생각이 든 걸 어쩌라고……."

연애에 대해 이렇게까지 소극적인 나카무라를 타키자와는 잘도 여기까지 쫓아온 것 같다.

"좋아~. 뭐가 뭔지 모르겠지만 이제 해결된 거지? 그럼 바로 가위바위보를 시작해 볼까? 대표자는 각각 마키와 타키자와가 나와서 하면 되겠네?"

"유우, 넌 왜 그렇게 신이 난 건데……. 그래, 난 마키한테 다 맡길게. 마키, 힘내."

"그럼 나도. 소우지, 나랑 함께 뛰고 싶으면 꼭 이겨."

각자 사랑하는 여자친구의 응원을 들으며 나와 타키자와는 마주 섰다.

기껏해야 가위바위보일 수 있지만, 그래도 가위바위보로 결과가 정해진다. 거창하게 들릴지 모르겠지만 이런 건 분위기가 중요하다.

"그럼 간다, 타키자와."

"네, 언제든요, 마에하라 선배."

""――가위바위보!""

묘하게 기합이 잔뜩 들어간 가위바위보 외침이 들린 직후.

승패는 금방 결정됐다.

내가 보.

타키자와는 바위.

내가 이겼다.

됐어! 하고 나는 반사적으로 작게 주먹을 꽉 쥐었다.

"와아, 마키, 잘했어!"

"고마워, 우미. 약속한 대로 이겼어."

"헤헤, 난 분명 이길 줄 알았다니까. 마키는 이런 일에는 다른 사람보다 운이 좋으니까."

"그런가……? 아무튼 잘됐어."

이어서 우미가 내 등 뒤에서 날 끌어안았다. 거침없이 부드러운 게 등에 눌리자, 내심 이쪽이 더 기뻤다.

"으……. 미오 선배, 죄송해요. 졌어요."

"아하하, 져버렸네. 넌 예전부터 운이 별로 안 좋다 싶었는데 이번에도 그랬나 봐. ……근데 내가 잘 아는 소우지다 싶어서 오히려 안심했어."

가위바위보에서 지고 만 학생회 콤비였지만, 그다지 억울해 하는 모습은 아니었다.

이인삼각에 나가지 못해도 이제 서로의 마음은 통했다. 이 둘에게 승패는 더는 중요치 않다.

연습 중에도 우미와 알콩달콩한 시간을 보낼 권리……가 아니고 남녀 혼합조로 출전하는 자격을 따냈고, 타키자와와 나카무라의 사이도 잘 이어줬고.

이상적인 결말을 맞이한 우리는 안도감에 가슴을 쓸어내렸다.

"……다들, 좋겠다. 나……나도……."

"? 유우, 왜 그래?"

"! 아, 아니, 아무것도 아니야……. 에헤헤, 너무 땡땡이치고 있으면 혼날 테니까 나도 릴레이 쪽으로 돌아가 볼게. 우미, 마키, 연습 힘내."

"으, 응. 아마미 너도 다치지 말고 조심히 연습해."

"고마워, 마키. 그럼 나중에 보자~!"

밝은 미소와 함께 손을 흔들며 입회인 역할을 마친 아마미가 릴레이 연습을 하러 돌아갔다.

순간적으로 보인 아마미의 울적한 표정이 마음에 걸렸지만…… 일단 지금은 그보다 눈앞에 닥친 연습이 먼저다.

"마키, 모처럼 얻은 기회니까 우리 열심히 하자."

"맞아, 그게 그 둘에 대한 최소한의 예의니까. ……그런데 구체적으로 어떻게 연습하지? 반복 연습이 중요하다는 건 알지만."

속도와 타임도 중요하지만 이인삼각의 핵심은 콤비네이션이다. 최대한 실수하지 않고 코스를 제대로 달릴 수 있는가……. 내 운동 능력이 발목을 잡는 현재, 선두에서 서서 다음 주자에 배턴을 넘기려면 그 부분이 중요하게 작용할 것이다.

"으음~. 타임 자체는 앞으로 '특훈' 으로 어떻게든 될 것 같은데……."

"어떻게든 되게 하려는 거네. ……그래서 다른 건?"

"제일 중요한 점은 우리 둘이 호흡을 맞추는 거니까……. 그럼 연습을 안 할 때도 이인삼각으로 지내보는 건 어때? 등교할 때나 집에서 놀 때도 발목을 묶어서 절로 서로의 몸을 이해하도록 일상생활부터——."

"기각합니다."

"이잉~."

"뭐가 이잉이야. 근데 그 만화 같은 발상은 뭔데?"

"뭐 어때서 그래? ……그럼 우리 둘이 목욕은?"

"…………."

"……그건 또 고민하는구나? 마키 야해."

"고, 고민 안 했어!"

하지만 우미의 의도가 무엇인지는 이해가 됐기에, 앞으로 좀 더 서로에 대해 알아가야 한다는 점은 공감한다.

우미가 어떤 폼으로 뛰는지, 리듬에 어떠한 버릇이 있는지, 호흡은 어떻게 흘러가는지.

당연히 내가 우미를 아는 동시에 우미 역시 내 버릇을 파악해야 한다.

……물론 일상생활이 아니라 어디까지나 운동할 때에만 해당하는 이야기지만.

"우선 오늘은 첫날이니까 주어진 시간까지 운동장 주변부터 뛰자. ……다시 집합할 때까지는 아직 한 시간쯤 남았고, 그 정도면 어느 정도 뭘 해야 좋을지 감이 올 테니까."

"……있잖아, 우미. 설마 지금부터 한 시간 내내 뛰는 건 아니지?"

"어? 뛸 건데……. 아, 첫날은 그냥 가벼운 조깅 속도로 뛰는 것뿐이니까 그건 걱정 마."

"아니, 난 걱정되는데……."

체력 만들기의 일환으로 지금도 종종 우미와 함께 아침 조깅은 하지만, 우미한테는 가벼운 '조깅'이라도 나한테는 이미 70~80퍼센트의 힘을 내지 않으면 도저히 쫓아갈 수 없다.

이럴 때 우미는 꼭 웃으며 험난한 훈련 메뉴를 제시하는 무시무시한 교관으로 변모한다.

……물론 열심히 한 나한테 주는 사탕이 너무나도 달콤해서 나도 필사적으로 노력하지만.

체육제 연습이 시작된 지 2주일 정도가 지났다. 중간에 3일 정도 있던 8월 연휴가 끝나고 8월도 하순에 접어들자, 드디어 본 행사를 향한 준비도 착착 진행되었다. 운동장에서는 외부업체가 각 팀 학생들의 응원석이 될 스탠드를, 또 그 옆에는 실행위원인 학생들이 입장문을 만드는 중이었다. 한편 보호자 및 내빈용 텐트도 차례로 옮겨지고 있었다.

"——그럼 마키, 간다."

"응. ……아마미, 시간 잘 재 줘."

"알았어! 그럼 언제든 시작해."

그런 상황에서 나와 우미는 여전히 이인삼각 연습 중이었다. 학교 밖에서까지 발목을 고정하고 지내지는 않았지만 아침 일찍이나 방과 후에 남는 식으로 연습 시간을 확보하곤 했다.

""……시작!""

우리 둘은 구호를 넣으며 힘차게 첫걸음을 떼고 달렸다. 지금까지 연습한 성과 덕분에 나와 우미의 리듬은 거의 완벽한 상태여서 이제 남은 건 전력 질주를 얼마나 오래 유지할 수 있느냐다.

하나, 둘, 하나, 둘. 이른 아침이라 거의 아무도 없어 전세라도 낸 듯한 상태의 운동장 트랙을 나와 우미는 내달렸다.

"둘 다 힘내~. 조금만 더!"

"마키, 속도가 떨어지고 있어. 좀 더 힘내 봐."

"응, 알고는…… 있는데."

본 경기에서도 쓸 트랙 거리는 한 바퀴에 대략 130m 정도 되는데, 평소 운동을 거의 하지 않는 내 몸으로는 이 거리를 전력으로 달리는 것조차 힘들다.

그래도 우미에게 이끌리는 형태로, 골 지점에서 한 손에 스톱워치를 들고 기다리던 아마미 곁을 지나갔다.

"헉, 헉……. 유우, 시간은 얼마나 나왔어?"

"음……. 아, 아주 조금 줄었네. 0.1초 정도."

나 혼자 뛰어서 그 정도로 시간을 줄였다면 대단한 일이지만, 지금 하는 게 이인삼각임을 잊어서는 안 된다.

방금 뛰었을 때도 그랬지만, 트랙 한 바퀴를 달리는 코스 후반부터 내가 지치는 바람에 우미가 아직 전력을 다하지 못하고 있기 때문이다.

내 달리기 속도를 이 이상 올리기는 어려우니까 남은 건 체력과 근성으로 커버하는 수밖에 없다.

금세 숨을 가다듬은 우미와 그 옆에서 아직도 헐떡대는 나.

내 체력 부족은 자각하고 있었지만 이렇게나 차이가 나는 걸 보니 면목이 없다.

"마키, 그런 얼굴 하지 마. 아직 체육제까지 여유는 있으니까 노력하면 돼, 알았지?"

"……응, 고마워, 우미."

그러나 이제 와서 후회해 봤자 늦었으니 아무튼 본 경기까지 최대한 노력해야만 한다.

다행히 우미와 같이 있어서 연습 의욕은 넘친다. 좋아하는 여자애 앞에서 더는 한심한 꼴을 보이고 싶지 않았으니 말이다.

"애들아, 이제 HR 시작하니까 잠시 교실로 돌아가자. 나도 오늘 최대한 도와줄 테니까 필요한 거 있으면 언제든 말해."

"미안해, 유우. 응원단 연습에 백보드 준비까지 해야 하는데."

같은 팀이라는 이유로 솔선해서 연습을 돕는 아마미 역시 자기가 맡은 일이 많으므로 너무 기댈 수만은 없다.

……다른 사람에게 괜한 폐를 끼치지 않도록 나도 노력해야겠다.

——아, 유우 선배. 안녕하세요~.

——유우 선배, 안녕하세요!

"응, 다들 안녕! 오늘도 더우니까 물 잘 챙겨 마셔."

운동장에서 교실로 돌아가는 길에서도 아마미는 등교 중인 것으로 보이는 1학년들로부터 인사를 받는다. 후배들은 모두 '유우 선배' 라고 부르나 보다.

팀별로 200명 이상의 학생들이 모여 있는 와중에도 아마미의 존재감은 그야말로 군계일학이다. 디자인 담당을 맡은 백보드 쪽에서도, 응원 연습이나 종목별 연습에서도 아마미의 주변에는 상급생과 하급생, 남녀 구분할 것 없이 수많은 학생이 있다.

작년은 문화제여서 그 정도까지는 아니었지만, 다른 학년과도 자주 어울려야 하는 체육제가 되니 아마미가 가진 영향력은 가려지지 않았다.

본인은 얌전히 있을 셈이어도 주변의 눈이 절로 그 태양처럼 빛나는 소녀에게 향하게 되기 때문이다.

아마미는 분명 이 정도는 익숙할 테니 내가 굳이 걱정할 필요도 없겠지만.

"? 왜 그래, 마키? 내 얼굴에 뭐 묻었니?"

"아, 응. 뺨에 흰 페인트가……."

"앗, 정말? 조심할 셈이었는데……. 우미, 이것 좀 닦아주라~."

“응……. 자, 됐어.”

“에헤헤, 고마워. 우미, 사랑해.”

“알았으니까 그만 좀 달라붙어.”

“우으~. 우미는 심술쟁이야~.”

아마미가 힘들기도 하겠지만 지금 그 상황을 즐기는 것으로 보이니 일단 내가 나설 이유는 없을 성싶다.

우미와 아마미가 즐겁게 웃고 있다면 난 그걸로 족하다.

……나도 이 둘처럼 주변 목소리에는 신경 쓰지 않으면 된다.

——야, 저 남학생 말이야. 유우 선배랑 자주 있는데 둘이 친한가?

——글쎄? 근데 소문으로는 여친 있다더라. 그 왜, 아사나기 선배라고 유우 선배랑 늘 함께 다니는 사람 있잖아. 지금도 같이 있고.

——세상에, 양손에 꽃이네. 외모는 저런데도.

——그런 말 하면 어떡해? 들리겠다.

——아하핫.

본인들은 속닥거릴 셈이겠지만 그건 나를 너무 얕보는 짓이다.

평소에 특별히 할 일이 없어서 교실 구석에서 반 아이들의 대화에 귀를 쫑긋 세우며 외톨이로 지낸 나의 귀신처럼 예민한 귀는 여전히 건재한 까닭이다.

그리고 그건 우미와 아마미도 마찬가지였다.

한번 의식하면 신경 쓰고 싶지 않아도 자연히 귀에 들어오는 법이다.

“다 들리는데…….”

“우리랑 같은 청팀인 1학년 애들 둘이구나. ……좋아, 얼굴 외웠다.”

“아하하……. 재들이 무슨 악감정이 있겠어.”

“그게 오히려 문제야. 악감정이 있으면 더 나쁘다고.”

본인들에게는 그저 잡담에 불과하겠지만, 그 화젯거리가 된 우리는 그리 기분이 좋지 못하다.

“……근데 왜 다들 마키를 나쁘게 말하지? 성실하고 노력가고, 여친만 사랑하고, 공부도 잘하는데. 그치, 우미?”

“그러게 말이야. 나와 유우가 옆에 있으면 딱 알아봐야지 말이야.”

“하하……. 사람의 인상이라는 게 원래 외면과 직함으로 판단할 수밖에 없으니까 어쩔 수 없지 뭐.”

나는 다른 사람들이 어찌 생각하든 상관없지만, 나를 잘 평가해 주는 이 둘의 입장에서는 좀 분통이 터지는 모양이다.

그래서 이 체육제에서 조금이라도 그 평가를 뒤집고 싶다.

별 볼 일 없어 보여도, 얼굴이 잘생기지 않아도 할 수 있는 것은 얼마든지 있으니까.

셋이서 남몰래 푸념하고 있는데 어느새 각자의 교실 앞에 도착해 있었다.

그리 칭찬받을 일은 아니지만 이런 대화에라도 빠져 있다 보면 금세 시간을 잊게 된다.

"——그럼 난 우리 반으로 돌아갈게. 마키, 오늘 오후에는 더 독하게 할 거야."

"윽……. 여, 열심히 하겠습니다."

"둘이 의욕이 넘치는구나. 그럼 너희한테 지지 않도록 나도 힘내야겠어."

"유우 넌 이것보다 더 노력하면 힘들 테니까 체육제까지 다치지 말고, 너무 힘을 들이지 않도록 조심해."

"우엥~. 나 아직 더 할 수 있는데~."

아마미는 이렇게 말하지만 이미 팀 대항 릴레이 연습에서는 남자들보다 훨씬 좋은 기록을 내고 있고, 다른 종목에서도 에이스로 활약 중인 듯하다.

청팀의 아이돌과 같은 존재이자 경기에서도 주요 인물이고, 그런데도 행사 준비 활동에서까지 대활약이라니……. 아마미의 잠재력을 고려해 보면 그리 놀라운 일도 아니지만 나도 우미 의견에는 찬성이다.

체력이 넘치는 건 좋지만 마구 쓰는 것도 아깝다. 그걸 체육제 때 크게 터트리기만 해도 충분하기 때문이다.

우미와 잠시 헤어지고 나와 아마미는 우리 반으로 향했다. 이른 아침 연습을 빨리 마무리한 덕분에 교실에는 몇 안 되는 사람만 있는 상태였다. 소품 담당인 야마시타와 반 대표인 아라에(웬일로 일찍 학교에 나오다니) 등이 있는 걸 보니, 체육제 관련 일도 이제 마무리를 향해 가는 것 같다.

"이, 있잖아——."

"! 엇……."

내가 자리로 돌아가려는 순간, 아마미가 내 체육복 옷자락을 잡고 있었다.

"? 어, 왜 그래, 아마미?"

"! 아, 미안. 나도 모르게……. 한마디 잊고 있던 게, 있다고 해야 하나."

돌아보니 당황한 태도로 손을 놓은 아마미가 얼굴을 살짝 붉히며 고개를 숙인 채 우물거렸다.

……아마미한테서 좀처럼 볼 수 없는 모습이었다.

"마키, 있잖아, 아까는 고마웠어."

"어?"

"그, 아까 말이야. 뺨에 페인트 묻은 거 알려줬잖아?"

"? 아아……. 그 정도로 뭘 고맙다고."

솔직히 오히려 그러고 다니는 것도 아마미다워서 좋기만 한데.

내가 그럼 우습지만, 아마미라면 귀엽기만 하다.

"아니, 우리 엄마가 이럴 때는 꼭 고맙다고 해야 한다고 그랬어. ……그러니까 고마워. 마키, 알려줘서."

"아, 응. 그런 거라면 천만의 말씀……이라고 하면 되려나?"

"응."

아마미는 수줍게 웃으며 늘 그랬듯 눈부신 미소로 답했다.

다만 창문에서 비쳐드는 아침 햇살과 어우러져 아마미의 태양처럼 밝은 미소는 나한테는 다소 눈부시게 느껴졌다.

"그, 그럼 나는 내 자리는 이쪽이니까. 미안, 마키, 별일도 아닌데 붙들어서."

"아니야……. 아까 우미도 그랬지만 너무 무리하진 마."

"이제 괜찮으니까. ……후후, 마치 우미가 또 한 명 늘어난 느낌이야."

아마미는 그렇게 말하며 쿡쿡 웃더니 야마시타와 아라에 사이에 끼어들었다.

"야마, 나기사, 안녕~!"

"아마미, 안녕. 헤헤, 이것 봐. 기다리고 기다리던 그게 완성됐어."

"앗, 그럼……."

"봐, 짜잔!"

"! 와! 이, 이거 설마 응원 시합 때 입는……."

"맞아. 아라에와 아마미 너희 몸에 맞춰 제작한 가쿠란 의상이야. 기장은 좀 길게 하고 소매에 프릴을 달면서, 왼쪽 어깨에 각각 패치를 넣으면 어떨까 했지."

"보여줘, 보여줘~! ……아, 왼쪽 어깨에 귀여운 멍멍이가~!"

"그건 아마미 거고, 호랑이 패치가 붙은 건 아라에 거야. 어제 단장한테서 의상을 받았는데 귀여운 맛이 하나도 없어서 내가 살짝 개조했지."

"누가 개조를 '살짝' 했다고 하냐……. 근데 왜 내 옷까지 괜히 손질하는 수고를 들여서."

세 사람의 대화가 궁금했지만, 여자들 대화에 귀를 기울이는 게 어쩐지 미안해서 나는 일단 그쪽에서 관심을 돌리기로 했다.
아마미가 평소와 같다면 나는 그걸로 충분하니까.

연습도 드디어 종반에 접어들면서 오전의 응원 연습도 점차 열기가 더해져 모두 진지한 표정으로 응원단장의 말에 귀를 기울이고 있었다.

——1학년들은 좀 더 소리 크게 해! 그래서는 하나도 안 들려!

——패널을 드는 타이밍이 늦잖아. 한 명이 실수하면 바로 전체적으로 모양새가 안 좋아지니까 완전히 악보를 암기해!

벌써 체육제 날이 된 것처럼 기합을 넣어 소리치는 응원단 중에서, 혼자 긴 금발을 휘날리며 진지하게 춤을 추는 아라에의 모습이 눈길을 끌었다.

"다른 단원들과 비교해도 전혀 손색이 없어……. 아니, 오히려 제일 동작에 절도가 있는 것처럼 보이네……."

"쟤는 평소에 의욕도 없어 보이면서 이럴 때는 꼭 진지하구나. ……그렇다고 해서 다시 보게 됐다는 뜻은 아니지만."

아라에의 운동 능력이 뛰어나다는 건 나도 우미도 잘 알지만, 상급생들마저 실수를 연발하는 어려운 춤 동작도 완벽히 마스터한 것에 순수하게 대단하다는 생각만 들었다.

응원단에는 아마미도 있고 둘 사이에 격차가 있는 건 아니지만, 특히 아라에는 체격이 좋아서 동작이 더 다이내믹하게 보였다.

——꺄악~! 나기사 선배, 멋져요~!

——선배, 여기 좀 봐주세요~!

"……거기 1학년들, 시끄럽다."

——『『네, 죄송합니다!』』

남자보다 더 멋진 움직임을 보이는 아라에의 모습에 주로 1학년 여학생들의 날카로운 환성이 솟구쳤다.

아라에 입장에서는 지금 상황이 잘 이해되지 않겠지만, 그 중학생 시절을 돌이켜보면 이런 숨은 팬이 있다는 건 결코 신기한 일도 아니다.

아라에도 저렇게 열심히 땀 흘리며 노력하는데, 나도 본받아야겠다.

체육제 본 경기를 어느 정도 상정한 팀별 응원 연습이 끝나자, 오후는 드디어 각 종목 연습 리허설이 시작됐다.

마침내 나와 우미의 연습 성과를 모두에게 보여줄 때가 온 것이다.

"마키, 우리 이기자."

"응, 결과가 어떻든 간에 최선을 다하자."

다른 조는 대체로 운동부원끼리 뭉쳐 있었지만, 학교만 끝나면 집에 돌아가는 우리를 신경 쓰는 사람은 없어 보였다.

솔직히 그러는 편이 우리도 하기 더 편하지만.

——자리에 서세요. 준비…….

타앙, 하는 신호탄이 울리는 순간, 우선 제1주자인 1학년 남자 둘로 짜인 조가 달리기 시작했다. 우리 고등학교의 이인삼각 릴레이 형식은 1학년 → 2학년 → 남녀 혼합(이인삼각과 삼인

사각) → 3학년 → 마지막 주자의 순서로 진행된다.

우리 순서는 중간쯤이지만, 리드하기 위해 혹은 차이를 좁히기 위해 중요한 역할을 한다.

도중에 균형을 잃어가면서도 끝까지 달린 1학년 조가 다음에 달릴 2학년 조에게 파란색 어깨띠를 건넨다. 순위는 3위였지만 차이는 그다지 크지 않았다.

여기서 힘을 내면 역전은 가능하다.

"우미, 그럼 가볼까."

"좋아. 마키, 해보자."

서로 손을 단단히 잡고 일어서자 청팀 스탠드 한쪽, 그러니까 아마미가 앉아 있던 곳에서 큰 응원이 날아왔다.

"마키, 우미, 힘내!"

"거기 닭살 커플~. 너무 달리다가 넘어지면 가만 안 둔다~!"

각 팀을 향한 성원이 오가는 와중, 아마미와 닛타의 목소리가 우리의 귀에 또렷이 닿았다.

그리고 홍팀의 노조무는…… 응원은 하지 않아도 우리를 신경 쓰는 눈치인 걸 보니 속으로 걱정하는 모양이다.

"마에하라 선배, 아사나기 선배, 힘내세요. 만약 등수가 떨어져도 제가 어떻게든 만회할게요."

"물론 학생회장인 나도 말이야. 너희도 잘 알겠지만 내가 도망 하나는 자신이 있거든."

"그 말, 엄청나게 설득력 있네."

우리 바로 뒤에 대기하는 타키자와와 나카무라한테서도 격려가 들려왔다. 타키자와는 1학년이지만 마지막 주자, 나카무라는 삼인사각의 멤버 중 한 명이어서 우리 다음으로 달릴 예정이다. 참 든든한 친구들이다.

첫 번째, 두 번째 도착이 거의 동시에 이뤄지면서 어깨띠 전달이 이뤄졌고, 조금 늦게 청팀이 달려왔다.

"——미안, 좀 늦었어!"

"괜찮아. ……우미, 어깨띠 부탁해."

"응, 얼른 쫓아가자!"

서로 훗, 하고 작게 숨을 들이마신 직후에 우리는 거의 같은 타이밍으로 달려나갔다.

지금까지의 연습으로 서로의 리듬은 이미 충분히 알고 있어서 구호를 외치며 뛸 필요도 없다.

팀워크로만 따지자면 닭살 커플인 우리가 제일이다.

""핫—— 핫——.""

운동장을 반 바퀴 정도 돌았지만, 앞서가는 조를 벌써 따라잡고 있었다.

한 걸음, 두 걸음, 그리고 세 걸음. 선두를 따라가는 우리의 발걸음 소리가 들렸는지 2위로 뛰던 남녀 조가 아주 잠깐 이쪽으로 눈길을 준 순간——.

"! 마키, 앞에 애들……."

"응, 괜찮아."

우미의 말에 고개를 끄덕인 나는 커브 근처에서 일부러 크게 우회하듯 코스 변경을 했다.

우리한테 정신이 쏠린 순간, 보폭이 엇나간 2위 조가 크게 균형을 잃었기 때문이다.

넘어지지는 않았지만 우리는 그것만으로도 충분했다.

"! 우미, 마키!"

"오, 앞질렀네. 제법이야!"

최고 속도를 내면서 우리는 앞에 가던 조를 말끔히 앞지르고 2위로 들어갔다. 벌어진 거리만 보면 1위를 따라잡기 어려웠지만 이제 남은 건 동료들한테 맡기면 된다.

"마에하라 씨, 아사나기!"

"응, 여기 있어, 학생회장!"

"나카무라, 뒷일은 맡길게."

"알았어."

손을 흔들며 우리를 부르는 나카무라에게 우미가 어깨띠를 건네면서, 일단 우리의 역할은 여기서 끝났다.

연습한 대로 거의 실수 없이 나도 우미의 속도를 따라잡을 수 있었다. 기록은 재지 않았지만 아마 지금까지 중 가장 빠른 속도가 나왔을 것이다.

"2위구나. 하긴 체육제 직전 수준으로는 그럭저럭이네."

"우미는 이럴 때 꼭 엄격하더라……. 나는 괜찮은 성적으로 보이는데."

"후후, 그래. 마키, 지금까지 중 제일 잘했는걸. ……멋있었어."

나만 들을 수 있게 귓가에서 속삭인 우미의 말이 나는 그 무엇보다 기뻤다.

특별 훈련의 성과도 충분했고, 사랑하는 우미한테도 칭찬받고……. 잠깐 순위를 잊을 만큼 내 가슴은 충실감과 행복감으로 가득 찼다.

그 후에 나카무라와 타키자와의 노력 덕분에 우리 청팀은 2위를 유지한 채로 릴레이를 마쳤다. 순위는 2위였지만 마지막 주자를 맡은 1학년 타키자와와 3학년 남학생 조의 질주 덕택에 1위에 살짝 못 미친 2위여서 나중에 상황에 따라서는 충분히 1위를 노릴 수도 있어 보였다.

우리가 본 경기를 상정한 연습 릴레이를 끝내고 스탠드로 돌아오자, 상급생들이 중심이 돼 쏟아지는 큰 박수로 맞이해 주었다.

다들 우리에게 크게 기대하지 않았는지, 대부분은 뜻밖의 결과에 깜짝 놀란 눈치였다.

"우미, 어서 와! 무지무지 멋있었어!"

"으앗……. 하여간 유우 넌 여전히 힘 조절을 안 하는구나."

"아마미, 다녀왔어."

"마키도 어서 와! 연습한 보람이 있어서 정말 다행이야."

"위원장, 수고했어. 솔직히 나 다시 봤다?"

"고마워. 나도 가끔 이 정도는 힘을 내야지."

아마미와 닛타의 축하를 받다가 문득 주변 목소리에도 귀를 기울여봤다.

——이인삼각 멤버는 별로 기대 안 했는데 의외네?

——그러게. 출발은 좀 별로였는데 중간에 남녀 혼합 조가 나오면서 흐름이 달라졌잖아.

——그래, 맞아. 2학년의……. 이름은 모르겠는데 둘인데도 꼭 한 사람이 뛰는 것 같았어.

내 이름까지 알려지지는 않은 듯하지만, 얼굴은 어느 정도 인지가 됐나 보다.

얼마 전처럼 기분 나쁜 수군거림도 지금은 거의 없다.

그게 오늘 나한테는 가장 큰 수확이었다.

"후~. 오늘은 더 피곤하다……."

오늘 하루의 연습 일정이 모두 끝나자, 나는 크게 숨을 내쉬었다.

중학교 때까지만 해도 경기나 응원에는 거의 참여하지 않고 그저 집단의 한구석에서 쓰지도 않는 체력을 보존하기만 했던 나여서 그런지, 그냥 연습인데도 몸을 짓누르는 피로는 엄청났다.

"마키, 고생했어. 오늘 애썼네."

"응, 나 엄청 노력했는데…… 혹시 나한테 줄 상은 없는지."

"상이 있을 것 같아?"

"또 그렇게 심술을……. 있는지 없는지보다 아무튼 상 받고 싶어."

체육제까지는 아직 며칠 시간이 남아 있지만, 지금 이럴 때 우미한테 잔뜩 어리광을 부려서 동기 부여를 확실히 유지하고 싶은데……. 아니, 그저 우미와 꽁냥거리고 싶은 것뿐이지만.

"하여간 내 남친께서는 항상 이렇다니까……. 내일도 아침 일찍 연습이니까 피곤한 부분을 마사지해 주는 정도라면 뭐."

"……그래도 돼?"

"응. ……단, 나한테도 마사지해 주기."

"그거야 당연히 진심으로 해드리겠습니다."

"후후……. 마키도 참, 그렇게 까분다니까."

조금 전까지 체력의 한계를 느낀 나였지만, 이제부터 집으로 돌아가 우미와 붙어 있을 수 있다고 생각하니 순식간에 기운이 넘친다.

"좋아. 그럼 오늘만 특별히 남아서 연습은 안 하고 마키네 집에 가서 잠깐 놀까. 엄마한테는 나중에 연락할 테니까 밤 10시까지는 어떻게든——."

쇠는 뜨거울 때 치라는 말처럼 곧장 이후 일정을 변경하고 있는데.

"——아사나기……. 나의 유일무이한 친구이자 우리 반 절대적 아이돌님이시여……."

갑자기 우미를 그렇게 부르는 목소리가 뒤에서 들려왔다.

"? 나카무라, 무슨 일이야? 나 지금 중요한 일정이 있는데."

"일정이라니, 어차피 이따가 마에하라 씨 집에서 꽁냥거리는 거겠지……. 이거 참, 연인 간 스킨십이 중요한 건 나도 이해하지만. 일단은 나도 뭐 남친이 있는 몸으로서."

바로 얼마 전까지만 해도 연애에 소극적이었으면서, 지금은 급속도로 태도가 돌변한 나카무라였다.

매우 자랑스럽게 가슴을 펴는 나카무라 뒤에서 타키자와가 난처하다는 듯 쓴웃음을 지으며 우리 쪽으로 머리를 꾸벅 숙였다.

둘 사이가 순조로워 보여 다행이긴 한데.

“우리 회장이 또 실례를. ……우리 일은 신경 쓰지 마시고요, 사실은 아사나기 선배한테 부탁드릴 일이 있어서요.”

“타키자와까지? 설마 학생회 쪽에 무슨 일이라도 있었어?”

“아뇨, 저희까지 포함해서 건강상 문제는 없지만, 업무량을 감당할 수 없는 수준이라.”

“……아하, 그렇구나.”

타키자와에게서 말을 들어보니 자세한 건 아직 비밀이지만 체육제 말고도 가을부터 겨울 이후에 개최하는 이벤트 기획 제안이 다른 학교에서 들어와서, 그 미팅을 위해 학생회 멤버를 거기 파견해야 한단다.

미팅에는 부회장인 타키자와 말고도 회계를 맡은 1학년 학생(그러고 보니 모치즈키라는 이름이었던 듯)을 파견하기로 했지만 두 사람이 다른 행사 진행으로 잠시 빠져야 해서, 남은 멤버들로는 대응하기 어려운 부분이 있다고 한다.

“전 학생회장한테 부탁하려고도 해봤지만 3학년들은 입시 준비로 바쁘잖아? 부탁하면 해주기야 하겠지만 그런 무리한 요구는 좀 그렇고.”

“하긴 체육제 연습에 입시 준비에, 게다가 학생회 일까지 있으면…… 나 같으면 거절했을지도 모르겠다.”

그래서 학생회 내정을 어느 정도 파악하는 우미를 점찍게 됐다는 뜻이다.

솔직히 우리한테도 사정이 있어서 될 수 있으면 우리 일을 우선시하고 싶지만…….

"마키, 어떻게 할까?"

"부탁받은 사람은 우미니까 너 하고 싶은 대로 해……. 나카무라, 혹시 나도 우미랑 일을 돕는 건……."

"물론 마에하라 씨를 끼워도 문제는 없어. 오히려 인원은 있으면 더 좋지. 공짜로 시키는 일이니까 비용도 안 들고."

"흠……."

그럼 우리 둘만의 시간은 줄어들지만, 그래도 같이 있는 것만큼은 변함이 없다는 거구나.

"우미, 이렇다는데 어떻게 할까?"

"음~……. 마키는 어쩌고 싶어?"

"나는…… 그냥 놔두고 싶지 않달까."

"그래? 후후, 그럼 나랑 똑같네."

자타공인의 닭살 커플인 우리지만, 결코 우리만 편하자는 생각은 안 한다.

우리가 지금도 이렇게 사이좋게 지낼 수 있는 건 우리 노력만이 아니라 주변 사람들의 배려와 도움 덕분이니까, 이럴 때일수록 그 빚을 갚아야 한다.

우미와 내 생각이 같다면 답은 하나밖에 없다.

"……알았어. 그러면 학생회 업무가 어느 정도 정리될 때까지 임시 멤버로 도와줄게. 사무 업무나 잡무 정도밖에 못 할 것 같지만 그래도 괜찮아?"

"물론이지. 둘 다 고마워. 환영할게."

"마에하라 선배, 아사나기 선배, 도움 주셔서 고마워요."

이렇게 체육제가 끝날 때까지 기간 한정으로 나와 우미는 학생회의 일원이 됐다.

체육제 연습에, 방과 후 늦게까지 남아서 하는 학생회 활동. 연습이 끝나면 기진맥진해지는 나한테 과연 가능할지 의문이지만, 다른 사람들도 열심히 하는데 나만 자꾸 힘들다고 할 수는 없다.

정말로 힘에 부치면 걸림돌이 되기 전에 솔직히 털어놓고 이탈해야겠다.

……그렇게 속으로 결심한 직후.

"아, 잠깐만, 일을 돕는 건 나 혼자 해도 될까?"

"……우미?"

뜻밖의 인물에 의해 걸린 제동.

"……아사나기, 너 정말 괜찮겠어? 우리야 너 혼자면 어떻게든 커버가 될 거라고 계산하고 있었으니까 그렇게 해도 되긴 하는데."

"그래? 그럼 마키를 더더욱 안 끼워야겠네."

나는 우리 둘이 참여할 줄 알았는데 우미한테 무슨 생각이 있는 모양이다.

"우미, 나는 해도 되는데……."

"안 돼. 오늘은 쉬어도 마키는 내일부터 아르바이트잖아? 얼마 전에 나카타 씨한테서 들었는데 이번 달 상순에는 휴일을 많이 잡았으니까 그만큼 월말에 알바를 몰아뒀다면서."

"……그러고 보니 그러네."

휴일에는 놀고, 학교 행사에 참여하는 등 바쁜 나날을 보내고 있지만, 그사이에도 우미와의 데이트 비용을 대기 위해 조금이라도 노동에 힘쓰고 있다.

한낮에는 뜨거운 날씨 속에서 움직이고, 저녁부터 밤까지는 익숙한 피자집 아르바이트……. 우미가 걱정하는 건 바로 그 점이다. 여기에 학생회 활동에까지 손을 대면 쉴 틈이 없을 테니까.

"마키, 난 혼자서도 괜찮으니까. 그만큼 넌 일 열심히 해서 나랑 데이트할 비용이나 잘 벌어. 알겠지?"

"데이트 비용이라니, 우리는 보통 더치페이──."

"그, 렇, 게, 따, 질, 필, 요, 는, 없, 어!"

"네, 죄송합니다."

우미는 은근히 고집스러운 성격이라, 이렇게 되면 그 뜻을 뒤엎기 매우 어렵다.

그리고 우미가 날 걱정해서 하는 말이니, 지금은 시키는 대로 순순히 따르는 게 좋겠다.

"후후, 남자친구 아르바이트 시간표까지 상세히 파악하는 여친이라……. 마에하라 씨, 넌 정말 복이 터졌어. 소우지, 우리도 본받는 게 낫겠지?"

"그건 미오 선배 좋을 대로……. 그건 그렇고 마에하라 선배, 그런 사정이라면 안 도와주셔도 된다고 생각합니다. 나서주시니 기쁘긴 하지만, 선배를 힘들게 하고 싶지는 않거든요."

체육제까지 며칠 정도라면 나도 해볼 만하다 싶지만……. 해볼 만하다며 덜컥 일을 떠맡는 것도 오히려 폐를 끼칠 가능성이 있다.

"……알았어. 그럼 나는 빠질게. 우미, 혼자 다 떠넘겨서 미안하지만 학생회 일 잘 도와줘."

"응, 맡겨줘. 아, 시간이 좀 늦어졌지만 마키 집에는 꼭 '놀러' 갈 생각이니까."

"알겠어. 저녁 준비해 놓고 기다릴게."

"응."

상황이 이래저래 바뀌긴 했지만, 일단 오늘 이후의 일정은 다 정해졌다.

우미와 함께하는 시간이 줄어서 좀 아쉽지만……. 그만큼 더 밀도 있게 시간을 보내서 보충하면 된다.

체육제가 끝날 때까지 조금만 더 버티면 되니까.

"그러니까 나는 나카무라랑 이대로 학생회실로 갈게. 마키, 외롭겠지만 오늘은 혼자 바로 집에 가, 알았지?"

"내, 내가 무슨 어린애도 아니고 그 정도는 알아."

나카무라네 무리에 섞여서 떠나가는 우미를 배웅한 후, 나도 체육복에서 교복으로 갈아입기 위해 교실로 돌아갔다.

자, 이제 어떻게 시간을 보낼지.

땀과 운동장 모래 때문에 더러워진 몸을 깨끗한 타월로 닦고 교복으로 갈아입은 다음, 나는 내 자리에 앉아 잠시 한숨을 돌렸다.

방금 나카무라가 붙든 바람에 지금 교실에는 반 아이들이 모두 하교해서 나 혼자…… 남은 상황이라 마음대로 다리를 쭉 펴고 앉아도 누가 뭐라 하지는 않을 것이다.

"그러고 보니 혼자 방과 후에 있는 것도 참 오랜만이네……."

1학년 때는 이런 일이 종종 있었지만 우미와 연인이 된 후부터, 특히 2학년으로 올라간 후부터는 늘 내 옆에 누군가가 있어서 외로움을 느낄 틈이 없었다.

곁에 우미가 있고, 또 그 옆에는 아마미나 닛타, 같은 반은 아니지만 노조무도 가끔 나를 챙겨주고.

그리고 요즘에는 나카무라와 타키자와까지.

물론 학교 안에서만이 아니다. 아르바이트하는 곳에는 점장님, 거기에 든든한(?) 대학생인 에미 선배도 있다.

속도는 매우 느리고 반 아이들과의 관계도 그다지 달라진 점은 없지만, 내 주변의 관계가 서서히 변화하고 있었다.

조용한 교실에 덩그러니 있어도 전처럼 쓸쓸함이나 고독감은 이제 느껴지지 않았다.

정신적으로도 크게 안정된 상태다.

"목이 마르네……. 물통에 담긴 차도 다 마셨으니까 주스라도 사러 갈까."

우미의 말처럼 바로 집에 가도 좋지만, 잠시 학교 안을 어슬렁거리고 싶은 기분에 나는 가방을 들고 교실을 나섰다.

학생 식당 옆에 설치된 자판기로 향하며 나는 남아서 연습하거나 소품 준비로 바쁘게 움직이는 학생들을 바라봤다. 옆에서 봐도 힘든 건 알겠지만, 몇몇만 모여 작업하는 학생들은 모두 진지했고 그러다 가끔 담소도 나누며 즐겁게 일에 몰두하는 모습이었다.

힘들지만 즐겁다. 그 감각을 피부로 이해하는 데 상당한 시간이 걸리고 말았지만, 이제는 아무것도 모른 채 고등학교를 졸업하지 않게 되어 다행이라는 생각이 진심으로 든다.

"——야, 마키."

"아, 노조무. 오늘은 마주친 건 처음이네? ……지금 응원단 연습 중이야?"

"응, 우리 팀은 선배들이 기합이 바짝 들어가 있어서 끝나지를 않아……. 마키, 주스 사러 가는 거면 나도 가자."

"그래, 같이 갈까?"

학생 식당으로 이어지는 연결 복도로 가려는데 남아서 연습하던 노조무가 나한테 말을 걸었다. 열심히 연습하던 중이었는지 그 이마에 묶인 선명한 빨간 머리띠가 땀으로 푹 젖어 살짝 어두워져 있었다.

힘들어도 충실함이 느껴지는 그 표정이 아주 시원해 보였다.

……뼛속까지 인도어파인 나는 따라갈 수도 없을 만큼.

"마키, 근데, 그쪽은…… 어때?"

"어떠냐니? 아아, 우리야 뭐 단결도 잘되는 편이고, 연습도 열심히 하고."

"아니, 그게 아니라……. 아마미 말이야. 너도 알면서."

"아아, 그거."

늘 어울리던 우리 다섯 중 유일하게 홍팀이 된 노조무가 신경 쓰는 건 마음에 둔 소녀인 모양이다.

방금까지 한 리허설에서도 그랬지만, 자신의 잠재력을 충분히 발휘한 아마미는 그 외모까지 더해져서 이미 다른 팀에까지 소문이 퍼졌다.

다만 노조무가 걱정하는 건 그게 아니라.

"……인기야 있지만, 아직 적극적으로 다가오는 남자는…… 없달까. 내가 지켜본 범위에서는."

"그, 그래? ……다행이다."

학년 상관없이 다른 학생과 교류할 기회가 많아지는 시기지만, 지금까지는 아마미에게 집요하게 말을 걸거나 수상한 행동을 보이는 학생은 없는 듯하다. 연습 중에 아마미는 우미나 닛타와 함께 다닐 경우가 많고, 따로 있을 때도 근처에 같은 반인 야마시타나 다가오지 말라는 분위기를 뿜는 아라에가 있어서 상급생이라도 덥석 접근하지를 못하기 때문이다.

"우리 팀에서도 아마미에 관한 소문이 파다해서 아까도 같은 응원단 애가 '소개 좀 해달라' '사귀는 사람 있느냐' 하고 얼마나 캐묻던지……. 물론 전부 정중히 거절했지만."

"너도 힘들겠다……. 하긴 아마미와 친한 남자애는 나랑 너뿐이니까."

그 자리의 분위기나 어울리는 과정에서 우연히 함께 노는 일이야 있어도, 아마미에게 직접 연락할 수 있는 남자는 현재 나와 노조무 둘밖에 없다. 게다가 전화번호를 아는 남자는 심지어나 하나다.

"그런데 아마미의 이상형은 대체 어떤 사람인지 궁금해. 타키가 등장했을 때 막 초조했는데, 신이 난 건 닛타뿐이지 아마미는 평소와 똑같더라."

"하긴……. 근데 타키자와는 좀 특수한 경우고."

고등학교 입학 이후 여러 남학생과 교류가 있었을 텐데도, 아마미의 심금을 울리는 사람은 아직 나타나지 않았다.

외모만 출중한 남자는 논외로 치더라도, 야구에 열중하는 요즘의 노조무나 학생회 활동을 열심히 하는 타키자와 정도는 연애 대상에 넣어도 이상할 게 없는데.

"아무튼 지금은 아무 생각 안 하고 지켜만 봐도 되지 않을까? 아마미도 지금은 연애보다 우리나 새로운 친구와 노는 걸 더 즐기는 것 같아."

"그럼 역시 너무 조급해하지 말아야겠구나."

"아마도."

나 역시 '연애' 라고 부를 만한 행동을 한 건 고등학생이 되어서……. 그것도 우미와 만나고 나서부터인데 일반적으로 보자면 다소 늦은 편이다. 그리고 우미도 같은 타이밍에 날 좋아하게 됐다.

그래서 우미의 절친한 친구인 아마미도 머지않은 미래에 누군가를 좋아할 때가 찾아올 것이 분명하다.

계기 하나로 상황이 달라질 가능성은 나 자신이 겪어봐서 잘 안다.

그러니 아무것도 안 하고 가만히 놔두면 된다.

"그래서 우리 근황 보고는 이 정도라고 해야겠네."

"그러게. ……주변에서 하도 말이 많아서 불안했는데, 마키 너한테 상의하길 잘했다. 고마워."

"아니야. ……주스는 뭐 마실래? 노조무 너 열심인 것 같으니까 오늘은 내가 쏠게. 아르바이트 월급도 받은 지 얼마 안 됐거든."

"그래도 돼? 그럼 감사히 얻어먹을까——."

자판기에 200엔을 넣어서 종이팩에 든 유산균 음료(내 것)와 저렴하지만 대용량인 스포츠 드링크(노조무 것)를 하나씩 샀다.

달콤하고 차가운 주스의 수분이 갈증 나는 목과 달아오른 몸에 스며든다.

이제야 좀 살 것 같다고 하면 다소 과장된 표현일지도 모르지만, 저녁이 되어도 열기가 남는 이 계절에 마시는 주스 맛은 학생인 우리한테는 각별했다.

"음——. 푸하앗. 후우, 수분 보충 완료다. 미안해, 마키. 다음은 내가 살게."

"아냐, 노조무한테 난 신세만 지는…… 건 아니겠지만, 아무튼 주스 하나 정도는 내가 가끔 사야지. 그럼 방과 후 연습 힘내."

"그래."

자판기 옆 벤치에 5분 정도 앉아서 쉰 후, 노조무는 먼저 홍팀 연습 장소로 돌아갔다.

노조무는 체육제에서 적이지만, 친구로서 이럴 때는 개인적으로 격려를 해도 괜찮을 것이다.

"……그럼 할 일도 했겠다, 이번에는 정말로 다른 데 새지 말고 집으로 가야겠네."

종이팩 속 내용물을 다 마시고 나는 천천히 자리에서 일어났다. 이렇게 방과 후 학교에서 혼자 어슬렁거리다니 외톨이 시절과 비교하면 제법 성장했다 싶긴 하지만, 지금 나로서는 여기까지가 한계다.

이제부터는 집에 가서 우미가 놀러 오길 학수고대나 해야겠다.

"오늘 저녁은 뭐로 할까……. 냉장고에 아직 닭고기가 남아 있을 거고, 그거랑 남은 건 만들어둔 밑반찬과 된장국, 그리고 밥을…… 으음?"

오늘 메뉴를 생각하면서 학생 식당 플로어를 나서려는 그때, 문득 시야 끝에 예쁜 금발 소녀의 뒷모습이 들어왔다.

아마미였다.

"……이 시간까지 백보드 작업을 하나?"

저 멀리 있는 아마미를 가만히 지켜보니, 아마미는 작업으로 더러워진 붓과 페인트용 붓을 수돗가에서 씻는 중이었다.

체육제 당일 스탠드 뒤편에 설치할 예정인 백보드 작업도 이제 거의 마무리에 들어간 모양이다.

참 열심히도 하네. 나는 진지한 표정을 짓는 아마미에게 방해가 되지 않도록 멀리서 잠자코 지켜볼 셈이었지만…… 걱정 어린 눈빛으로 너무 쳐다봐서 그런가, 내 시선을 눈치챈 아마미가 고개를 들고 이쪽으로 눈길을 줬다.

이렇게 되면 무시할 수는 없다.

"아, 안녕……. 미안해, 작업 중에."

"앗, 아니야. 이제 나도 오늘은 끝낼 참이어서……. 근데 웬일이야? 무슨 일이 있는 것도 아닐 텐데 이 시간까지 마키가 학교에 다 있고. 우미는 학생회 일 하러 간 거지?"

"응, 나도 곧장 집에 가려 했는데, 가끔은 주스나 좀 마시고 집에 가려고……. 백보드 작업이지? 잘되는 중이야?"

"으음~……. 그냥 뭐. 체육제 전날까지는 마무리될 것 같아……. 아직 작업 도중이지만 잠깐 보고 갈래?"

"엇, 그래도 돼? 다른 사람한테 방해되지 않을까?"

"나 말고 다른 멤버들은 좀 전에 집에 갔으니까 괜찮아~. 그리고 마키나…… 우미처럼 다른 사람 의견도 듣고 싶었고."

나도 이따가 해야 할 일이 있었지만, 아직 시간적 여유가 있어서 잠시 구경하는 것 정도는 괜찮을지 모른다.

그리고 아마미가 어떤 그림을 그리는지 궁금하지 않다면 거짓말이다.

"그러면 조금만 볼게."

"후후, 그래. ……그럼 한 분 안내해 드리겠습니다."

아마미의 안내로 나는 체육관 뒤편에 있는 청팀 작업 공간으로 향했다.

가보니 그곳에는 커다란 판 형태의 나무 보드를 몇 개나 붙여 만든, 박력 넘치는 '파란색'이 펼쳐져 있었다.

"와아……. 아마미, 이거 용 맞지?"

"응, 청팀이니까 푸른 용으로 해봤어. 그리고 사용한 페인트와 물감은 흰색과 파란색 두 개뿐이야."

"색의 농담으로만 표현하는 거구나?"

아마미한테는 아직 미완성 작품이지만, 내가 보기에는 이대로 스탠드에 가져다 걸어도 문제없을 정도로 박력 넘치는 그림이었다.

물속(그것도 바닷속?)에서 격렬한 물보라를 일으키며 솟구쳐 나와 저 하늘 높이 올라가는 푸른 비늘의 용에 나는 절로 압도당했다.

역시 아마미가 맡은 디자인답게 훌륭했다.

"그래서, 어때?"

"이거 너무 대단하다. ……사진 찍어서 우미한테 보여줘도 돼?"

"후후, 아직 완성은 안 됐지만 그래도 좋다면."

체육관 뒤편에 나타난 청룡에 잔뜩 흥분해서 사진을 찍는 나를 보고 아마미는 온화한 미소를 지었다.

여름방학에 들어서면서 빠르게 작업을 진행했던 아마미 입장에서는 이런 좋은 반응에 분명 마음이 놓였을 것이다.

아무리 자기 작품에 자신이 있어도 막상 누군가에게 보여줄 때는 누구나 조금은 불안해지고 긴장하게 되니 말이다.

그게 설령 친한 친구라고 하더라도.

"근데 이게 완성은 아니지? 이제 또 무슨 작업이 남았어?"

"음, 수염이나 비늘 질감, 그리고 물보라 표현을 더 세밀하게 해야 해……. 담당하는 다른 애들은 '이걸로 충분하다' '무리 안 해도 된다' 라고 하는데 난 아직 납득이 안 돼서."

"……그래서 혼자 남아 작업한 거야?"

"……에, 에헤헤."

겸연쩍게 쓴웃음을 짓는 아마미를 보니 아마도 정곡을 찔렸나 보다.

이 그림이 캔버스에 그린 것이라면 별문제 없겠지만, 이건 나무판을 몇 개나 붙여 만든 거대 백보드다. 더욱 질감을 살리기 위해 비늘 하나하나에 음영을 넣고, 더 사실적인 물보라 표현을 하려면 예상보다 훨씬 시간이 걸리리라는 것쯤은 초보자인 나도 안다.

아마미의 말만 들어보면 '이제 조금만 더' 하면 된다는 식으로 들리지만, 아마미가 받아들일 만한 완성도로 따지자면 오히려 지금부터가 본격적인 시작인 것 같다.

다른 멤버들은 바로 그걸 알기에 이제 '충분하다' 라고 했을 테고 말이다.

그리고 내 의견도 마찬가지다.

이런 완성도를 보고 '적당히 타협하고 넘어갔다' 라는 감상을 가지는 사람은 거의 없다. 여기서 그 이상을 원하면 그건 이미 '고집' 이나 '자기만족' 의 영역이다.

그런 사실을 아니까 아마미도 홀로 작업했던 것이고.

"아마미도 우미를 닮아서 고집이 있구나."

"그럴지도 몰라. 늘 함께 있어서 그런지 나도 좀 영향을 받았을지도 몰라."

그러면서 아마미는 붓을 쥐며 다시금 거대한 용 앞으로 향했다.

이걸로 작업을 마친다 해도 불만을 토로할 사람은 아무도 없다. 누구한테 물어도 아마미는 최선을 다했다고 말할 것이다.

하지만 아마미는 그걸로 만족하지 않았다.

할 거면 온 힘을 다하자. 그것도 남들의 눈이 아니라 내 안에 있는 한계까지 노력하겠다는 의미에서.

우미도, 아마미도 그런 쪽으로 보자면 서툴게 사는 편이다.

그리고 그런 두 사람에게 감화된 나 역시 마찬가지인 것처럼.

“아마미, 나도 도와줄까? 나는 여기 담당도 아니지만.”

“! 어……. 아, 아니, 그럼 미안한데. 내가 좋아서 하는 일에 마키까지 끌어들이는 건…….”

“그럼 이대로 혼자 오기로 계속할 거야? 이제 체육제까지 며칠 남지도 않았고, 작업 시간도 제한적이잖아.”

“으……. 그, 그래도 우미한테도 미안하고.”

“……하긴,”

그렇다고 해도 그냥 내버려둘 수가 없다.

다른 사람이라면 모르겠지만, 나와 우미는.

나는 곧장 스마트폰을 꺼내 들었다.

『(마에하라) 우미.』

『(아사나기) 네에~?』

『(마에하라) 바쁜 중에 미안한데…….』

『(아사나기) 응~. 마침 일단락된 참이야.』

『(아사나기) 무슨 일인데?』

『(마에하라) 이거 체육제 때 스탠드에 걸 백보드거든.』

『(마에하라)【방금 촬영한 청룡 사진】』

『(마에하라) 아마미 말로는 이제 마무리하는 중이라는데.』

『(아사나기) ……아아, 유우의 버릇이 또 나왔네.』

『(아사나기) 작년 문화제 때도 그래서 밤을 새웠잖아…….』

『(마에하라) 앗, 그랬어?』

『(아사나기) 응.』

『(아사나기) 유우가 그림에는 워낙 자기 고집이 있어서.』

『(마에하라) 그랬구나…….』

『(아사나기) 근데 다른 담당자는? 설마 거기 없어?』

『(마에하라) 네, 없습니다.』

『(아사나기) 나 참, 우리 공주님은 여전히 제멋대로이시네.』

『(아사나기) 알았어. 내가 끝날 때까지 마키는 마무리 작업 도우려는 거지?』

『(마에하라) ……그러려고 너한테 묻는 거야.』

『(아사나기) 이 바람둥이.』

『(마에하라) 왜 얘기가 그렇게 되는데?』

『(아사나기) 후후, 농담이야.』

『(아사나기) 하지만 이번만 봐주는 거니까 명심하도록.』

『(아사나기) 아무리 유우라도 다른 여자애랑 둘이 있다는 건 사실이니까.』

『(마에하라) ……그러네. 닛타한테도 얼마 전에 비슷한 말 들었어.』

『(아사나기) 그래? 닛타도 눈치가 빠르니까. 좋은 애야.』

『(마에하라) 우미가 닛타를 칭찬하다니……?』

『(아사나기) 후후, 내가 항상 개한테 아이언 클로만 먹이는 게 아니거든.』

『(아사나기) 끝나면 나도 거기로 갈게. 같이 집에 가자.』

『(마에하라) 고마워, 우미』

『(아사나기) 헤헤, 별말씀을.』

약간 긴 메시지를 주고받고 나는 아직 쓰지 않은 붓을 집어 들었다.

나는 그림에 소질은 없지만, 아마미의 지시에 따라 손을 움직이는 것 정도는 할 수 있다.

"……마키는 바보야."

"그럴지도. 우미랑 아마미 너를 닮아서."

"우으……. 일단 오른쪽 하단 부분 좀 부탁해도 될까? 붓으로 흰 페인트를 적당히 흩뿌리는 식으로 하면 돼. 어차피 한 장 한 장이 크니까 과감하게 해도 괜찮아."

"알았어."

그렇게 아마미와 둘이서 하는 작업이 시작됐다.

평소에는 수다 떨기 좋아하는 아마미가 지금은 묵묵히 작업에만 몰두하느라 나한테 말을 걸 때조차 그림 완성에 대한 세부적인 지시만 내렸다.

금세 시간이 흘러갔다.

"——됐다. 일단 오늘은 이 정도면 되겠네. 마키, 오늘 도와줘서 정말 고마워. 네가 도와준 덕분에 작업 진도를 많이 뺄 수 있었어. ……어때? 아까 네가 사진으로 찍은 것보다 훨씬 더 나아졌지?"

"……진짜 그러네."

작업은 아직 남았지만 마무리 터치를 넣은 후와 그 전을 비교해 보면 확실히 박력이 달랐다.

처음에 작업할 때만 해도 '이렇게까지 해야 하나?' 하는 생각이 머릿속 한구석에 남아 있었지만, 막상 보이는 형태로 제시되니…… 역시 하길 잘했다는 마음이 들었다.

이게 대체 몇 번이나 느끼는 것인지 모르겠지만……. 역시 아마미는 대단하다.

정찰 삼아 다른 팀이 어떻게 하는지 슬쩍 확인해 봤는데, 초보자인 내가 봐도 청팀의 완성도가 제일 뛰어났다.

"그럼 이제 집에 가야 하니까 뒷정리해야겠다. 마키, 우미는 지금 어떻대?"

"음……. 일단 오늘 할 일은 끝났다니까 5분 후면 이쪽으로 오겠다는데."

"그렇구나. 그런 너희 둘 방해가 되지 않도록 오늘은 얼른 집에 갈 테니까 걱정 붙들어 매셔."

"새삼 그런 신경 안 써도……. 그건 아마미한테 맡길게."

"에헤헤, 알겠습니다, 대장님."

"대, 대장? 또 나한테 이상한 별명을 붙이려고……. 근데 오늘 나는 대장이 아니라 조수 아니었어?"

"그런가? 니나치가 항상 널 '위원장'이라고 부르니까 나도 비슷한 별명으로 불러보고 싶어서."

"……기각합니다."

"이잉~."

"이잉~ 하는 소리 내지 맙시다."

아마미와 둘이서 대화하는 일은 잘 없지만, 의외로 말이 막힘없이 술술 나왔다.

우미와의 친구 사이가 진전됨과 거의 동시에 '친구의 친구'로 시작됐던 아마미와의 관계였지만, 조금씩 내 안에서 아마미도 마음 놓고 대할 수 있는 존재가 되고 있었다.

……물론 어디까지나 친구로서.

그 후로도 화기애애하게 이야기를 나누면서 도구를 전부 정리하니, 오늘의 마무리 작업은 일단 종료됐다.

처음에는 우미가 없는 방과 후의 무료한 시간을 어떻게 보내야 좋을지 고민이었지만…… 이렇게 내 발로 찾아보니 의외로 할 일이 생겼다.

"마키, 오늘 고생 많았어. 내일부터는 다른 애들한테도 부탁해서 같이 작업해 달라고 할게."

"알겠어. ……완성판, 기대할게."

"응, 기대하고 있어. ……아, 마키, 잠깐만 머리. 이쪽으로 돌려볼래?"

"어? 엇, 이렇게?"

"그래, 아까 사용한 흰 페인트가 머리카락에 묻었나 봐……. 아, 역시나. 에헤헤, 내가 떼줄게."

"아, 잠깐만——."

갑자기 내 머리칼을 만지려고 아마미의 얼굴이 가까이 다가오자 나는 순간적으로 뒷걸음질 치고 말았다.

나도 이제 대화는 어려움 없이 하게 됐지만……. 아직도 아마미의 거리감 조절에는 난감하다.

"앗……. 미, 미안해. 우미랑 니나치가 그렇게나 지적했는데도 내가 또 오해받을 짓을——."

"아니, 지금은 호들갑을 떤 내 잘못이지 뭐……. 머리에 묻은 걸 떼어주려는 건 고마운 일이니까."

"응, 그거야 뭐, 천만의 말씀……."

아까까지 평범한 친구처럼 지냈는데 내가 노골적으로 피하는 반응을 보여서 순간 분위기가 어색해지고 말았다.

이럴 때 조금이라도 자연스럽게, 부드럽게 제안을 거절할 수도 있었을 텐데……. 역시 나는 아직도 의사소통 능력이 부족한 모양이다.

"음……. 아……. 그럼 난 예정대로 혼자 집에 가도록 할게. 마키, 내일 보자."

"어? 아, 응. 내일 봐……."

마치 작년 이맘때로 돌아간 듯 서로 머뭇거리며 대화를 나눈 후, 아마미는 나한테서 도망이라도 가는 것처럼 그 자리를 떠났다.

내 행동으로 분위기가 이상해지긴 했지만, 지금 나한테는 이렇게 하는 수밖에 없었다.

아마미와는 사이좋은 친구지만, 아마미는 여자애고 지금은 학교에서 모르는 사람이 없을 만큼 유명인이다.

만약 여기가 우미나 닛타 등 친한 애들끼리만 있는 제한적인 곳이면 모를까, 지금 이 장소는 보는 사람 눈이 많은 학교다.

"일단 누가 본 것 같지는 않지만……. 그보다 제발 이상한 소문이나 나지 마라……."

아무 일도 없이, 부디 평화롭게. 하교 시각이 가까워졌음을 알리는 종소리가 학교 내에 울려 퍼지는 와중, 나는 그렇게 속으로 계속 빌었다.

※※※

"——어휴, 이제야 찾았네. 이런 곳에 왜 내던지고 난리야?"

도서실 제일 안쪽 책상에 혼자 외롭게 덩그러니 놓인 가방을 집어 든 나는 작게 투덜거렸다.

나온 지 얼마 안 된 만화 최신간을 빌려주는 것……까지는 좋았지만, 내가 일을 마치고 돌아오길 끝까지 기다리지 않고 가방을 통째로 가져갈 필요는 없지 않나.

그리고 도서실에서 만화책을 읽은 후에 볼일은 다 봤다며 가방은 내동댕이쳐놓고, 나 혼자 남긴 채 제멋대로 집에 가버리는 것도.

『미안. 생각이 좀 많아서 네 가방을 깜박했네.』

메시지만 보면 마치 사과라도 하는 것처럼 보이지만, 그 화면 너머로 심술궂게 웃는 '친구'의 모습이 눈에 선하다.

자기 울분을 풀 목적으로 나를 샌드백 취급한다는 건 이미 알고 있었다. 자세한 이야기는 듣지 못했지만, 친구는 체육제 준비 기간에 친해진(본인 말로는) 1학년 여자애한테 차인 듯, 최근 며칠 동안 기분이 나빴다고 한다.

친구인 그 애와는 중학교 때부터 알고 지낸 사이지만, 그때와 무엇 하나 달라진 게 없다. 그 애는 늘 어울리는 집단 속에서 제일 체격이 좋다는 이유로 골목대장 티를 내며 자신이 매력적인 줄 착각해서, 제 주제도 모르고 어울리지 않는 무리의 여자애한테 말을 걸었다가 기분 나쁘다며 노골적으로 외면당하는 일이 반복됐기 때문이다.

그런 한심한 인간들 속에서 제일 밑바닥에 있는 게 바로 나라는 존재였다.

"……윽."

불이 꺼져 어둑어둑하고 조용한 도서실에 나 혼자 교복으로 갈아입는 게 비참해서 눈 안쪽이 살짝 찡해졌다.

내 주변에는 왜 이런 놈들만 있는 걸까. 초등학교 때부터 지금까지 지각도, 결석도 안 했고 성적도 항상 상위권을 유지해 왔다.

지금까지 성실하게 노력했고, 나 나름대로 남들과 의사소통도 잘했다.

……지금까지 학교가 재밌다고 느낀 적은 단 한 번도 없다. 항

상 누군가에게 바보 취급을 당하고 집단 괴롭힘까지는 아니지만 은근하게 심술의 표적이 되면서, 나는 속으로는 울면서도 겉으로는 필사적으로 웃었다.

그런 인간관계 따위 당장이라도 끊어내야만 한다. 머리로는 이해하고 있다.

그렇지만…… 여전히 나는 지금 상태에서 벗어나지 못했다.

어느새 발버둥을 칠 기력도 남아 있지 않았다.

아무리 한심해도 나는 '외톨이'는 아니었으니까.

"……실례했습니다."

아무도 없는 도서실에 대고 공손히 머리를 숙인 나는 빨리 하교하려고 건물 출입구로 향했다. 체육제 당일이 가까워져서 그런지, 하교 시각 전인데도 학교 안에는 응원 연습 구호나 다른 대화 소리로 다소 떠들썩했다.

"목도 마르니까 주스라도 사서 돌아갈까."

나는 가방을 찾아다니느라 타는 목을 축이기 위해 학생 식당 옆에 있는 자판기로 향했다. 자판기는 하굣길이나 역 건물 안에도 있지만, 학교에서 사는 게 제일 싸다. 아르바이트도 하지 않으니까 평소의 이런 절약은 의외로 무시할 수 없다.

그리고 이 시간이라면 나 혼자 걸어도 눈에 띄지 않을 테고.

"……음?"

흰 자판기가 시야 가장자리에 보인 순간, 내 귀에 문득 저 멀리서 남녀의 대화 소리가 들어왔다.

——마키, 오늘 고생 많았어. ……. …….

——알겠어. ……할게.

“저건…… 아마미랑 마에하라……?”

이야기를 들어보니 아마도 우리 반의 그 두 사람 목소리가 분명했다.

아마미가 혼자 남아서 작업한다고 말했으니까 그건 알겠는데, 왜 맡은 일도 없는 마에하라까지 이 시간에 있는 거지?

“하긴 나하고는 상관없는 일인데 뭐. ……마에하라는 이제 나와 다른 세상에 사는 애니까.”

얼마 전까지는 질투 어린 생각을 하고 그 애한테 싸늘한 태도를 보이거나 비꼬는 소리도 했지만, 그럴 때마다 더 비참해지는 기분이 들어 더는 그 애 생각을 하지 않고 또 그 주변 사람들과도 최대한 거리를 두고 지냈다.

왜 그 애만 자꾸.

“……아니, 이제 그만하자. 더는 안 돼.”

나 자신에게 그렇게 말하며 이 자리를 떠나려 했지만, 발과 시선은 그 둘을 향해 있기만 했다.

“……좋겠다. 나도 저렇게 예쁜 여자애랑 즐겁게——.”

문득 그런 말이 입에서 쏟아진 순간.

——아, 마키…….

나는 순간적으로 주머니에서 스마트폰을 꺼내 결정적인 순간을 촬영해 버렸다.

아마미가 마에하라에게 얼굴을 가까이 가져다 대며 뭔가를 하고 있었다……. 나와 둘의 거리가 멀어서 무슨 일을 하는지는 잘 알 수 없었지만, 척 봐도 '친구' 끼리의 거리감은 아니었다.

보는 각도에 따라서는 어쩌면——.

어떤 상상이 머릿속을 스친 직후, 나는 두 사람에게 들키지 않도록 얼른 자판기 그늘 속으로 몸을 숨기고 숨을 죽였다.

나도 모르게 사진을 찍고 말았다.

학교에서 모르는 사람이 없을 만큼 미소녀인 아마미, 그리고 별 볼 일 없는 외모와 없다시피 한 존재감의 우리 반 남학생.

도촬이다. 상식적으로 봐도 나쁜 일임은 안다.

……하지만.

"아사나기라는 여자친구가 있으면서 아마미랑 몰래 저러다니……. 그럼 안 되는 거잖아."

결국 나는 이 자리에서 지금 막 찍은 사진을 삭제할 마음이 들지 않았다.

5. 나쁜 소문(?)이 퍼지다

8월이 끝나고 드디어 9월. 마침내 새 학기를 맞이했다. 집에 걸린 달력에는 지난달까지 뜨거운 햇살, 수박, 해바라기 등 여름을 연상시키는 것뿐이었지만, 그 페이지를 한 장 넘기니 밤하늘에 뜬 보름달과 억새 그림이 드러났다.

밖은 여전히 더워서 아직은 계절 변화를 실감할 수는 없었지만.

"그때부터 딱 1년이구나……."

아침에 나는 침대에서 일어나 아침밥 준비를 하며 여전히 멍한 머리로 그렇게 중얼거렸다.

작년 이맘때부터 계절이 돌고 돌아 고등학교 생활에서 두 번째 맞는 가을.

『나랑 친구가 되어 줄 수 없을까?』

같은 반 여자애의 그 한마디에서 시작된 1년 동안, 내 주변을 둘러싼 인간관계는 180도 변했다.

혼자서 나만의 껍데기 속에 틀어박혀 있었던 그 시절에서 벗어나 한 명, 또 한 명, 내 이름을 부르며 손짓하는 사람이 늘어만 갔다.

예전만 해도 나는 학교생활이 즐겁다고 하는 학생의 기분을 이해하지 못했다.

그렇지만 지금은 새로운 아침을 맞이하는 게 좀…… 즐겁다.

"마키, 안녕. 오늘부터 또 수업이네. 방학 숙제는 했어?"

"물론이지. 우미는 괜찮았어?"

"……어제는 하루 종일 유우네 집에 실례했지. 그리고 어째서인지 니나까지."

"역시나. 일단 고생 많았어."

학생한테는 연례행사 같은 여름방학 마지막 날의 난리통을 우미 역시 제대로 체험한 모양이다.

그 쓴웃음 짓는 얼굴을 보니 어제 아마미네 집 모습이 어땠을지 상상이 돼서 나는 우미를 격려하듯 부드럽게 머리를 쓰다듬어 주었다.

"에헤헤……. 마키도 참. 요즘 머리 쓰다듬는 실력이 늘었네. 이렇게 해주면 진짜 기분 좋아."

"그래? 그럼 다행이다."

여름 이후부터 더욱 우미와의 스킨십이 늘어나면서, 조금씩이지만 우미의 몸을 이해하기 시작했다. 민감한 곳, 굳어 있는 곳, 쓰다듬어 주면 기분 좋은 반응을 보이는 곳…… 등등.

아마미와 닛타 같은 '친구'가 모르는 우미의 비밀을 '연인'인 나만은 안다.

그리고 우미도 나에 관한 걸 거의 다 안다.

"그러고 보니 우미도 오늘부터 블레이저 교복 입고 왔네. 덥지 않아?"

"응, 더워. 덥지만 이제 가을이니까. ……벌써 1년이 지났네."
"……그러게."
"어때? 마키는 이 1년이 금방 지난 것 같아?"
"반반이라고 해야 하나. 입학하고 나서 반년은 지옥처럼 길었고, 그 이후 반년은 빛의 속도로 지나가 버린 느낌이랄까."
"아하하, 정말 반반이네. 그럼 지금은?"
"계속 빛의 속도입니다."
"그렇구나. 나랑 똑같아."
우미와 친구가 된 지 곧 있으면 1년, 연인이 된 지는 대략 9개월……. 우미와의 일상은 조금이라도 넋을 놓고 있으면 금방 지나가고 만다.
지금도 그렇다. 나는 연인과 잠시 수다를 떨 셈이었지만, 시계를 보니 등교할 때가 임박해졌으니 말이다.
실제 시간은 한 시간, 체감 시간은 5분 아니면 10분……. 가끔 시간이 제대로 흐르는 게 맞는지 의심스럽다.
"자, 이제 슬슬 학교 갈까?"
"응."
아주 자연스럽게 손을 잡은 나와 우미는 함께 우리 집을 나섰다. 사귄 지 얼마 되지 않았을 때는 부끄러워서 대놓고 이러지도 못했지만, 익숙해졌을 즈음부터는 누가 놀리든 말든 당당하게 서로 손가락을 얽고 놓으려 하지 않는다.
우미는 내 여자친구다. 부끄러워할 필요도 없다.
여름방학이 끝난 후의 첫 수업이지만, 8월 연휴 이후로 거의 매일 체육제 연습 때문에 등교해서 그런지 몸이 느슨해졌다는 느낌은 들지 않았다.

다만 완전히 2학기 모드로 몸이 전환되는 건 이번 주말에 열리는 체육제가 끝나고 나서다.

"! 앗, 애들아, 안녕……."

"좋은 아침, 유우. 나는 자정이 되기 전에 집에 갔지만, 너 그 이후에 어떻게 됐어?"

"조금 전까지 열심히 해서 겨우 끝냈어."

"오오, 잘했어, 절친. 애썼네."

"에헤헤~. 더 칭찬해 줘~."

두 소녀의 절친한 관계는 작년부터 여전했지만, 언제나 평탄했던 건 아니다.

본심을 쏟아내며 충돌할 때도 있었고 처음으로 골이 생기기도 했지만, 그래도 지금 둘은 이렇게나 사이가 좋다. 잘 지내고 있다.

끝이 좋으면 다 좋다……라고 할 수는 없지만.

어쨌든 지금은 이걸로 충분하다고 생각한다.

"오오, 늘 그랬던 단골 광경이군? 이걸 봐야 학교가 시작된 느낌이 든다니까."

"야, 마키. 그리고 아사나기랑 아마미도 있구나."

"! 앗, 니나치와 세키구나! 좋은 아침이긴 한데, 웬일로 둘이……. 헉, 설마 내가 모르는 사이에 너희……!"

""그런 일은 죽어도 없어.""

둘에게서 동시에 반론이 튀어나왔다. ……하지만 의외로 둘이 어울리는 느낌이 드는 건 내 기분 탓일까. 이것도 어디까지나 친구로서 나쁘지 않다는 것이지, 연인으로 보면 또 다를지도 모르겠다.

1년이 지나면서 여러모로 배운 점도 많았지만, 인간관계는 아직도 어렵다.

"그럼 난 응원단 아침 연습이 있으니까 먼저 간다. 너희 넷한테는 미안하지만, 우리도 안 져."

"연애에서는 참패했으니까?"

"으윽."

"노, 노조무……! 닛타, 너 그런 말 하면 안 돼."

"어이구, 이거 실례."

"……닛타, 너 진짜 두고 보자."

"네네, 자, 어서 연습이나 가셔."

우리 다섯 사이에서 거의 매일 이뤄지는 티격태격을 끝내고 나자, 내 안에서도 비로소 2학기가 시작된 느낌이 들었다.

새로운 마음가짐과 새롭게 생긴 친구……라고 하면 살짝 부끄럽지만, 이 친구들과 함께 또 1년 즐겁게 지내고 싶다.

……그런데 똑같은 일상 속에서 그걸 방해하는 잡음이 내 귀에 닿았다.

——걔야, 걔.

——정말이네. 와~ 저 얼굴로 웬 인기?

——그럼 한 명은 여친이고 다른 둘은 ○○○라는 건가?

——어휴, 쓰레기네.

우미와 아마미, 닛타는 평소처럼 주변의 수군거림을 모른 척하고 있지만, 어쩐지 그 표정은 좋지 않았다.

"얼마 전까지는 잠잠하더니…… 어느새 나까지 위원장의 하렘에 들어가 있네? 위원장, 뭐 짐작 가는 일 없어?"

"글쎄……. 특별히 안 좋은 행동을 한 기억은 없는데. 그치, 우미?"

"응, 나와 마키는 연인 사이니까 그걸 가지고 뭐라 하는 건 이해해도……. 어디서 이상한 소문이라도 도는 건가? 유우, 백보드 담당 후배나 선배들한테 무슨 이야기 못 들었어?"

"어? 모, 모르겠는데……. 담당하는 애들은 다들 착해서 그런 일은 절대로…… 없을 거야."

그래서 지금은 뭔가 짚이는 구석은 머릿속에 전혀 떠오르지 않았다.

남자 한 명(나)과 여자 셋(우미, 아마미, 닛타)이라는 조합이라 그걸 보고 단순히 재미 삼아 떠드는 거라면 언짢긴 해도 그냥 흘려들을 수 있지만.

1학년 때도 이런 비슷한 소리를 종종 듣긴 했지만, 이번에는 체육제 때문에 수군거리는 규모가 다른 학년에까지 번졌는지 다소 집요한 느낌마저 든다.

얼마 전 이인삼각에서 노력한 덕분에 떠드는 소리도 어느 정도 가라앉았다고 안심했었는데.

“원래는 무시하고 끝날 일이지만……. 닛타, 혹시 좀 알아봐 줄 수 있어?”

“그래, 내가 모르는 시점이라면 우리 학년에서 나온 말은 아닐 테니 1학년과 사귀는 애한테 물어보지 뭐.”

“그럼 나도 학생회 일 돕는 김에 타키자와나 다른 멤버들 통해서 알아볼게. 다들 성실한 애들이라 그런 못된 소문을 잘 모를 수도 있지만.”

범인 색출까지는 아니지만, 원인이 있다면 알아두는 편이 대책을 짜기도 쉽다.

……체육제를 앞둔 상황에서 누군지 모르겠지만 엄청난 민폐를 끼쳤다.

“우미와 니나치가 알아볼 테니까 나……는 평소대로 있어야겠다. 나기사와 야마한테 괜한 걱정을 끼치고 싶지 않아서.”

“그러네. 이 상황에서 아마미가 나서면 눈에 더 띌 테니까.”

아마미는 그냥 가만히 있기로 하고, 그사이에 우리가 나쁜 소문(?)의 출처를 찾기로 역할 분담을 했다.

물론 뜬금없이 나쁜 소문의 주인공(이라고 해도 되나)이 된 나도.

각자 할 일을 확인하고 헤어진 후, 나는 같은 반인 아마미와 함께 교실로 들어갔다.

……교실에 발을 들이며 보니 우리 반 애들에게서 별 이상한 점은 느껴지지 않았다. 함께 들어온 나와 아마미를 흘끔거리긴 해도 반년이 지나니 이 반에서는 이것조차 일상이 되어 있어서

'아아, 또 마에하라냐' 정도로만 여긴다.

평상시와 똑같았지만 지금은 그게 나를 안심하게 해주었다.

"아마미, 안녕! 피곤해 보이는데 혹시 밤새워서 숙제 끝낸 거니?"

"어? 아, 으, 응. 에헤헤, 여름방학에 하도 즐겁게 노느라 자꾸만 뒤로 미뤘지 뭐야. 나기사도 그렇지?"

"너랑 같은 취급하지 마. 난 7월에 다 끝냈으니까."

"앗, 정말? ……아라에는 늘 지루해 죽겠다는 표정으로 살더니 실은 엄청 성실하구나. 성실한 날라리인가?"

"야마, 넌 좀 가만히 있어."

옆에서 보면 조마조마하지만, 지금까지는 아슬아슬하게 '평소'와 똑같은 상태다.

이럴 때 아라에의 반응이 궁금하지만……. 하긴 아라에는 기본적으로 우리한테 간섭하지 않으니까 들킨다고 해도 그냥 내버려두겠지만——.

"아, 맞다. 야, 마에하라——."

"! ……어, 무, 무슨 일이야?"

"그러니까 왜 그렇게 싫은 표정을 짓냐? ……개학식 끝나고 나 좀 보자. 미리 말해두지만 도망가면 너 가만 안 둬."

"도망가지 않아도 가만 안 둘 듯한데……."

"뭐?"

"아니, 아무것도 아닙니다."

아라에의 갑작스러운 호출에 반 아이들이 술렁거렸다.

드디어 마에하라가 아라에한테 털리는 날이 왔구나——아니, 그런 분위기를 잡아놓고 설마 다른 패턴도——하던 차에, 아라에의 날카로운 눈빛이 발동하면서 주변의 술렁임이 단번에 수그러들었다.

아라에는 그야말로 2학년 10반의 대장과 같은 존재(배후의 지배자)로 정착했다.

"체육관 뒤편으로 와. 알고 있겠지만 혼자 와야 해."

"…………."

"나 참, 걱정하지 마. 별일 아니니까. 그냥 난 그 녀석이 거북해서 그런 거니까."

"……그런 거라면 뭐."

비밀로 하라는 게 아니면 나중에 우미한테 다 얘기하면 된다.

다만 '별일 아니다' 라면서도 굳이 아라에가 나한테 무슨 이야기를 하려는 시점에서 그다지 좋지 않은 내용임은 확실했다.

"그럼 알겠지?"

아라에는 그렇게 말하고 자기 자리로 돌아가자 상황을 지켜보던 야마시타와 아마미가 당연한 듯 무슨 일인지 물어보려고 했지만……. 평소와 달리 아라에의 표정이 복잡해서 둘이 어쩌면 좋을지 모르는 모양이었다.

"저어, 나기사……. 마키랑, 무슨 얘기를 하려고——."

"너하고는 상관없…… 아니, 궁금하면 나중에 마에하라한테 물어. 난 몰라."

역시나 아마미하고도 상관이 있는 일인 모양이다.

아라에가 갑자기 하고 싶다는 이야기……. 궁금했지만 그만큼 듣고 싶지 않기도 했다.

HR 후에 체육관에서는 2학기 개학식이 순조롭게 이뤄졌다. 늘 그랬듯 특별한 것도 없었지만, 아까 일 때문에 내 머릿속은 온통 다른 곳에 가 있느라 동아리 활동 표창도, 체육제 관련 연락 사항도 귀에 들어오지 않았다.

개학식이 끝나고 학생들이 일단 자기 교실로 돌아갈 때, 나는 반 아이들 사이에서 슬쩍 빠져나와 약속 장소인 체육관 뒤편으로 갔다.

인적이 드문 그늘에서 기다리길 잠시. 다른 타이밍에 빠져나온 아라에가 나를 보고 다가왔다.

"……야."

"응, 그래서 할 얘기라는 게……."

"그래, 시간 없으니까 짧게 할게."

아라에가 들고 있던 스마트폰을 나한테 내밀었다.

"……이 사진, 너 짐작 가는 거 없냐?"

"! 이건……."

아라에의 스마트폰 화면에 있던 건 교복을 입은 나와 체육복 차림으로 푸른 머리띠를 두른 아마미가 같이 있는 사진이었다. 다소 역광이고 순간적으로 촬영된 탓에 초점이 흔들려 있었지만, 누가 누구인지 판별은 가능했다.

분명 나와 아마미였다.

그리고 문제는 여기서부터였다.

"아라에, 이거 누구한테 받았어?"

"체육제 연습으로 알게 된 후배 여자애한테서. 청팀 1학년 여자애들 사이에 돌고 있다더라. ……아마미 선배가 여자친구 있는 남학생과 방과 후에 키스하고 있었다며."

"……말도 안 돼."

오늘 아침 아라에가 아마미한테 제대로 말을 못 한 이유가 바로 이것이었다.

이 문제에 대해서는 닛타와 우미도 사정을 파악하는 중이라 조만간 아마미도 알게 될 것이다.

그런데 왜 이런 엉뚱한 말이…… 퍼졌느냐고 묻고 싶었지만, 그 증거로 제시된 이 사진 때문에 소문이 꼬리에 꼬리를 물고 퍼졌나 보다.

이 사진에서 나와 아마미가 키스하고 있다……까지는 판단할 수 없지만, 그렇게 보여도 이상할 게 없는 미묘한 각도인 건 사실이었다.

"마에하라…… 잠깐, 확인하겠는데 너 말이야……. 아마미랑 그런 짓, 했어?"

"아니! 그리고 이 사진 합성된 거잖아."

"! ……그래?"

"아마도. 봐, 여기 잘 보면 미묘하게 배경이 엇나가 있어. 나와 아마미의 경계 부분이."

"아……. 정말이네."

어떤 스마트폰 앱으로 그렇게 보이도록 원본을 건드린 듯한데, 나와 아마미를 바짝 붙여놓으려 애를 쓰다가 오히려 화질이 더 거칠어졌다.

그러나 그 거친 화질로 인해 얼핏 보면 마치 키스라도 하는 것처럼 보이는…… 사진이었다.

그렇게 된 건 아마도 우연이겠지만, 누가 이런 치사한 짓을 저질렀는지.

게다가 이 사진이 찍힌 타이밍은 아마 얼마 전 내가 백보드 마무리 작업을 도왔을 때다.

그때는 몰랐지만 그 자리에 우리 말고 다른 누가 있었다.

아마미와 내 얼굴이 가까워진 건 아주 잠깐이었는데…… 설마 그 순간이 이런 위기를 초래할 줄이야.

아무튼 소문의 원인은 알았다. 이제 우리끼리 이 사실을 공유해서 어떻게 할지 문제 해결 방향을 상의해야 할 일만 남았다.

"내가 하고 싶은 말은 이거야. ……괜한 시간 빼앗아서 미안하네."

"아니, 마침 우리도 난처한 상황이어서……. 고마워, 아라에. 우리를 걱정해 줘서."

"그런 거 아니야. 요즘 아마미 때문에 오히려 주변이 시끄러워서 짜증 나던 참이었으니까……. 근데 마에하라, 뭘 실실거리냐?"

"미안, 새침해 보이기만 하던 네가 이런 다정한 면도 있구나 싶어서——."

"뭐?"

"그, 그 얼굴은 여전히 무섭지만……."

여기서 더 말했다가는 정말로 혼쭐이 날 것 같아 입을 다물었지만, 역시 아라에는 친구를 생각하는 좋은 애다.

아마미를 위해 이렇게까지 행동하는 사람은 그리 많지 않다.

……새침할 때는 찬바람이 쌩쌩 불어서 무서울 정도라는 게 옥에 티지만.

"그럼 나중에 봐."

"응, 그래."

아라에와 헤어진 후, 나는 바로 아라에한테 받은 사진과 함께 메시지를 보냈다.

작년이라면 혼자 버틸 수밖에 없었지만, 지금 나한테는 고민을 들어줄 연인도 있고 친구도 있다. 그리고 든든한 후배까지 생겼다.

혼자 다 짊어질 필요는 없다. 생각 나는 사람 모두에게 상의해서 다 함께 맞서면 된다.

개학식 직후에 시작된 오전 연습을 소화한 후, 드디어 점심시간. 학생 식당에 있는 학생회 전용석에 우리 다섯과 장소를 제공해 준 새로운 학생회장 나카무라, 그리고 부회장인 타키자와까지 일곱 명이 테이블에 둘러앉아 있었다.

당연히 화제는 아라에로부터 받은 사진과 그 출처였다.

"미안해, 애들아……. 이번 주말이면 체육제인데 내가 부주의하게 행동해서──."

"유우, 이제 그런 말 안 하기로 했지? 너랑 마키 모두 철저하지 못하긴 했지만 그래도 잘못은 이 사진을 유포한 누군가잖아."

닛타와 우미가 얻은 정보까지 정리해 보니 지금 도는 나에 관한 나쁜 소문은 이 사진이 발단인 것만큼은 분명했다.

그게 어디서 나온 건지 따라가면 소문의 출처, 그러니까 원본 사진을 촬영해서 합성한 장본인을 찾아낼 수 있는데 그건 그리 쉬운 일은 아니었다.

"유우찡, 뭐 짚이는 거 없는지 생각나는 대로 말해봐, 응? 예를 들어 여름방학 중에 누구한테 고백받아서 거절했다거나."

"아니, 학교에 있는 동안은 나기사와 야마, 같은 백보드 담당 애들이랑 있을 때가 많아서 누가 날 불러낸 일도 없었는걸."

"그렇지……. 그럼 위원장은?"

"글쎄……. 짐작 가는 게 없는 것도 아니지만 특별히 있는 것도 아니고."

왜 너 같은 인간이~ 하는 험담이나 질투는 작년 문화제 때부터 겪어봤지만 그것도 어디까지나 반 안에서 일부 애들끼리의 이야기일 뿐, 그냥 놔두면 알아서 잠잠해지곤 했다.

이번에도 떠들다 말겠지 하고 신경 쓰지 않았던 것도 있었지만.

"흠, 평소라면 내버려두겠지만 이 상태라면 마에하라 씨에게 나쁜 이미지만 쌓이겠네. 인기인과 친구로 어울리는 것도 참 골치 아픈 일이야. 그게 이성이라면 더더욱. ……나도 조심해야 할까 봐. 안 그래, 소우지?"

"미오 선배라면 오히려 이런 상황에 신이 나서 범인 찾느라 난리일 것 같은데요. ……물론 그런 일이 생기면 저도 돕겠지만요."

"나도 오늘 처음 마키한테 얘기 들었다고……. 이런 짓을 해서 뭐가 재밌다는 건지. 마키를 웃음거리로 만들고, 아마미의 기분까지 상하게 하고. 왜 그랬는지는 모르겠지만…… 솔직히 징그럽다."

나직이 내뱉은 노조무의 말에 이 자리의 모두는 고개를 끄덕이지 않을 수가 없었다.

사람은 누구든 한 번쯤은 질투에 사로잡힐 때가 있다. 공부, 운동, 친구나 연인 유무, 돈……. 나도 그렇지만, 다들 경험은 해봤을 것이다.

하지만 그렇다고 해서 그 질투 때문에 직접적이든 간접적이든 남에게 해를 끼치는 건 좋지 않다. 그런 감정을 숨기지 못한 시점에서 그 사람은 패배한 것과 마찬가지다.

또한 이번 일에서 제일 큰 문제는 거짓 사진과 정보를 퍼트려서 사정 모르는 대다수에게 나와 아마미에게 일방적으로 나쁜 이미지를 심어주려고 했던 점이다.

……어떤 이유가 있다고 해도 용서받을 일은 절대로 아니다.

"그럼 이제 우리는 어떻게 하냐? 범인 찾기라면 나도 돕겠지만…… 마키, 넌 어쩌고 싶어?"

"노조무, 글쎄~……. 하긴 그냥 놔두면 상황이 감당하기 어려워질 것 같고 얼른 근본 원인부터 제거하고 싶은데……. 이렇게까지 소문이 퍼져서 출처를 찾는 게 힘들지도 몰라."

문제의 사진이 촬영된 시점이 그리 오래되지는 않았지만, 지금 우리한테 들어온 정보원이 여러 곳이라는 시점에서 이미 곳곳에 확산됐을 가능성이 높다. 그뿐만이 아니라 소문의 성질상 돌아다니며 물어봤자 솔직히 대답해 줄 사람이 있을지 알 수 없고, 상황에 따라서는 정보가 뒤섞여 원인 특정에 어려움을 겪을 수도 있다.

"놔두면 더 상황만 안 좋아져서 역효과만 날 거고, 정면에서 부정하는 것도 범인의 기만 살려주는 것 같아 좋지 않아 보일 거야……. 니나, 무슨 좋은 방법 없을까?"

"어쩌면 좋을지……."

그때 우리의 대화는 잠시 끊기면서 테이블에 조용하고도 무거운 침묵이 감돌기 시작했다.

역시 지금까지처럼 무슨 일이 있어도 신경 쓰지 말고 꾸준히 노력해서, 얼마 전 이인삼각 연습 때처럼 서서히 평판을 되찾을 수밖에 없을까……. 아니, 그래서는 거짓 소문을 인정하는 꼴로 비칠지도 모르는데.

우리가 취해야 할 행동은 무엇인지……. 침묵 속에서 각자 생각에 잠겨 있는데.

"——저어, 마에하라 선배."

"! 타키자와, 왜 그래?"

"그 문제, 저한테 맡겨주실 수 있나요?"

"뭐?"

뜻밖에도 침묵을 깬 건 이 문제와 제일 관련이 없는 타키자와였다.

똑바로 들어 올린 손과 나를 보는 그 진지한 눈빛에, 타키자와에게 뭔가 해보려는 생각이 있다는 걸 알아차렸다.

그게 뜻밖이었는지 그 옆에 있던 나카무라도 타키자와를 보고 눈을 깜빡거렸다.

"저기……. 미안한데 다시 한번 말해줄래?"

"범인 색출을 '저한테' 맡겨주실 수 없나 해서요."

"그럼 타키자와 혼자서 하겠다는 뜻이야? 우리가 안 도와줘도 돼?"

"네, 사실 혼자가 움직이기 더 쉬울 거예요……. 아니, 오히려 선배들이 있으면 번거로우니까 되도록 선배들은 아무것도 하지 않고 곧 있을 체육제에만 집중하면 좋겠어요."

무슨 계획이 있는 모양이지만, 이 문제와 거의 관련조차 없는 후배에게 다 떠넘기는 것도 선배로서 미안한 기분이 드는데……. 갑작스러운 제안에 어쩌면 좋을지 망설이는데, 마치 지원군이라도 되는 것처럼 나카무라까지 나한테 머리 숙여 부탁했다.

"마에하라 씨, 나도 부탁할게. 얘가 뭘 하려는지 나도 모르겠지만, 얘도 너희를 도와주고 싶어서 이러는 거야. ……그렇지, 소우지?"

"네, 지금까지 선배들이 잘해주시기도 했고, 그 은혜를 이럴 때 갚고 싶어요. 다들 좋은 선배들인데 한심한 거짓말로 궁지에 내몰다니 후배인 제 입장에서는 견딜 수가 없으니까요. ……오랜만에 저도 화가 나네요."

지금까지 늘 온화하고 차분한 분위기만 보였던 후배가 우리 앞에서 처음으로 분하다는 듯 입술을 깨물며 감정을 드러내고 있었다.

이 상황에서 타키자와도 뭔가 느끼는 바가 있는 모양인데……. 혹시 자기한테도 과거에 비슷한 경험이 있었던 걸까.

"타키자와가 이렇게 말하는데…… 다들 어떻게 할래?"

"나는 마키 의견을 존중하고 싶은데. 다 같이 할까 아니면 타키자와한테 맡길까 하는 선택이지만, 어느 쪽이든 장단점이 있어 보여. 유우 너는?"

"……나도 마키한테 맡길게. 이번에는 내 잘못도 있으니까 내가 감히 나서기도 좀 그렇고."

"나는 어느 쪽이든 상관없지만……. 빨리 오해가 풀리는 방법이면 좋겠어."

"타키가 하고 싶다면 맡기는 게 어때? 얘가 워낙 머리 좋다는 건 요즘 일하는 모습만 봐도 알 수 있잖아."

명확하게 타키자와를 지지하는 건 노조무뿐이고, 다른 애들은 나한테 맡기자는 식이니까 역시 최종 결정은 내게 달렸나 보다.

……어려운 판단이긴 하지만.

"그럼 타키자와, 미안하지만 부탁해도 될까?"

"알겠어요. 물론 틈틈이 보고도 할 테니 걱정 마세요."

대체 어떤 방법으로 범인을 찾아낼지 궁금했지만, 지금 그 부분은 캐묻지 말고 나중에 기대하는 것으로 해둬야겠다.

아무튼 든든한 후배의 지시대로 우리는 체육제까지 남은 시간 동안 연습을 열심히 해서 고교 생활 중 단 한 번의 행사를 즐기면 된다.

여름방학부터 이어진 연습 기간도 끝나고, 드디어 맞이한 9월 첫 주말. 마침내 체육제 당일을 맞이했다.

전날 토요일부터 쉬지 않고 행사장 준비를 한 덕분에 이제 관객과 내빈을 맞을 준비는 다 되어 있다.

현재 시각은 아직 이른 아침인 오전 7시지만, 운동장 내에는 이미 많은 학생이 모여 외부업체가 진행하는 마지막 작업을 지켜보고 있었다.

홍팀, 청팀, 황팀, 백팀까지 네 팀으로 나뉜 학생들이 자리 잡을 스탠드 뒤 백보드 설치 작업이 한창이었다.

체육제 전날까지 이어진 학생들의 역작이 드러나자 각 팀의 학생들 사이에서 탄성이 터져 나왔다.

"노조무네는 붉은 오니가 그려져 있네. 예스러운 느낌인 게, 꼭 오래된 두루마리에 저런 그림이 있을 것 같아……."

"학교에도 관련 자료가 많아서 그걸 참고해서 디자인했대. 문화 관련 동아리를 하는 애가 없어서 고생했다는데, 그런 것치고는 잘 그렸지?"

팀에 따라 쓸 만한 인재가 없을 때도 있는 듯했지만, 홍팀 이외에도 황팀과 백팀도 아주 뛰어난 수준의 작품을 만들어냈다. 아니, 설령 완성도가 그리 뛰어나지 않더라도 다 함께 만든 것이라면 아무런 문제가 없다.

홍팀, 황팀, 백팀 순서대로 백보드가 설치되고, 드디어 우리 청팀 차례다.

내가 본 시점에서 이미 충분히 완성되었지만, 그 이후에도 아마미가 멤버들에게 부탁하여 전날까지 빠듯하게 마무리 작업을 했으니 과연 그 청룡이 어떻게 변했을지.

"오오……."

완성된 청팀의 백보드가 설치된 순간, 나는 그런 감탄을 쏟아낼 수밖에 없었다.

아마미 말대로 전보다 훨씬 훌륭하게 완성되어 있었기 때문이다. 비늘 하나하나가 반짝거리면서, 그렇다고 아름답기만 한 게 아니라 이빨과 발톱에는 용다운 거친 면도 제대로 표현되어 있었다.

……그것도 파란색과 흰색 단 두 가지 색으로.

"얘들아, 어, 어때? 개인적으로는 작업 시간이 부족해서 마음에 걸리는데."

"뭐? 이 이상 또 뭐가 있어? 유우찡, 그렇게까지 하는 건 좀 그렇다. 다른 팀 애들 넋 나간 걸 보라고."

닛타 말대로 공식적인 자리에 첫선을 보인 청팀 백보드의 엄청난 수준에 다들 그저 멍하니 보고만 있었다.

다른 팀도 지지 않을 만큼 최선을 다했지만…… 주변과 비교해서 혼자 도드라질 정도로 아마미가 꼼꼼하게 그려낸 작품은 매우 뛰어났다.

"우미, 어때? 나 열심히 했어."

"아니, 저건 열심히 한 정도가 아니라 지독한 거라고……. 근데 유우 너 정말 대단하다. 여름방학부터 오늘까지 한 달 내내 애썼구나."

"응, 고마워, 우미……. 에헤헤."

설치 중에는 어딘지 모르게 불안해 보였던 아마미도 지금은 안도한 표정으로 우미가 쓰다듬는 손길에 머리를 맡기고 있다.

처음 맡은 일에 익숙지 않은 재료와 그림 크기 등등, 아마도 완성하는 데 상당히 고생했을 텐데 그만큼 보상받아서 참 다행이다.

"아, 마키도 조금이지만 도와줘서 고마워. 저기 보이지? 마키가 그린 물보라 말인데 다른 애들도 잘 그렸다고 칭찬했어."

"내가 한 곳은 패널 한 장도 안 될 정도인데……. 어쨌든 도움이 됐다니 잘됐다."

"……애들아."

"어?"

"앗, 아니야, 아무것도. 에헤헤, 마키가 기뻐하니 나도 좋아서 그래."

아마미가 나직이 무슨 말을 하려 했는지 궁금했지만, 이미 내 의식은 백보드에 쏠려 있어서 그 순간을 확인하지는 못했다.

언제나처럼 행동하는 아마미였지만…… 어쩌면 그 사진 사건으로 속앓이를 하는 것일지도 모른다.

아무렇지도 않게 지내자고 마음먹어도 그게 쉬운 일이 아니다.

“아무튼 이렇게 준비도 다 됐으니 이제 체육제만 즐기면 돼! 그리고 할 거면 꼭 이기자! 자, 다들 여기 모여서 파이팅 한번 외치지 않을래? 다들 힘내자는 뜻에서.”

“우리 넷이서? 유우 네가 하고 싶다면 괜찮지만……. 마키, 자, 너도 얼른 손 내밀어.”

“나는 강제 참가구나……. 근데 우미가 그러고 싶다면야. 자.”

“아침부터 신나서 날뛰는 것 같아 부끄러운데……. 하지만 이런 분위기도 접하기 힘드니까 괜찮겠지. 세키, 하는 김에 너도 와.”

“난 오늘 너희랑 적인데……. 우리 다섯의 건투를 빈다는 뜻이라면 괜찮지만.”

이렇게 하여 아마미의 손 위에 우리는 한 명씩 손을 포개며 작게 둘러 모였다.

아마미와 내 가짜 키스 사진과 그걸 시작으로 엉뚱한 소문과 험담 등 우리 주변의 소동은 여전히 잠잠해질 기미를 보이지 않지만.

그럴 때일수록 우리는 하나로 똘똘 뭉쳐야 한다.

“자, 마키, 구호 부탁해.”

“어? 내가? 아마미가 할 줄 알았는데, 갑자기 하라고 해도 난 준비도 안 했고…….”

“괜찮아. 그냥 ‘힘내자, 아자!’ ‘자, 가자!’ 그런 간단한 거면 돼. 그치, 우미?”

“그래, 마키가 우리 다섯의 리더잖아. 유우가 하는 것보다 그게 더 의미가 있을지도.”

“맞아. 아, 위원장, 하다가 버벅거리면 우리한테 주스 쏘기다.”

“닛타, 너 왜 부담 주고 그러냐……? 마키, 정 뭣 하면 내가 대신해도 돼. 내가 이럴 때 애드리브는 잘하거든.”

“고마워, 노조무. 근데 이번에는 내가 할게.”

우리 다섯이 모였을 때만 해도 나 마에하라 마키는 어디까지나 연인인 우미의 곁다리 같은 위치라고 여겼다.

그렇지만 이렇게 함께 행동하는 시간이 늘면서 언젠가부터 모두 나를 잘 따르게 되어 한자리에 모여들었음을 깨달았다.

우미도, 아마미와 닛타도, 그리고 노조무도 늘 내 생각과 의도를 존중해 준다. 때로는 놀리기도 하고 어처구니없어 할 때도 있지만 대체로는 나를 따듯하게 지켜봐 준다.

진정한 의미에서 이 다섯의 리더냐고 묻는다면 솔직히 자신은 없지만, 조금씩이라도 모두를 지탱하는 존재가 된다면 좋겠다는 생각을 남몰래 했다.

“그럼…… 결과는 어떻든 할 거면 최선을 다하자. ……아자~!”

““““……푸훗.””””

“윽, 왜 다들 웃는 거야? 나한테 어울리지 않는 짓인 건 아니까 조금만 참아줘.”

“후후, 미안, 미안. 애쓰는 마키가 귀여워서 그만.”

“아하하, 위원장, 구호 외치는 데 뭘 그렇게 긴장하냐? 진짜 웃기다.”

“마키, 그렇게 부끄러워 안 해도 마지막까지 같이 있어 줄게.”

"미안하다, 마키. 근데 나는 그런 것도 나쁘지 않다고 봐."

내가 은근히 부끄러워한 탓에 분위기가 흐트러졌지만, 이것도 분명 우리다운 형태일지도 모른다.

"정말이지……. 하여간 다들 힘내자. 무리하지 말고, 다치지 않도록 조심해."

""""알겠어.""""

화기애애한 분위기로 우리의 고등학교 생활 처음이자 마지막인 체육제의 막이 오르는 순간이었다.

"——지금까지의 연습 성과를 발휘하여 학생 일동, 2년 중 한 번 있는 우리 학교 체육제를 훌륭히 치를 것을 선언합니다."

새로운 학생회장, 나카무라의 개회 선언이 끝나고 우선 오전 경기가 시작됐다.

오전의 메인은 이인삼각과 지네 발 달리기, 장애물과 물건 빌리기 경주 등인데……. 그 말은 즉, 곧바로 우리 차례가 왔다는 뜻이다.

『이인삼각에 출전하는 학생은 입장문 앞에 줄을 서주세요. 다시 말씀드립니다——.』

체육제 본부 텐트에 설치된 방송석 안내가 나온 순간, 누가 뒤에서 내 등을 톡톡 두드렸다.

바로 내 뒤에 있었던 아마미와 닛타였다.

"마키, 힘내."

"위원장, 넘어지지나 마~."

"순위는 어떻게 나올지 모르겠지만 평소처럼 잘해볼게."

둘에게 등 떠밀리는 식으로 스탠드에 내려서니 이미 나를 기다리고 있던 우미가 총총히 뛰어왔다.

"마키, 어디 아픈 곳은 없지? 다리가 불편하다거나 속이 안 좋다거나."

"응, 그냥 긴장이 좀 될 뿐이지 그것 외는 전혀. 화장실도 다녀왔어."

"좋아. ……음, 손, 잡을래?"

"……응."

나와 우미는 나란히 입장문으로 향하면서 단단히 손가락을 얽은 채, 이제부터 시작되는 경기를 앞두고 한껏 기분을 고조시켰다.

손을 잡은 순간에는 서로 긴장 때문에 살짝 손이 떨렸지만, 각자의 체온을 느끼자 점차 마음이 편안해졌다.

이거라면 연습했던 대로 기량을 충분히 발휘할 수 있겠다.

"마에하라 씨, 아사나기, 기다렸지? ……후후후, 이렇게 남들 눈이 많은 곳에서도 너흰 여전하구나. 부러워라."

"마에하라 선배, 아사나기 선배, 안녕하세요."

"둘 다 고생이 많네."

그리고 같은 팀이자 함께 싸울 학생회 콤비도 조금 늦게 다가왔다.

새로운 학생회로는 처음으로 치르는 큰 공식 행사라 그런지, 둘은 일 때문에 정신이 없는 모양이다.

"나카무라, 오늘 정말 안 도와줘도 돼? 체육제 끝날 때까지 돕겠다고 약속했으니까 열심히 날 부려먹어도 되는데."

"솔직히 힘들긴 한데 그래서는 아사나기 네가 재밌게 못 놀잖아? 마에하라 씨와 사귀고 나서 처음이자 마지막인 체육제니까 최대한 남자친구 곁에 있어 줘."

"그래? 혹시 무슨 일 있으면 언제든 말해. 바로 도울 테니까. ……물론 마키랑 둘이서. 그래도 되지?"

"당연하지."

알게 된 지 얼마 되지 않았어도 나카무라와 타키자와 모두 나한테는 소중한 사람들이어서 어려운 일이 있으면 서로 도와야 한다.

……특히 타키자와는 현재진행형으로 그 일 때문에 움직이는 중이고.

주변의 눈을 피하며 나는 슬쩍 타키자와한테 물어봤다.

"있잖아, 타키자와, 그거 말인데……."

"…………."

별다른 말은 하지 않았지만 나한테 크게 고개를 끄덕인 것으로 보아 이미 문제를 처리 중인가 보다.

고마워, 하고 타키자와한테 인사를 건네고 나서 나는 우미가 기다리는 입장문 줄로 돌아갔다.

——다음은 팀 대항 이인삼각 릴레이입니다. 선수, 입장!

방송 담당자의 안내를 시작으로 출전 선수들이 지정 위치에 가서 섰다.

달리는 순서나 라이벌이 되는 선수들은 이전 예행연습 때와 차이는 없었지만, 팀들 모두 그때 이후로 열심히 연습했을 테니 방심은 금물이다.

……그리고 나와 우미도 마찬가지로 꾸준히 연습했지만.

현재까지의 순위는 초반부터 득점이 높았던 홍팀이 단독 1위로 질주하는 중이었고 2위 이하는 다른 세 팀이 경쟁하는 상황이어서, 여기서 떨어져 나가지 않기 위해 한 경기라도 괜찮은 성적을 내야 한다.

나와 우미는 스타킹으로 만든 끈으로 서로의 발목을 단단히 고정한 후 일어섰다.

"마키, 결과는 어떻든 간에 우리는 체육제를 즐기는 거야."

"응, 즐기면서 될 수 있으면 이겨야지."

"그래, 맞아. ……좋아, 그럼 가볼까!"

맞잡았던 손을 놓고 대신 서로 단단히 어깨동무를 한 채 나와 우미의 닭살 커플 콤비는 출발선 앞에 섰다.

릴레이는 이미 시작된 상태여서 제1 주자가 살짝 발을 헛디딘 바람에 우리 청팀은 현재 꼴찌다……. 그렇지만 그렇게 큰 차이가 벌어진 건 아니어서 우리가 어떻게 하느냐에 따라 순위는 바뀔 수 있다.

"마에하라 선배, 아사나기 선배, 힘내세요. 2초…… 아니, 1초라도 1등과 차이를 좁히면 나중에 저와 3학년 선배가 잘 뛰어볼게요."

"……응."

든든한 후배에게 고개를 크게 끄덕인 나는 앞 주자들에게서 어깨띠를 전달받았다.

"우미."

"응!"

우미의 대답이 돌아온 동시에 첫 구호조차 없이 우리는 뛰어나갔다.

연습대로 깔끔한 스타트 대시가 이뤄지면서 바로 3위 팀을 제치고 나아갔다.

"오, 역시 닭살 커플!"

"우미, 마키, 달려라~!"

운동장 안에 이리저리 오가는 성원 속에서 귀에 또렷하게 닿는 닛타와 아마미의 응원을 들으며, 나와 우미는 순식간에 최고 속도에 도달했다.

마치 한 몸이라도 된 것처럼 보폭과 회전을 딱 맞추면서 앞에 가는 팀을 압박했다.

이제 조금만 더 가면 2위를 따라잡고 남은 건 1등을 쫓으면…… 되겠다 싶었지만, 골은 목전에 임박한 상태였다.

"마에하라 씨, 아사나기, 여기야~!"

출발선에서 이쪽을 향해 손을 흔드는 나카무라에게 나와 우미는 전속력으로 내달렸다.

뛰기 시작한 지 순식간에 십수 초가 지나갔다.

"나카무라, 부탁해!"

"그래! 남은 건 이 나카무라에게 맡기셔!"

1위는 어렵겠지만 현재 옆 팀과 나란히 2위다.

일단 전력을 다했다. 그리고 다른 사람들의 노력을 지켜보는 일만 남았다.

“마키, 수고했어. 연습 성과가 나왔네.”

“그거야 우미의 험난한 연습 메뉴를 버텼으니까.”

직전까지 그렇게나 긴장했지만 이렇게 끝나고 나서 보니 마음이 개운했다.

운동장에서 치솟는 외침 같은 성원, 관객석에서 들끓는 환성, 레이스를 더 달아오르게 하는 방송석의 실황 중계.

게다가 스탠드 쪽으로 눈길을 주면 네 가지 색으로 나뉜 학생들의 응원 퍼포먼스.

이제껏 행사에 진지하게 임해본 적이 없었던 것이 후회될 정도의 열기가 지금 내 눈앞에 펼쳐져 있었다.

“……있잖아, 우미.”

“왜 그래? ……상은 나중에.”

“아, 그게 아니라……. 그리고 상도 당연히 좋지만.”

“……응.”

“고마워, 우미. 나한테 이런 경치를 보여줘서.”

“천만의 말씀. 그럼 우리 앨범에도 추가할 수 있겠지?”

“그거야 물론이지.”

보호자석에서 소라 아주머니가 나와 우미의 활약을 카메라로 담고 있을 테니, 얼마 전 여름방학의 해수욕과 내 생일까지 합쳐서 나중에 되돌아보는 일이 기대된다.

——자, 드디어 마지막 주자가 맞붙습니다! 홍팀은 이대로 1위로 들어갈 수 있을까? 아니면 2위인 청팀의 역전극이 시작될 것인가!

그리고 실황 중계가 경기를 더 뜨겁게 달구고 있다.

"타키자와, 뒷일은 맡길게!"

내 성원에 가볍게 손을 치켜든 부회장 모습에 청팀 스탠드 일부에서 터질 것 같이 드높은 응원이 솟구쳤다.

평소와 달리 진지한 표정을 보이는 타키자와의 모습은 언젠가의 아마미를 떠올리게 했다.

6. 두 가지 결의

한여름처럼 뜨거운 하늘 아래, 그 열기에 지지 않을 만큼 달아올랐던 오전 경기도 금세 끝나서 점심시간이 됐다.

잠시 운동장에서 벗어난 우리는 부지 내에 있는 나무 그늘에서 더위를 식히며 함께 점심을 먹고 있었다.

나와 우미의 활약을 촬영하기 위해 체육제를 보러 오신 소라 아주머니께서 도시락을 싸 오셨기 때문이다.

아주머니 말씀으론, '너도 먹이려고 음식을 3인분 싸려 했다'라고 하는데……. 우미가 눈치껏 아마미와 닛타를 불러 같이 먹게 해서 참 다행이었다(노조무는 오후 경기 첫 응원 시합을 위해 따로 행동 중이다).

그만큼 엄청난 양이었다는 뜻이다.

"——다들 고생 많았어! 건배!"

"유우찡, 그 말은 너무 이르지 않아? 하긴 우리가 오전에 보통 애를 쓴 게 아니긴 하지만."

지금 청팀은 이인삼각을 비롯하여 닛타와 아마미의 지네 발 릴레이나 그 외 다른 종목에서도 분투한 덕분에 2위를 달리는 중이다. 1위로 앞서가는 홍팀과는 약간의 득점 차이가 있긴 하지만 그래도 충분히 잘 싸우고 있다.

시원한 보리차가 너무나도 맛있게 느껴졌다.

"관객석에서 봤는데 마키 너, 이인삼각 참 빠르더구나. 우미와의 호흡도 척척 맞았고. 아, 사진도 찍었단다."

"앗……. 감사합니다."

아주머니가 결승점 직전의 우리를 촬영했는지, 디지털카메라 화면 가운데에 이를 악물고 앞의 주자를 쫓는 나와 우미의 모습이 보였다.

이렇게 관객석 쪽 시점에서의 나를 보는 게 좀 부끄러웠지만, 지금까지 찍은 사진 중에서 가장 멋있다……고까지는 하기 어렵지만 그래도 괜찮은 것 같았다.

"마키, 나도 볼래. ……오, 엄마 솜씨치고는 잘 찍었네?"

"어머, 우미, 너 무슨 말을 그렇게 하니? 몇 번이나 해봤는데 내가 그 정도도 못 할까 봐? 물론 얼마 전에 산 새 디지털카메라 덕분이지만."

"어? 아주머니, 이 카메라 새로 산 거예요?"

"그래, 좀 비쌌지만 오래 쓸 셈으로 마련한 거니까 나쁘지 않을 것 같아서."

"그, 그렇군요……."

카메라를 만졌을 때 유난히 새것 같은 촉감과 무게다 싶었더니……. 아무리 딸과 함께 있어서라고는 하지만 그 기념할 만한 첫 피사체에 내가 들어가 있어도 되는 걸까.

"그런데 유우, 오늘 어머니는 안 오셨니? 함께 응원하고 싶었는데…….”

“아, 죄송해요, 아주머니. 엄마는 오늘 웬일로 볼일이 있어서……. 오고 싶어 했는데 예전 직장에서 신세를 진 분과 만난대요. 아빠는 지금 출장 중이고요.”

“어머, 아쉽구나. 그럼 나중에 에리 씨한테 주게 유우가 활약하는 모습도 사진으로 많이 남겨야겠네. ……그럼 우선 주먹밥을 맛있게 먹는 유우를 한 장.”

“음? 으으음?”

“……유우, 주먹밥을 먹을 건지 손가락 브이 사인을 할 건지 하나만 해.”

그런 대화를 나누며 분위기가 점점 밝고 떠들썩해졌다.

여기에 아무 걱정거리도 없다면 더 즐거웠을 텐데.

소라 아주머니의 도시락이 맛있어서 찬합에 담겼던 반찬과 주먹밥을 금세 다 먹어치운 우리는 아주머니께 감사 인사를 하고 헤어진 후, 오후 경기 준비를 위해 일찍 스탠드로 향했다.

소품 담당인 야마시타한테서 각자 사용할 패널을 받은 내가 지정된 자리로 돌아가려는 그때.

“——아, 저, 저어, 잠깐만요.”

“? 네.”

부르는 소리에 뒤를 돌아보니, 그곳에는 남학생 둘이 있었다.

체육복 가슴께에 놓인 자수 색을 보니 1학년임은 분명한데…… 하는 생각을 잠시 하다가, 이 둘이 이인삼각 때 나와 같은 팀이었던 콤비였다는 것을 기억해 냈다.

"……무슨 일인데? 나한테 할 얘기라도 있어?"

"아니, 별건 아니고요……. 이인삼각 경기 중에 저희를 커버해 줘서 고맙다는 말을 하고 싶어서요. 그치?"

"응, 저희가 시작은 좋았는데 중간에 발을 헛디디는 바람에요……. 그래도 선배들이 만회해 준 덕분에 우리 잘못이라는 소리를 덜 들었다고 해야 하나."

"혹시 누가 '너희가 실수만 안 했어도……' 같은 말이라도 한 거야?"

""……""

내 물음에 두 사람이 묵묵히 고개만 끄덕였다.

나와 우미 말고 그 뒤를 이었던 나카무라의 노력과 마지막 주자 팀이었던 타키자와의 대활약 덕분에 이인삼각 경기의 순위는 홍팀과 동시 도착으로 1등이었다. 그때가 오전 경기에서 청팀 스탠드가 가장 분위기가 불타올랐던 순간이었지만, 그중에는 듣기 거북한 소리를 해대는 사람도 있었나 보다.

"그런 말은 신경 쓰지 마. 기록은 좀 줄었을지도 모르지만, 그렇다고 해서 단독 1위로 결승점에 들어갔으리라는 보장도 없잖아?"

만약 우리 청팀 모두가 실수 없이 달렸어도, 라이벌 역시 똑같이 순조롭게 달렸다면 아무런 의미가 없다. 승부에 '만약 그랬다면' 따위의 가정은 없으니 말이다.

"우리 모두 힘냈고 그래서 동시 도착으로 1위를 한 거야. ……난 그걸로 만족하고, 그러길 바라는데."

"아아……. 정말 그러네요."
"선배, 죄송해요. 이런 쓸데없는 말로 불러 세워서."
"아니, 괜찮아. 힘들겠지만 오후에도 힘내자."
""……네.""
차분하게 대응하는 내 태도에 안심했는지 두 남학생은 안도한 표정을 지으며 자기 자리로 돌아갔다.
――거봐, 역시 저 선배 좋은 사람 맞잖아.
――그러게. 겉 다르고 속 다른 성격도 아닌 것 같아. 솔직히 저 하렘 분위기는 부럽지만.
――하하, 저 선배 주변의 여자 선배들 다들 예쁘긴 하지.
약간 질투하는 것 같지만 저 애들 정도라면 크게 문제는 없다……. 아니, 그 정도의 감정이 있는 편이 오히려 더 정상적인 느낌이 든다.
"마키, 다행이네."
"응, 꾸준히 노력하면 알아주는 사람은 알아주나 봐."
아직 그런 사람의 수는 적을지 모르나, 우리는 자기가 해야 할 일만 잘하면 된다.
바로 그 사실을 방금 남학생들이 다시금 가르쳐줬다.
마음 든든한 지원군까지 얻어 더 기분이 좋아진 그 순간, 오후 경기 시작을 알리는 종소리가 들렸다.
오후의 시작을 장식하는 프로그램은 응원 시합이다. 마침 각 팀 응원단이 가쿠란 교복 차림으로 갈아입고 앞으로 나왔다.
그중 우리 청팀에서 가장 큰 성원을 받은 이는 물론.

——아라에 선배, 멋져요~!

——여기 좀 봐줘요~!

——사진 한 장만~!

아라에는 저건 또 뭐냐는 표정으로 한숨을 쉬었지만 그도 그럴 수밖에 없는 게, 얼마 전까지만 해도 겨우 일부에 불과했던 팬층이(1학년 중심) 어느새 한 반 정도의 인원만큼 늘어나 있었기 때문이다.

가슴께에 천을 감고 화려한 가쿠란을 걸친 모습과 함께 원래의 큰 키까지 더해져서 어지간한 남자는 저리 가라는 수준이긴 했지만, 이렇게까지 후배 여학생들의 마음을 사로잡을 줄이야.

남자들 사이의 인기는 아마미가 높았지만, 여자들 인기만 따지자면 아라에가 압도적이었다.

"우후후~. 나기사가 언제 이렇게 인기 폭발이 됐대?"

"……이런 거 두 번 다시는 안 해."

"우리는 올해가 마지막이니까 괜찮아~. 아, 나중에 야마랑 셋이서 같이 사진 찍을 거니까 끝나도 그 옷 벗지 마."

"왜 네가 마음대로 정하는 건데……! 아~. 더우니까 5분 안에 끝내기나 해."

"! 응, 고마워! 나기사, 사랑해!"

"으으……. 안 그래도 이거 더우니까 그만 좀 달라붙어……!"

몇 개월 전만 해도 서로 험악한 분위기만 보였던 저 둘도 지금은 이렇다.

아마미의 타고난 사교성을 봤을 때, 아마 앞으로 반년 더 지나면 둘이 그냥 '친구' 가 아니라 '절친한 친구' 가 되어도 이상할 게 없다.

"아마미, 이제 순서 됐으니까 우리도 가자. ……그리고 마에하라."

"어? 나?"

"멍청아, 그럼 너 말고 또 누가 있는데?"

"너무해……. 그래서 뭔데?"

"그 사진 관련해서 할 말이 있어. 체육제 뒷정리 끝나면 아마미 포함해서 다른 애들과 같이 학생회실로 와. ……난 분명 전했다."

"?? 학생회실이라니 거긴 왜……. 아, 잠깐, 아라에——."

내 대답은 듣지도 않고 아라에는 자기 할 말만 하더니 다음 순서를 준비하기 위해 입장문으로 달려갔다.

"뭐야, 쟤! 남의 소중한 남친한테 바보라니……. 마키, 저런 애가 하는 말은 그냥 무시해."

"내가 평소처럼 버벅거려서 그렇지 뭐……. 아무튼 왜 학생회실로 오라는 거지? 거기가 보는 눈이 없긴 하지만."

학생회실이라는 말이 나온 걸 보니, 아라에가 타키자와나 나카무라 중 한 사람에게 거길 쓰겠다는 뜻을 전한 모양이다. 당장이라도 타키자와한테 무슨 일인지 물어보러 가고 싶었지만 지금 타키자와는 운영 본부 텐트 안에서 오후 프로그램 준비로 바쁘게 움직이는 중이고, 우리도 응원 시합 준비를 해야 해서 어쩔 수 없이 시간이 지나길 기다리는 수밖에 없다.

"……아무튼 지금은 눈앞에 있는 일에나 집중하자. 우리 일에는 최대한 간섭 안 하려는 아라에가 나를 굳이 불러낸다는 건 그만큼 무슨 이유가 있겠지."

"그러게. ……걔 성격으로는 보나 마나 벌써 찍어둔 범인을 학생회실로 막 끌고 올 것 같아."

"글쎄……. 근데 아라에라면 그러고도 남을지도……."

문제 해결에 있어 아라에는 우리보다 좀 강하게 밀고 나가는 편이어서, 방과 후에 불쾌한 사진과 소문을 유포한 장본인과 대치할 가능성은 충분히 있다.

……그렇게 생각하니 어쩐지 마음이 조마조마해서 진정이 되지 않았다.

"아라엣치도 '다들 와라' 라는 식으로 말했으니까 우리끼리 가면 되겠지 뭐. 정리 다 끝나고 세키도 부르면 올 테고."

그리 넓지 않은 학생회실에 다섯 명이 몰려가면 폐가 될지도 모르나 만약의 일을 고려하자면 그러는 편이 더 안전하다. 노조무와 타키자와, 거기에 아라에까지 있으면 적어도 폭력적인 일은 생기지 않을 테니까.

"그러니까 유우찡, 그렇게 걱정 안 해도 돼. 막상 무슨 일이라도 생기면 우미가 지켜주겠지."

"내가? ……하긴 유우한테 무슨 일이 생기면 내가 지키긴 할 거야. 니나를 방패 삼아서."

"아니, 그때는 나도 지켜줘야지."

늘 그랬던 대화 덕분에 분위기가 조금 풀렸다.

닛타의 이런 면은 솔직히 존경스럽다.

"후후, 니나치도 참……. 근데 고마워. 이제 기운이 좀 나네."

"그래? 그럼 다행이고."

"응, 정말이야. 에헤헤, 그럼 나도 다녀올게."

"……다들 또 내 흉내를 내는구나."

다시 평소 상태로 돌아온 우리는 일단 오후 경기에 집중하기로 했다.

모든 일의 결판은 그 이후다.

응원 시합부터 시작해서 동아리 대항 릴레이, 팀 대항 줄다리기와 기둥 무너뜨리기, 기마전 등 많은 학생이 운동장 안에서 뒤엉켜 더욱 뜨거운 열기를 보이던 오후 경기도 드디어 마지막 종목인 팀 대항 릴레이만 남긴 상태가 되었다.

이 경기에는 각 학년 대표로 남녀 한 명씩 총 여섯 명이 출전하는데, 매년 여기서 순위가 역전될 때가 많아서 체육제의 마지막을 장식하기 어울리는 종목이다.

――자, 그러면 이제 후반부입니다. 마지막 여섯 번째 주자를 남겨둔 상태! 첫 결승점 테이프를 끊는 것은 과연 어느 팀일까요!

다섯 번째 주자가 뛰기 시작했을 무렵, 순위는 1위가 홍팀, 2위가 백팀, 3위가 황팀, 4위가 우리 청팀이었다. 초반에 배턴 넘길 때 실수가 생겨서 조금 출발이 늦어지긴 했지만 중간에 아마미와 타키자와의 노력 덕분에 최하위지만 다른 선수들을 바짝 추격하는 레이스를 이어가는 중이다.

"다들, 힘내라……."

나도 마른침을 삼키며 경기 상황을 지켜보는 중, 드디어 배턴은 마지막 주자의 손에 넘어갔다.

다른 팀이 거의 3학년 주자가 나서는 와중, 홍팀은 유일하게 2학년 주자를 내보냈다.

……그것도 심지어 노조무였다.

"세키, 넌 확 넘어져라! 아니면 배턴이나 떨어트려!"

"세키, 제발 우리한테 양보해 줘, 응?"

"세키 씨, 분위기 파악 좀 하시죠?"

"…………."

노조무는 청팀 스탠드의 낯익은 여학생들로부터 집중 공격을 받았지만, 저 애의 성격상 아마 절대로 봐주지 않을 것이다. 물론 이런 야유도 반쯤은 농담이지만.

"——헉!"

노조무가 아주 유연하게 배턴을 받아 빠르게 스타트 대시를 펼치자, 홍팀 이외의 세 스탠드에서는 한숨이 흘러나왔다.

——네, 홍팀, 매우 강합니다! 심지어 주자들이 전부 육상, 축구, 럭비, 그리고 마지막에는 야구부 에이스! 내년에는 좀 더 공평하게 팀을 짜면 좋겠네요! 다른 세 팀도 여기에 맞서 참 잘 싸웠습니다!

진행자의 입에서도 그런 감상이 튀어나오면서, 팀 대항 릴레이 및 체육제는 완전히 홍팀의 승리로 막을 내렸다.

결과적으로는 1위와 점수 차가 벌어지긴 했지만 청팀은 전반

전부터의 순위를 꾸준히 유지해서 2위에 머물렀다. 우승하지는 못했지만 충분한 성과가 아닐까.

"결국 2위로 끝나버렸네……. 그래도 참 즐거웠던 것 같아. 그치, 마키?"

"응, 힘들긴 했지만. ……후아암, 갑자기 막 잠이 쏟아지네."

"나도 이번에는 지쳐버렸어."

우미와 이인삼각으로 함께 뛰었던 몇 주……. 여름방학 중간부터는 거의 매일 쉬지 않고 연습했는데 그렇게 한 보람이 있었던 것 같다.

특별 훈련 덕분에 체력도 붙었고 몸도 탄탄해진 데다가……. 우미와의 콤비네이션도 기를 수 있어서 우리 둘의 유대감이 더 단단해진 느낌도 들었다.

나한테는 '처음' 이라고 할 만한 체육제였지만 역시 진지하게 임하길 참 잘했다.

"……학생 여러분, 모두 수고하셨습니다. 내일 대체 휴일에는 푹 쉬고 다음 주부터 열심히 공부하도록 합시다. ……그럼 해산!"

학생회 부회장인 타키자와의 폐회 선언도 끝나면서 마침내 한 달 정도의 시간을 들여 준비한 체육제도 끝을 맞이했다.

고등학교 생활의 처음이자 마지막인 체육제여서 좀 더 그 여운에 잠기고 싶었지만…… 운동장의 뒷정리가 다 끝나도 우리 문제는 아직 완전히 해결되지 않은 상태다.

"마키, 있잖아……."

"아마미……. 응, 알아. 다 같이 가보자."

전문 업자들이 백보드와 스탠드를 모두 철거하여 평상시의 학교 풍경으로 돌아왔을 즈음, 우리는 아라에가 대화 장소로 지정한 학생회실로 향했다.

아직 학교에 학생들 대부분이 남아 있었지만, 학생회실 주변은 유난히 조용해서 지금까지의 떠들썩하기만 했던 운동장과는 마치 딴 세상처럼 느껴졌다.

정말로 여기라면 다소 언성을 높여도 상황을 얼버무릴 수 있을 것 같긴 하다……. 아니, 우리는 그저 대화를 위해 온 것뿐이니까 어떤 일이 있어도 냉정함을 유지해야만 한다.

똑똑, 학생회실 문을 작게 노크하자 반대편에서 나카무라의 목소리가 들렸다.

『――누구세요?』

"나카무라, 나야, 마에하라. ……그, 우리 반의 아라에가 여기 오라고 해서."

『어서 들어와. ……아, 아직 나밖에 없으니까 걱정 마. 소우지한테서 얘기는 다 들었어.』

"실례할게."

"오, 다들 왔구나!"

문을 열자 나카무라가 우리를 반갑게 맞이해 주었다. 나카무라가 벌써 교복 차림인 걸 보니 또 다음 행사 준비를 하는 모양이다. 참 바쁜 직책인 것 같다.

"소우지랑 그 구릿빛 날라리…… 아니, 아라에 나기사라고 했지. 그 둘이 오기 전까지 나는 자리 좀 비우고 있을 테니까 다 끝나면 불러. 도서실에 있을게."

"미안해, 나카무라. 얼마 전 반 대항전도 그렇고 이번에도 그렇고."

"별말씀을. 나도 소우지랑 사귀기로 한 이상, 앞으로 이런 일이 또 생길지도 모르니까 경향과 대책을 알아두는 것도 좋지 뭐. ……아, 책상은 가장자리로 치워두는 게 좋으려나?"

"몸싸움할 일은 없으니까…… 그냥 둬도 돼."

"그래, 그럼 편하게 있어."

서류가 담긴 파일을 옆구리에 낀 채 나카무라는 학생회실을 나갔다.

이제 자리는 준비가 됐다. 이제 타키자와나 아라에 둘 중 하나, 혹은 두 사람 모두 오는 걸 기다리기만 하면 된다.

"……유우, 미리 말해두지만 너무 감정적으로 굴지는 마. 만약 화가 나거나 짜증을 참지 못하면 내 옷자락을 꽉 쥐어. 알았지?"

"괜찮아. 이제 반 대항전 때 같은 일은 안 생겨. ……하지만 무슨 일이라도 생기면 부탁해도 되지?"

"응, 맡겨만 줘. 니나, 그러니까 너도 도와줘."

"물론~. 근데 이번에는 나한테도 불똥이 튀었으니까 오히려 내가 더 말이 많아질 것 같은데."

기간이 그리 길지는 않았지만 그래도 우리가 불쾌했던 건 사실이라, 나를 포함해 모두가 범인에게 할 말이 많다.

거짓말이 퍼지는 건 순식간이지만, 나쁜 소문으로 흠이 난 명

예를 회복하고 주변 사람들 목소리를 완전히 잠재우려면 상당한 시간이 소요된다.

그러니 저지른 쪽은 단순한 장난이나 농담에 불과했을지 몰라도, 당한 쪽은 상당한 고통을 감내할 수밖에 없다는 사실을 제대로 가르쳐주어야만 한다.

……제발 말귀를 알아들어야 하는데.

그때부터 조용히 기다린 지 몇 분. 학생회실을 향해 다가오는 몇 명의 실루엣이 문에 붙은 불투명 유리에 비쳤다.

『——마에하라 선배, 안에 계세요?』

"타키자와……. 응, 여긴 준비됐어."

『알겠어요. 그럼…….』

노크 후에 안으로 들어온 이는 타키자와와 아라에 두 사람이었다.

역시 타키자와와 마찬가지로 아라에도 이번 일을 위해 움직인 듯했다.

"마에하라에 아마미, 닛타 그리고……. 왜 우르르 몰려왔냐? 너무 과보호하는 거 아니야?"

"뭐 어때서 그래? 우리도 제법 피해를 봤는걸."

"흥……. 그래, 나하고는 상관없는 일이니까 알아서 해. 부회장, 그럼 뒷일은 맡길게."

"네, 설명하기 전에 일단 다들 앉으세요. ……그리고 거기 있는 오야마 선배도요."

"…………."

타키자와와 아라에의 뒤를 따라 방으로 들어온 후, 마치 도주로를 막힌 것처럼 둘 사이에 끼여 자리에 앉은 이는 바로.

"아, 오야마."

"……안녕."

나와 아마미의 얼굴을 쳐다보려 하지 않고 나직이 인사한 작은 덩치의 남학생은 1학년 때부터 같은 반이었던 오야마였다.

타키자와와 아라에가 오야마를 데리고 왔다는 건 즉.

"혹시…… 나와 마키의 사진을 몰래 찍은 게 오야마였어?"

"그래, 맞아. 난 사진만 찍었고, 어설프게 합성해서 1학년 사이에 퍼트린 건 내 친구 중 하나야."

"친구……? 그럼 그 친구는 어디 있어? 지금 없는 것 같은데."

"……나만 버리고 도망쳤어. 어차피 학년도, 이름도, 연락처도, 주소도 다 드러난 판에 뭘 어쩌겠다고 튄 건지. 그 자식들 진짜 멍청해."

오야마는 고개를 숙인 채 내 질문에 자조적으로 대답했다.

오야마의 말을 믿는다면 이 애는 그저 나와 아마미의 사진을 몰래 찍은 것뿐이고, 나쁜 소문 자체와는 관련이 없는 듯한데.

……일단 이대로 우리끼리 따져 물어봤자 시간만 걸릴 것 같다.

"저기, 타키자와, 어떻게 된 건지 알려줄래?"

"네, 일단 제가 경위를 설명할게요."

왜 타키자와와 아라에가 함께 움직였는지, 어떻게 오야마를 잡아낼 수 있었는지.

여러 가지 의문이 남았지만, 우선 타키자와에게서 상세하게 듣는 게 먼저다.

타키자와의 말에 따르면, 처음부터 아라에와 같이 움직인 게 아니고 각각 따로 원인을 찾다가 소문의 시작으로 여겨지는 1학년 여학생 무리에 접근하게 됐단다.

타키자와는 자기 외모 등 가지고 있는 것을 최대한 활용했고, 아라에는 체육제를 계기로 생긴 여학생 팬(?)들에게 도움을 요청해서.

그렇게 하여 거의 동시에 이번 소문의 출처와 이어지는 정보를 가진 1학년 여학생을 찾아냈다고 한다.

그 애는 예쁘장한 외모로 일부 남학생들에게서 인기가 많았지만 입이 지나치게 가벼워 친구들의 사생활을 숨김없이 떠드는 탓에 같은 학년 여자애들 사이에서는 평이 좋지 않은 인물이란다.

아라에가 말하길 '슬쩍 친한 척 접근했더니 바로 술술 불었다' 라는데, 다소 입이 가벼운 건 문제지만 그 덕분에 금세 문제의 범인인 오야마와 그 친구들(로 보이는)에 도달할 수 있었다는 점만큼은 다행일지도 모른다.

그 이후의 전개는 오야마가 자백한 대로다.

오야마는 끝까지 '친구' 라고 우기지만, 이 상황에 와서 남에게 책임 전가나 하는 인간을 나는 그렇게 부르고 싶지 않다.

지금은 도망갔지만 그 애들도 조만간 반성해야만 한다. ……그러나 우선 지금 중요한 건 눈앞에 있는 오야마다.

"오야마, 저기……."

왜 그때 우리 근처에 있었던 건지. 어떤 이유에서 몰래 사진을 찍었는지. 그 사진을 왜 친구한테 전달한 건지.

그리고 그 일련의 행동은 우연이었는지, 아니면 의도적이었는지.

만약 의도적이었다면 그 동기는 무엇인지.

궁금한 게 한둘이 아니었지만 무엇부터 시작해야 좋을지 알 수가 없었다.

"……궁금한 게 있으면 뭐든 물어봐. 이 상황에서 내가 거짓말할 이유도 없고. 난 솔직히 네 그런 면이 전부터 싫었어."

"……오야마."

날 노려보는 오야마의 표정 때문에 왜 그랬는지 어렴풋이 짐작은 갔지만, 타키자와와 아라에도 있으니 분명히 자백을 받기로 했다.

"그럼 묻겠는데."

"그래."

"왜 이런 짓을 한 거야?"

"……쉽게 말하자면 그냥 질투였어. 도촬은 정말로 우연히, 문득 저지른 짓이지만."

"그럼 그것 말고는 네 의지였던 거야?"

"그렇지 뭐. '이런 사진이 있는데' …… 하고 내가 먼저 친구한테 보여줬어. 설마 걔가 편집까지 해서 장난삼아 소문까지 퍼트릴 줄은 몰라서…… 솔직히 나도 질겁했지."

오야마는 포기했는지 어깨를 축 늘어트린 채 자기 마음을 솔직히 밝히기 시작했다.

나와 그다지 체격 차이가 나지 않는 애지만, 아라에와 타키자와 사이에 껴서 움츠러든 그 모습은 다른 때보다 더 작게 보였다.

"마에하라 너랑 아마미한테 미안하지만, 그래도 양심에 찔리는 일은 전혀 없었어. 오히려 속이 좀 시원했달까. 그리고 늘 좋은 대접만 받는데 가끔은 좀 당해보면 좋겠다…… 싶었지."

"………진짜 극혐이다."

이제 도리어 뻔뻔하게 실실거리며 말하는 오야마를 보고 닛타가 더러운 것이라도 봤다는 표정으로 중얼거렸다.

신랄하기 이를 데 없는 직설적 표현이었지만, 이 점에는 닛타의 말에 동의할 수밖에 없다. 우리도 직접 표현하지 않았을 뿐 어떤 기분이냐고 묻는다면 분명 똑같은 말을 했을 것이다.

"작년까지만 해도 마에하라 넌 신경도 안 쓰였어. 늘 혼자 있고 무슨 생각을 하는지 알 수 없는 데다 분위기 파악도 못 하는 웃긴 놈이었으니까. 자리가 가까워서 눈이 마주치면 대화는 했지. 반 애들은 우리를 똑같은 범주에 넣었나 본데 솔직히 난 도매금으로 싸잡지 말라는 마음이었어. 얼굴에 티만 안 냈지 짜증이 났다고."

그 당시 나는 오야마에게 다소 친근감을 느꼈지만, 그게 오히려 오야마의 자존심에 상처를 줬을지도 모른다.

체격이나 말투, 반에서의 위치가 비슷할지 몰라도 내면까지 동일하단 법은 없다.

작년 한 해 동안 같은 반이었고 2학년이 되어서도 또 같은 반이 되었으나 나와 오야마가 친구로 지낼 수 없었던 건 아마 그

점 때문인가 보다.

"나도 반에서 '아래' 에 위치한 편이었지만 그래도 '완전 밑바닥' 은 아니다, 마에하라라는 나보다 더 '아래' 가 있다고 믿었어. 내 고등학교 생활이 비참한 건 인정하지만, 외롭지는 않았고 가끔은 즐겁기도 했으니까."

"하지만 그것도 작년 문화제까지만 그랬던 거네."

"……그래. 아아, 내가 벌써 1년 가까이 널 질투했던 거구나."

우미와 '친구' 가 된 지 곧 1년이 다 되어가는데, 작년 그날을 경계로 지금까지 아무 재미도 없었던 내 생활이 단번에 화사하게 물들어 갔다.

처음에는 우미 하나뿐이었던 교우 관계에 아마미가 들어오고, 닛타도 들어오고.

문화제가 끝나고 크리스마스 시즌이 되자 노조무와도 친해졌다. 크리스마스, 새해, 밸런타인데이, 그리고 우미의 생일까지. 나한테 지금까지 1년은 모든 게 처음이고 기억에 생생히 남아 있다.

반짝거리고 마음을 따듯하게 해주는 수많은 추억.

그런데 내 생활이 달라지는 와중, 오야마는.

"이렇게 된 것도 다 자업자득이니까 너에 대해서는 그냥 잊자고 몇 번이나 생각했어. 혹시 말을 걸더라도 대충 넘어가고 최대한 무시하자고……. 하지만 내가 애를 쓰면 쓸수록 꼭 나를 괴롭히기라도 하는 것처럼 네 주변은 떠들썩해지기만 하잖아."

극적으로 밝아진 타인과 반면에 여전히 어둡고 변하지 않은 나 자신.

특히 나는 노조무나 아마미처럼 학교에서 유난히 눈에 띄는 사람들이 곁에 있어서 더 그 차이가 진하게 드러났나 보다.

오야마가 품은 울분이나 갈 곳 없는 짜증, 질투를 이해 못 할 바는 아니지만…… 그렇다고 해서 저지른 짓을 전면적으로 용서할 만큼 나는 너그럽지 않다.

"대체 왜 이렇게 차이가 나는 건지. 나랑 별반 다를 것도 없는데……. 아니, 작년까지만 해도 네가 더 상황이 안 좋았는데. 나도 사람만 잘 만나면 분명 지금쯤——."

"아니, 그렇지 않아."

그리고 이대로 제멋대로 떠들게 놔둘 수도 없다.

"나도 절대로 그렇지 않다고 단언은 못 하겠지만, 지금 네 상태로는 그럴 수 없을 것 같아. 미안하지만 말이야."

"아니, 왜? 해보지 않으면 모르잖——."

그러나 오야마의 말이 끝까지 이어지지는 못했다.

나를 제외한, 그 자리에 있던 아이들 모두가 저마다 반응을 보였기 때문이다.

"세상에. 이 안경 녀석, 진심으로 하는 소리야……?"

"남자로서 마키를 보는 내 시각도 어지간했지만, 오야마 너보다는 나은 것 같다."

"오야마, 아무리 그래도 그 말은 좀 아니잖아……."

"……이쪽이 제발 그러지 말라고 매달리고 싶을 정도의 말이네."

나도 화가 꽤 많이 났지만, 특히나 우미를 비롯한 네 친구의 불쾌감은 보통이 아니었다.

오야마가 무슨 착각을 했는지 모르겠지만, 이 네 명의 친구가 나를 불쌍하게 여겨서 무리에 끼워주는 줄 알았다면 그건 큰 오산이다.

물론 작년 가을 이후에 찾아온 만남은 좋은 운과 인연 덕분이라고 인정한다. 그때 우미가 나한테 말을 걸어주지 않았더라면 내 운명은 달라지지 않고 더욱 외톨이로 지냈을 테니까.

그러나 그렇게 되지 않았다.

"넌 잘 모르겠지만 나도 정말 노력 많이 했어. 부끄러운 짓도 많이 했고 남에게 밝히고 싶지 않은 감정을 드러내거나 좋아하는 사람 앞에서 울기도 했어. 때로는 폐도 잔뜩 끼쳤고, 실패도 했지.

……하지만 그래도 나름대로 노력했으니까 다들 나를 좋게 봐주는 것 같아. 우미도, 아마미도, 닛타도, 노조무도, 지금 여기 있는 타키자와와 아라에까지……. 아, 미안, 아라에 너까지 끼우면 안 되는데."

"……마에하라 네가 매를 버는구나?"

"자 자, 나기사, 마키도 기분 나쁘게 하려던 게 아니니까 일단 진정해……. 응?"

"젠장……."

아라에를 다독이는 아마미를 향해 나는 속으로 감사 인사를 하면서 다시금 말을 이었다.

"——그러니까 다시 한번 말하지만 오야마 네가 나랑 똑같은 상황에 있을 수는 없어. 적어도 네가 생각을 고치지 않는 한, 계속."

최대한 목소리 톤을 낮추며 냉정하게 현실을 일러주었다.

나와 오야마는 전혀 다른 유형의 사람이 아닐까 하고.

그런 내 말에 그 자리에 있던 모두가 이해가 간다는 듯 고개를 끄덕였다.

"……마에하라, 너 정말 많이 변했다. 전에는 안 이랬는데."

"응, 그래, 변했어. 그 정도로 나한테는 소중한 만남이었으니까."

그렇게 말하며 나는 곁에 있는 우미의 손을 잡았다.

누군가와 시간을 함께 보내는 즐거움과 외톨이였을 때의 고독을 잊게 하는 온기를 알려준 건, 그 누구보다도 소중하고 제일 좋아하는 소녀.

그 애를 위해서라면 앞으로 나는 무슨 일이 있더라도 다 노력할 수 있다.

"일단 내가 하고 싶은 말은 그거야. ……그럼 오야마, 이제 가도 돼."

"어? 그래도 돼?"

"응, 이유도 알 것 같고, 소문도 앞으로 잠잠해질 테니까. ……너희는 무슨 할 말 있어?"

"아니, 피곤하니까 이제 집에 가서 잘래."

"나도. ……뭐, 난 이따 야구부에 가야 하기도 하고."

"마키가 괜찮다면 난 뭐. 이번에는 나도 외부인이니까."

닛타, 노조무, 우미는 됐고. 그럼 이제 남는 건 아마미 한 명.

"유우, 넌 어떻게 할래?"

"나도 특별히 뭐……. 아, 그래도 역시 딱 한마디만 좀 할게. 꼭 이 말은 해야 할 것 같아서."

그러면서 지금까지 우리 곁에서 한발 물러서서 상황만 지켜보던 아마미가 처음으로 앞으로 나섰다.

순간 절친한 사이인 우미가 걱정스러운 시선을 보냈지만, 아마미에게서 이제까지처럼 화가 난 모습은 보이지 않았으니까 전에 아라에와 다퉜던 것 같은 사태는 일어나지 않을 성싶다.

"있잖아, 오야마."

"으, 응……."

"그렇게 겁먹을 것 없어. 정말 딱 한마디만 할 거니까."

아마미는 작게 심호흡을 하더니 평소처럼 밝은 미소로 말했다.

"——오야마, 다음은 절대로 그러면 안 돼. 친구들한테도 이 말 꼭 전해. 알았지?"

"……뭐?"

"알았지?"

"…………아, 알겠어."

"에헤헤, 다행이다. 그럼 다음 주에 또 보자. 백보드 담당, 같이 열심히 해줘서 고마워."

"아, 아니, 나는……. 그, 그럼 이만."

다급히 가방을 메고 아마미로부터 도망치듯 학생회실을 나간 오야마를 배웅하고 나자, 이번 사건은 일단 마무리가 됐다.

그래야 했는데.

"……야, 아마미."

"? 나기사, 왜 그렇게 깜짝 놀란 표정을 지어?"

"너 뭐 잘못 먹었냐?"

"아이참, 아무리 내가 먹는 걸 좋아해도 로키처럼 막 먹어대지는 않는다고. 아, 로키는 우리 집에서 키우는 골든 리트리버야."

"아니, 그런 게 아니라……. 야, 닛타, 네가 좀 어떻게 해봐."

"왜 나한테……. 유, 유우찡, 아까 평소와 분위기가 다르던데 그 안경이 그렇게 싫었나 봐?"

"오야마 말이지? 음~. 물론 잘못도 했고 이런 짓은 이걸로 끝이면 좋겠지만……. 걔를 두고 싫다거나 기분 나쁘다는 생각은 안 했어. 맡은 일도 빼먹지 않고 성실히 했거든."

"그, 그래? 유우찡은 역시 착하구나."

이 자리의 모두가 평소와 달랐던 아마미의 태도를 알아차리고 있었다.

이럴 때 아마미는 늘 자신의 감정을 솔직히 표현한다. 이번 일처럼 '분노'에 해당하는 감정이면, 아마미는 안 될 때는 안 된다고 확실히 말하기도 하고, 때로는 주변의 제지를 뿌리치면서까지 대치하는 상대와 맞서기도 한다.

아직도 반 대항전 때 아라에와 충돌했던 기억이 생생하다.

그래서 이번에도 그런 사태가 일어나지 않도록 나와 우미가 잔뜩 경계 태세를 취하고 있었던 건데.

——오야마, 다음은 절대로 그러면 안 돼.

늘 그랬듯 웃는 아마미의 말이 어쩐지 무섭다.
아마미는 이것으로 끝내라고 했지만.
만약에 오야마와 그 다른 친구들이 똑같은 짓을 반복했을 때 아마미는 대체 어떻게 할 셈일까.
나도 모르게 그런 의문이 들 정도로 아까 아마미는 평소와 다르게 차가운 분위기였던 것 같다.
"후~. 이제 소문은 정리됐고 우리도 얼른 집에 가자. 아, 근데 기왕 이렇게 된 거 집에 가는 길에 패밀리 레스토랑에 들러서 뒤풀이라도 하는 게 어때? 체육제가 잘 마무리된 기념으로. 나기사랑 타키자와도 같이."
"……난 그런 거 싫어하니까 됐어."
"아마미 선배, 제안은 고맙지만 전 이따가 미오 선배랑 처리해야 할 일이 있어서요."
"아아, 아쉽다. ……다른 애들은?"
"모처럼이니까 난 유우랑 같이 갈래. 계속 긴장해서 그런지 목도 마르고."
"유우찡이 가면 나도 가야겠네. 집에 가봤자 냉장고에 먹을 것도 없으니까."
"! 에헤헤, 얘들아, 고마워. 세키는 동아리니까…… 그럼 언제나처럼 넷이 가야겠네."
"……나는 무조건 참석인가 봐."
"후후, 그거야 마키는 우미랑 항상 세트니까."
장난스럽게 혀를 쏙 내미는 표정인 아마미에게서는 특별히 지금까지와 다른 모습은 보이지 않았지만.

그래도 아까 아마미가 보인 일면을 돌이켜보면 도저히 내 착각이라고 넘길 수는 없었다.

"……마키, 이제 가자."

"응, 그래."

원래라면 좀 더 개운한 마음으로 집에 돌아갈 수 있을 줄 알았다. 못된 소문을 흘린 범인들을 잡고, 휴일이 끝나면 또 새로운 마음으로 생활하게 될 것이라고.

물론 모두가 도와준 덕분에 목적은 거의 달성하긴…… 했는데.

"다음은 없다, 라."

"? 마키, 지금 뭐라고 그랬어?"

"아, 아무것도 아니야. 그냥 혼잣말."

내 개인적으로는 영 찜찜함만 남는 그런 여름의 마지막이었다.

에필로그 1 '친구'에서 어느덧 1년

아마미, 닛타, 우미까지 함께 패밀리 레스토랑에서 소소한 뒤풀이를 마치고 나와 우미가 우리 집 맨션에 돌아왔을 즈음에는 이미 주변이 어둑해진 후였다. 여름방학이 시작됐을 때만 해도 이 시간대에는 해가 지지 않았는데, 9월에 들어서자 날도 일찍 저물고 더위도 서서히 가시고 있다.

"다녀왔습니다. ……후우~. 이제야 좀 쉴 수 있겠다."

"후후, 고생했어. 오늘 참 애썼네. 이제부터 식사 준비하는 것도 귀찮으니까 마키가 일하는 피자 가게에 주문이나 넣을까?"

"그러면 좋지만……. 우미, 오늘은 얼마나 여기 있을 수 있어?"

"원한다면 계속 있겠다고 하고 싶지만, 엄마가 평소 시간에 맞춰 집으로 돌아오라고 해서. 마음 같아서는 여기서 하룻밤 있고 싶은데……. 오늘은 지난번과 달리 자고 갈 생각으로 물건도 안 챙겨왔고."

내심 살짝 실망했지만 내가 우미네 집에서 자고 가는 것과는 달리, 우미가 우리 집에서 하룻밤 머물다 가는 건 여전히 특별한 때만 허락되는 모양이다.

……하긴 평소부터 외박을 허락해 버리면 자타공인인 우리

닭살 커플의 성격상 무슨 이유라도 갖다 붙여서 상대방의 집에 눌러앉을 게 뻔하므로, 고삐가 풀리지 않기 위해서라도 어느 정도의 인내는 필요하겠다.

고등학교 졸업까지 1년 반. 그때 진정한 의미에서 우미와 하루 24시간 내내 마음대로 함께할 수 있도록, 지금은 성실하고 건전한 교제에 심혈을 기울여야 한다.

물론 허락되는 범위에서는 서로 바짝 붙어 지낼 거지만.

"있잖아, 우미."

"안 돼."

"아직 아무 말도 안 했잖아."

"보나 마나 야한 생각이나 했겠지."

"아니라……고는 못하겠지만, 그냥 어리광 좀 부리고 싶어서."

"어리광이라니, 구체적으로 어떤 거?"

"……무, 무릎베개 같은."

"또 미묘한 라인으로 치고 들어오네……. 하는 수 없지. 오늘 마키도 분투했으니 특별히 귀도 파줄게."

"그래도 돼? ……헤헤, 고, 고마워."

"후후, 실실 웃기는. 여자친구 무릎베개에 귀 파주기가 그렇게 좋아?"

"그거야…… 뭐. 네, 엄청 좋습니다."

"그럼 내 가슴에 기대는 거랑 무릎베개 중 어느 게 좋아?"

"……둘 다는 안 될까?"

"안 됩니다."

이번에는 어느 한쪽만 골라야 한다고 해서, 무릎베개와 귀 파기를 부탁하기로 했다.

먼저 소파에 앉은 우미가 자기 허벅지를 탁탁 가볍게 두드렸다.

"마키, 자, 이리 온."

"응. ……저어, 배 쪽으로 얼굴 돌려도 돼?"

"그래도 되는데 냄새 맡고 그럼 안 돼."

"아, 알았어."

"음~. 과연 그렇게 하려나 몰라~? 마키가 의외로 냄새 맡길 좋아하는 편이라."

"그건 너도 그렇잖아."

"나는 괜찮거든? 자, 어서 눕기나 해."

놀림 받으면서도 희고 매끈한 허벅지에 머리를 얹자, 우미가 부드러운 손놀림으로 내 머리칼을 쓰다듬어 주었다.

오늘 너무나 힘들었지만, 우미가 이렇게 해주기만 해도 모든 걸 다 보상받는 기분이다.

역시 나한테는 이 순간이야말로 그 무엇과도 바꿀 수 없는 소중한 시간이다.

"마키, 끝나면 깨워줄 테니까 졸리면 그냥 자도 돼."

"응, 고마워, 우미……."

예전에는 엄마마저도 만지지 못하게 할 만큼 민감한 곳도 우미한테라면 모두 맡길 수 있다.

귀 청소는 이제 막 시작했지만 너무나도 편안해서 나는 벌써 우미의 무릎 위에서 아무런 저항도 못 했다.

"있잖아, 마키."

"응?"

"우리 곧 있으면 1년이네."

"친구가 된 지 그렇게 됐네. 정말 순식간에 지난 느낌이야."

"그러게. 작년까지는 우린 그냥 같은 반 학생일 뿐이었는데, 정신 차리고 보니 지금은 서로에 관해 알게 된 게 많잖아."

"맞아, 그렇지."

나도, 우미도 독점욕이 강하고 외로움을 잘 타는 데다 어리광쟁이 같은 면이 있는데, 설마 1년 만에 이렇게까지 관계가 발전하게 될 줄은 작년 이맘때만 해도 상상조차 못 했다.

천천히 우정을 키워가는 선택지도 있었겠지만, 우미와 금세 연인 관계가 된 것을 나는 절대로 후회하지 않는다.

친구로서 시답지 않은 농담이나 하며 웃는 시간도 좋지만, 난 역시 우미와 연인으로 달콤한 시간을 보내는 게 몇 배는 더 좋다.

아마 나는 이제, 아사나기 우미라는 소녀 없이는 살아갈 수 없는 몸이 되고 말았을 것이다.

내가 봐도 난 참 응석받이에 제멋대로 구는 인간 같다.

그렇게 자각하면서도 우미가 오냐오냐 다 받아주는 늪에서 벗어나기는커녕…… 오히려 더 적극적으로 빠져드는 중이다.

그 정도로 나는 우미를 많이 좋아한다.

"우미……. 이런 나라도 앞으로 잘 부탁해."

"하여간. 마키가 그러니까 내가 좋아하게 된 거지만."

"그렇구나. 우미도 나를 좋아하는구나……. 헤헤."

"후후, 또 그렇게 실실거린다. 마키는 날 너무 좋아해서 탈이라니까."

"응, 난 너만 있으면 다른 건 필요 없어. ……우미가 아니면 난 안 돼."

다른 매력적인 여자애들은 많지만 나한테는 우미밖에 없다.

아마미도, 닛타도, 에미 선배도, 니토리와 호죠도 아니다.

친구는 소중하지만, 만약 누구 하나를 선택해야 한다면 난 망설이지 않고 우미를 원한다고 바로 대답할 것이다.

"……우미, 미안한데 너무 기분 좋아서 나 이제 못 견디겠어."

"후후, 안 버텨도 돼. ……잘 자, 마키. 잠시라도 푹 쉬어."

"응, 그럼 그렇게 할게……."

은은하게 풍기는 우미의 달콤한 향기, 그리고 기분 좋은 허벅지 감촉과 체온을 느끼며 나는 순식간에 잠에 빠져들었다.

"——마키, 벌써 잠들었어?"

"……."

"——앞으로도 계속 내 옆에 있어야 해. 알겠지?"

"……."

"——다른 여자한테 가버리면 난 분명 두 번 다시……."

의식이 멀어지기 직전, 우미의 속삭임이 들린 것 같지만 밀려오는 잠을 버티지 못해서 나는 마지막에 한 말을 제대로 알아들을 수가 없었다.

에필로그 2 서랍 안의 메시지

여름방학이 끝나고 내 딸 유우도 학교에 가기 시작하자, 우리 집에도 잠시의 평온이 찾아왔다.

안 그래도 수다스럽고 발랄한 성격의 딸은 매년 여름이면 종종 소란스러울 만큼 기운이 넘쳐서, 여름방학이 시작되고 보충 수업이 끝난 7월 말에는 반려견 로키와 함께 집 안을 바쁘게 뛰어다니기만 한 게 아닐까 싶을 정도였다.

친구와 해수욕을 하러 간다며 외박도 하고, 얼마 전에 열린 체육제에서도 중요한 역할을 맡는 등 놀이와 학교 행사에 잔뜩 들뜬 딸을 멀리서 지켜보고 있었는데.

"그럼 엄마, 다녀오겠습니다."

"그래, 잘 다녀와……. 근데, 유우. 오늘은 일찍 나가는구나. 우미랑 약속이라도 있니?"

"아니, 오늘은 그냥 일찍 눈이 떠져서 기분전환 삼아 빨리 나가보려고. 아, 역시 이상……해?"

"그건 아니지만, 문득 생각난다고 덜컥 행동하는 건 여전하구나."

"우으~. 엄마 너무해! 나도 아직은 지각, 결석 없이 학교 잘

다니고 있단 말이야. ……아슬아슬하지만 1년에 며칠 정도는 선생님도 너그럽게 봐주기도 하고, 에헤헤.”

“……이거 다음 달 삼자 면담이 걱정되네. 아무튼 잘 다녀오렴.”

“네에~. 그럼 로키, 집 잘 지켜!”

“——멍멍!”

우리 집 막내(와 같은) 로키의 머리를 쓰다듬은 딸은 기운차게 학교에 갔다.

유우는 부모인 나를 신경 써서인지 나와 남편 앞에서는 늘 즐거운 얼굴이지만, 현관을 나서면서 주변에 아무도 없는 걸 확인한 순간 바로 쓸쓸한 표정을 짓는다는 사실을 난 이미 다 안다.

사실 그 전조는 얼마 전……. 6월인가 7월 초 정도에 시작되어, 8월이 지날 즈음에는 나도 확신하게 됐다.

유우는 식욕도 있고 안색도 나쁘지 않았다. 어디 몸이 아픈 것으로 보이지는 않으니까…… 아마도 인간관계 때문에 고민 중인 모양이다.

딸애의 성격상 반에서 외톨이로 지내거나 괴롭힘을 당하는 상황에 처하진 않을 것 같지만, 부모로서 자식이 걱정된다.

“설마 또 누구랑 싸웠나……? 근데 얼마 전 다퉜다던 아라에라는 애와는 화해했다고 하던데.”

원인은 아직 확실치 않지만 만약 아이가 이 이야기를 하고 싶지 않다면 지금은 부모로서 변함없는 태도로 지켜보는 수밖에 없다.

저래 봬도 딸은 성격이 완고해서, 억지로 캐물었다가 삐딱하게 나가기라도 하면 안 되니까.

"……일단 청소나 하면서 생각해 보지 뭐."

우선 나는 기분전환도 할 겸 어지럽혀진 집 안 청소를 시작하기로 했다. 남편은 깔끔을 떠는 편이지만, 딸은 나를 닮아 뭐든 대충하는 면이 있어서 우리 집은 야무진 아사나기 가족네 집에 비해 너저분할 때가 많다.

주방 주변과 거실, 게스트룸, 부부 침실 등을 순서대로 청소하고 이제 마지막으로 딸의 방으로 향했다.

"유우, 들어간다~. 아, 또 이렇게 어지럽혀 놨네. ……내가 할 말은 아니지만."

일찍 등교하는 건 괜찮지만 시간에 여유가 있으면 자기 방부터 정리 정돈하는 게 부모로서 덜 수고스러운데.

책상 위에는 참고서와 노트가 아무렇게나 펼쳐져 있는 데다 침대에는 어젯밤 입었던 잠옷이 나뒹굴고 있다니……. 내년이면 딸도 거의 성인이니까 될 수 있으면 일상생활부터 스스로 잘 챙기면 좋겠다.

그렇게 칠칠치 못한 딸의 생활 태도에 대해 중얼거리면서, 거실 카펫 위로 청소기를 돌리고 참고서와 만화책을 원래 책장에 있던 위치로 갖다 놓으려 정리하던 그때.

문득 책상 아래에 떨어져 있는 한 장의 편지지를 발견했다.

"? 이건 뭐지……? 쓰레기는 아닌 듯한데."

서랍 안쪽에 넣어놨다가 어떤 이유로 바닥에 떨어지고 말았던 걸까. 네 번 꼭꼭 접혀 있었지만, 종이 전체는 마치 한 번 둥글게 말아 구겼다가 다시 주워 편 느낌이라…… 이런 건 그냥 버려도 되는지 망설여진다.

"이거 혹시 편지……?"

아무리 쓰다가 망친 것이라고 해도 편지는 편지다. 딸한테도 사생활이라는 게 있으니 아무리 엄마라도 그런 부분은 조심해야 하지만.

받는 사람의 이름을 보고 나는 그 내용을 읽지 않고 배길 수가 없었다. 군데군데 볼펜으로 벅벅 문질러 버리기도 했지만, 어느 정도 읽을 수는 있다.

딸의 글씨체로 적힌 편지에는 다음과 같은 메시지가 담겨 있었다.

8월 6일

(마키에게——)

열일곱 살 생일 축하해! 원래는 작년 생일도 같이 축하해야 하지만 그때는 아직 친구 사이가 아니어서 이 편지로 생일을 두 배로 축하해 줄게. 마키, 정말 축하해!! '!'를 두 개 붙여서 두 배로 만든 거야, 에헤헤.

마키, 항상 나와 우미, 니나치 그리고 세키를 챙겨줘서 고마워. 마키는 아마 우미를 위해서 하는 행동이겠지만, 그 덕분에 지금 우리가 있는 거니까 난 너무너무 감사한 마음이야.

1학년 초반만 해도 나는 마키를 대하기 힘든 애라고 생각했어. 하지만 이렇게 친구가 돼서 함께 점심도 먹고 방과 후에 애들이랑 놀기도 하면서…… 마키가 참 다정하고 상대방을 위해 여러모로 생각하며 행동할 줄 아는 사람인 걸 알았어.

사실 더 일찍 그걸 깨닫고 내가 먼저 도움을 줄 수도 있었을 텐데, 결국 우미한테 기대기만 하고 말았네. 그 점에 대해서는 정말 미안해.

아, 이거 축하 편지인데 이런 이야기를 해버렸네.

마키, 고마워. 이제 친구가 된 지 1년 정도 됐는데 어쩐지 몇 년이나 오래 알고 지낸 기분이 드는 건 왜일까? 마키가 내 절친 우미의 남자친구라서 나도 모르게 착각한 걸까? 아마 그런 거겠지만 그것과는 좀 다른 느낌도 들고.

아무튼 이게 다 마키가 너무 마음씨 따듯한 게 문제거든? 아니, 장난이야.

그래도 그게 너의 좋은 점이지. 다른 사람들처럼 표면적? 이라고 해야 하나, 그런 배려가 아니라 모든 사람의 마음을 고려해서 성실하게 대하니까 분명 우미와 니나치, 세키, 나도 이렇게 마키 곁에 있게 되

는 것 같아.

마키는 자주 '너희 같은 친구가 있는 것도 다 우미 덕분이고 난 그냥 덤이다' 라는 말을 하지만, ■는—— ■■■■■■■

——————————————

메시지는 중간부터 끊겼지만 딸이 거기까지 쓰다가 그만둔 이유는 어렴풋이 짐작이 갔다.

처음에는 생일을 축하하기 위해 선물과 함께 편지를 줄 셈이었던가 보다. 편지는 약 한 달 전쯤에 작성된 것으로, 받는 사람에는 고등학교 입학 후 새로 생긴 '친구' 의 이름이 적혀 있었다.

선물과 함께 평소 느꼈던 감사의 마음을 담은 편지를 건넨다.

뻔하긴 하지만 마음이 잘 전해지는 그 행위가 나는 참 좋다.

……메시지 내용과 그 상대가 절친한 친구 우미의 남자친구만 아니라면.

"이건 못 본 것으로 치는 게 좋겠구나. ……미안해, 유우."

심각한 표정으로 혼자 학교로 향하고 있을 딸에게 속으로 사과하면서, 원래 보관했을 것으로 짐작되는 서랍 깊은 곳에 그 편지지를 가만히 되돌려놓았다.

그리고 알아차리고 말았다.

무엇이 그렇게까지 딸을 고민하게 했는지를.

——있잖아, 엄마.

——응?

——그…… 나한테도 생길까? 우미처럼 나도 모르는 표정을 짓게 되는 그런 남자가.

——그거야 당연하지. 넌 이 엄마랑 아빠의 사랑으로 태어난 아이니까 분명 괜찮을 거야.

——그렇구나. 헤헤, 그렇지? ……그럼 다행이고.

첫사랑이 찾아오지 않았다며 자기 속을 털어놓던 딸과의 대화가 머릿속에 떠올랐다.

솔직히 내 딸에게는 금방이라도 '그날' 이 찾아올 줄 알았다. 굳이 신경 쓰지 않아도 어느새 '그런 사람' 이 생길 거라고.

……그런데 이런 전개가 펼쳐질 줄이야.

딸은 마음이 가는 대로 글을 쓰면서 '그것' 을 자각하고 말았다.

잘못된 것임을 알아도 버리지도 못하고 그저 서랍 깊숙한 곳에 가만히 숨길 수밖에 없는 그 마음을, 그 애는 앞으로 어떻게 처리할 것일까.

성인인 나도 이것만큼은 무엇이 정답인지 아마 평생 알 수 없을 것이다.

후기

『반에서 두 번째로 귀여운 여자애와 친구가 되었다』 6권을 읽어주셔서 감사합니다. 그리고 고생 많으셨습니다. 작가인 타카타입니다. 지난 11월 발매였던 5권 이후 대략 반년 만의 신간이라 저도 신나게 집필하였습니다.

……그런데 너무 신이 났던 것 같네요.

6권은 평소보다 페이지 수가 훨씬 많은데, 실은 이것 말고도 차이점이 또 하나 있습니다.

어쩌면 이미 눈치챈 분이 계실지도 모르지만, 사실 한 페이지당 행의 수가 원래 17행이었는데 18행으로 늘어났습니다.

다른 때보다 페이지별 행수가 늘고, 페이지 분량까지 늘어나서 숫자로만 따지자면 얇은 두께의 문고본 두 권 정도의 양이 되고 말았어요.

담당 편집자님께서 대체로 작품에 대해 잘 받아주시지만, 이때만큼은 저도 참 면목이 없었습니다. 다만 이번 권은 꼭 적당한 선까지 진행하고 싶어서 부탁드린 결과, 앞서 언급했던 것과 같은 형식이 되었지요.

스니커 문고 편집부 여러분, 이번 6권은 특히나 폐를 끼치게 되었습니다.

……앞으로도 잘 부탁드립니다.

이번 6권에 관한 이야기는 여기까지 하고, 다음은 시리즈에 관해 여러 감사 인사와 근황을 전해드리겠습니다.

우선 얼마 전 2월 25일 인터넷 라이브 방송에서 발표된 것처럼, 이 작품이

'차세대 라이트노벨 대상 2023 문고 부문 제1위'

에 오르게 됐습니다. 투표해 주신 독자 여러분, 이 자리를 빌려 다시금 감사드립니다. 책 제목은 '두 번째'이지만 많은 분이 이 작품을 '첫 번째'로 밀어주신 것이 진심으로 기쁠 따름입니다.

신간이 나올 때마다 여러분께 새로운 소식을 알리거나 감사 인사를 해서 작가 후기 페이지를 채우는 데 제법 고생……하는 건 농담이고(정말이에요), 얼마나 행복한 일인지 실감하고 있어요.

물론 새로운 소식을 전할 수 있는 만큼 물밑에서는 저한테 크고 작은 여러 기획과 의뢰가 들어온다는 뜻이어서, 서적 간행에 맞춰 저 나름대로 작업도 바삐 진행하고 있습니다.

일이 고되긴 해도 그만큼 아니, 그 이상의 기쁨이 있기도 합니다. 노력한 덕분에 독자 여러분에게서 반응이 오고, 그게 쌓이고 쌓여 더 많은 사람의 눈에 『반 두 번째』가 머물러, 마침내 남몰

래 목표로 하고 있었던 애니메이션 기획도 조금씩 나아가고 있는 등, 제법 정신없는 나날이 이어지는 중이지만 앞으로도 꾸준히 힘을 낼 생각입니다. 당연하지만 심신의 건강도 잊지 않고요.

그러니 독자 여러분도 부디 건강한 나날을 보내시길 바랍니다.

또한 지난번에도 말씀드렸던 애니메이션화 기획 관련의 새로운 정보는 좀 더 기다리셔야 할 것 같습니다. 작년 9월에 발표되어 대략 8개월 정도 지난 터라 독자분들 중에서도 '이제 슬슬 때가 됐을 텐데……' 하는 생각이 드시겠지만, 제대로 된 애니메이션이 되도록 신중히 작업을 이어나가고 있으니 관련 작품의 공식 X(구Twitter) 계정을 팔로우하여 새 소식을 기다리시면 되겠습니다.

소식 발표나 애니메이션 관련은 여기까지 하고, 다음은 6권 본편 내용에 대해 잠시 이야기해 보겠습니다. 평소보다 더 긴 작가 후기가 됐지만 함께해 주시면 좋겠습니다.

(※이후 본편과 관련한 이야기가 나오므로 끝까지 읽지 않은 분은 주의해 주세요.)

4권부터 조금씩 유우의 심경 변화가 찾아오는데, 드디어…… 라고 해야 할지, 마키에 대한 감정을 명확히 자각하게 됩니다.

겉으로 보기에는 취향이나 성격 차이가 있는 듯한 우미와 유우는 절친이라고 공언할 만큼 어딘지 모르게 서로 닮은 구석도 있어요. 물론 유우도 일부러 그런 건 아니지만 어느새 어찌할 수 없는 곳까지 오고 말았다…… 하는 느낌인 것이지요.

호감을 느끼던 사람에게 좋아하는 사람이 생기거나 혹은 이미 사귀는 사람이 있다는 걸 알았다면 여러분은 어떻게 반응하나요?

아무한테도 말하지 않고 남몰래 잊으려고 노력하거나 아니면 안 될 걸 각오하고 고백하거나. 개중에는 좀 더 대담한 생각을 하는 사람도 있겠지만, 대체로는 조용히 물러날 때가 많은 것 같아요. 부끄럽지만 저도 비슷한 경험을 했고요.

감사하게도 다음 권도 출간 예정이 되어 있는데, 7권은 바로 그런 이야기가 중심을 이루게 될 것 같습니다. 그리고 카쿠요무에 올라가는 작품 갱신을 기다리시는 분께는 죄송하지만, 아마 다음으로 서적판의 전개가 카쿠요무 쪽을 앞지르게 될 듯합니다.

서적을 한 권 낼 때마다 카쿠요무에도 1장(章) 정도의 분량을 갱신하여, 최대한 서적판에 따라잡히지 않도록…… 작업하지만, 앞서 언급했던 대로 드디어 카쿠요무 갱신에까지 손이 닿기 어려운 상황이라 그 부분은 느긋하게 기다려주시면 감사하겠습니다.

우미와 마키의 만남에서부터 1년이 경과하는 (작품 속) 타이밍에서 다시금 우미와 유우의 관계가…… 불온한 분위기를 풍기고 있지만, 우선은 독자 여러분께서 이들을 따듯하게 지켜봐 주시면 좋겠어요.

그럼 마지막으로 관계자 여러분께 감사 인사를 드리며 마무리하겠습니다.

스니커 문고 편집부 및 담당 편집자님. 이번 권에서는 특히나 큰 신세를 졌습니다. 서적 간행 외에 애니메이션이나 다른 기획도 있으니 앞으로도 꾸준히 도와주시길 부탁드려요.

그리고 일러스트를 담당해 주신 휴가 선생님, 바쁘신 중에 여전히 아름다운 삽화를 그려주셔서 감사합니다. 얼마 전에 열린 사은회에서 처음으로 말씀 나눴는데, 초면에도 편안히 말을 걸어주셔서 낯을 가리는 저도 마음이 편했습니다. 또 기회가 있다면 차분히 대화를 나눠보고 싶어요.

또한 현재 『얼라이브+』에서 호평 연재 중인 『반 두 번째』 코미컬라이즈를 담당해 주시는 오노 선생님 및 얼라이브 편집부 여러분. 한 명의 독자로서 작품 갱신을 매번 기대하고 있답니다. 제가 먼 곳에 살아서 감사 인사를 자주 드리지 못하지만 앞으로도 잘 부탁드립니다.

굿즈 관련이나 애니메이션 기획 등 신간이 나올 때마다 시리즈 제작에 관여해 주시는 분들이 많아져서 이렇게 감사 인사를 드릴 기회가 늘어난 것 같아요.

그 계기를 만들어준 마키와 우미한테 얼마나 고마운지 모릅니다.

독자 여러분, 앞으로도 응원 잘 부탁드려요.

그럼 다음 권에서 또 만나요.

감사합니다.

반에서 두 번째로 귀여운 여자애와 친구가 되었다 6

2026년 01월 15일 제1판 인쇄
2026년 02월 01일 제1판 발행

지음 타카타
일러스트 휴가 아즈리

옮김 김진아

제작 · 편집 노블엔진 편집부

발행 미스터블루(주)
등록번호 제 2008-000093호
주소 07551 서울특별시 강서구 양천로 570 NH서울타워 19층
대표전화 02-2013-5665

ISBN 979-11-380-6673-0
ISBN 979-11-380-5623-6 (세트)

구매 시 파손된 도서는 구매처에서 교환하실 수 있습니다.
기타 불편사항, 문의사항이 있으신 독자님께서는 노블엔진 홈페이지
[http://novelengine.com] 에서 Q&A 게시판을 이용해 주시기 바랍니다.

무자각 고스펙 청년이 두 번째 청춘을 리얼하게
다시 시작하는 뉴 게임 플러스 학원 러브 코미디!

하이바라의 청춘 뉴 게임 플러스

1~4

애니메이션 방영 예정

고등학교 데뷔에 실패해 잿빛 고등학교 시절을 보내고 대학교 4학년생이 된 청년, 하이바라 나츠키.

사회 진출을 코앞에 둔 그는 어느 날 갑자기 7년 전── 고등학교 입학 직전으로 시간을 되돌아가게 된다!!

후회만 가득하던 고등학교 생활을 '다시 시작' 할 기회를 얻은 덕에 과거의 경험을 교훈 삼아 같은 반 미남미녀 최상위 그룹 6명 중 한 사람이 되는 데 훌륭히 성공한 나츠키!

게다가 그곳에는 과거에 짝사랑한 미소녀, 히카리도 있는데……?!

NOVEL NE ENGINE

아마미야 카즈키 지음 | **긴** 일러스트 | **2025년 12월 제4권 출간**

청춘의 상상, 시동을 걸어라!